—————— 想象，比知识更重要

幻象文库

[澳]格雷格·伊根 著

萧傲然 译

DIASPORA

离

散

NEWSTAR PRESS
新星出版社

陌生的新世界

海客

小说家是一项用笔和想象力去创造世界的职业。福克纳有"邮票般大小"的约克纳帕塔法县；马尔克斯有永远在下雨的马孔多；陈忠实的白鹿原上，白鹿两家世世代代争端不休……

而在所有小说家当中，科幻作家大概是最擅长、也最喜欢去创造新世界的。这是由科幻这一类型本身的特点所决定的。科幻中作为幻想的部分，要求科幻作家们在创作的时候尽可能地去想象现实中不存在的未知生物。而作为科学的部分，则要求这些想象具备科学的特性。那就是小说内的一切内容，要具备严格意义上的，符合逻辑的一致性和合理性。

这两部分结合在一起，就让科幻小说的创作，很大程度上像是在创世。科幻小说中的设定，就如同是物理学中的各种定律。这些定律，不仅对小说中的人物有效，它们同样也限制了小说的创作者。这就使得科幻作家们花费很大的精力，去沿着自己所做的设定，创造出一个个在物质层面真实可信的世界。

格雷格·伊根的这本《离散》，无疑是在创世这条路上走得最远的那一批科幻小说。扎实的数学和物理背景，使得伊根在《离散》中选择了一种相当极端的创世方式。那就是去尽力还原长达数十亿年的，地球生命诞生的过程。因此，在本书最开始的地方，伊根以一种几乎不考虑可读性的写法，细致地描绘了拥有自我意识的数字生命，是怎样从代码和数据流的"原始汤"中诞生的。

但是，就像仅仅依靠物理定律无法决定人的行为和想法，以及社会的组织方式一样。想要仅仅依靠设定，就在科幻小说中创造一个真实可信的未来社会，并且描写其中未来人类的生活，也是一件几乎不可能的任务。

于是，就有了这样一番吊诡的景象。一方面，科幻作家们可以想象出各种奇异的世界。诸如自转速度是地球八十倍，重力是地球七百倍的行星，如芝麻粒般大小的中子星，以及各种各样的外星生物。但是另一方面，科幻作家们却很少能想象出真实的未来社会的生活。庞大的银河帝国，其社会结构，看上去完全照搬罗马帝国或者希腊城邦。身处未来的人类，不管是言谈举止还是内心想法，都和现在的人类并无二致。而绝大多数的外星人，看上去也不过是套了层不一样的外皮的人类罢了。甚至在有的时候，还会出现宇宙舰队去偏远星球征粮，还被当地土著用落后武器暴打的奇葩情节。

造成这种现象的一个主要原因，就是很多科幻作家在创作的时候，虽然笔下写的是未来，思考的方式却仍然停留在了现在。

齐格弗里德·科拉考尔在《电影的本性》里讲过这样一个故事。有一位电影导演给非洲土著放映了一部在当地拍摄的电影。影片放映完后，那些对电影手段还全然无知的观众便滔滔不绝地谈论起一只鸡来。他们都说曾看见它在泥沼里啄食吃。但是电影导演自己根本没发觉影片里有什么鸡。最终，在逐格调查了他的影片之后，他才发现那只鸡只是在一瞬间的某个画面一角出现过一下，此外便未再出现过。

以现在人的思维去描写未来的世界，就如同是以非洲土著的视角去看电影。这种写法，大概率写出来的，就是未来社会中角落里的那只"鸡"。

由此，我们也能够发现，想要避免这种情况，写出真实的未来世界，需要真正地以未来人的视角，去写未来发生的事情。也就是所谓的以未来史的写法去写关于未来的科幻。

这正是格雷格·伊根在《离散》中尝试去做的事情。在《离散》中，伊根真的是在思考：在遥远的未来，当人类发展到不再被肉体局限，可以按照自己的意愿去改变自身的形态的时候，人类会发展成什么样子，会怎么去看待和理解宇宙和人类自我。

要做到这一点，需要回答两个问题，也就是波德莱尔所说的"写什么和怎么写"。

前面我们说明了"写什么"。而对于"怎么写"，除了文学创作中常规的技巧与形式之外，在这个问题下，还有另外的含义。那就是，描述未来的世界，需要的是一套新的语言和表述方式。因为不同的时代特征，首先就会体现在语言和表述方式上。为了说明这一点，我们先来看两段诗。

> 当我数着壁上报时的自鸣钟，
> 见明媚的白昼坠入狰狞的夜，
> 当我凝望着紫罗兰老了春容，
> 青丝的卷发遍洒着皑皑白雪；
> 当我看见参天的树枝叶尽脱，
> 它不久前曾荫蔽喘息的牛羊；
>
> 喧闹的街巷在我周围叫喊。
> 颀长苗条，一身哀愁，庄重苦楚，
> 一个女人走过，她那灵动的手

提起又摆动衣衫的彩色花边。

轻盈而高贵，一双腿宛若雕塑。

这两段诗，第一段节选自莎士比亚的十四行诗之十二，梁宗岱译，第二段节选自波德莱尔的《致一位过路的女子》，郭宏安译。

生活在十六世纪的莎士比亚与生活在十九世纪现代都市中的波德莱尔，各自诗中的意象和表达当然是截然不同的。莎士比亚诗中的意象是来自自然的，长期舒缓的变化。而波德莱尔的诗中，表达的则是大城市的各色景观、信息流、刺激信号下种种的转瞬即逝、纷繁复杂、冰冷而又神秘的印象碎片。

反过来，即使不知道这两首诗的作者，仅凭其内容，我们也可以很容易地判断出，前一首诗的作者所处的是一种前现代的，与自然近距离的社会。而后一首诗的作者则很显然生活在工业化的，快节奏的都市之中。

从莎士比亚到波德莱尔，不过才不到三百年的时间，文字的表达就已经有了如此彻底的变化。这种变化不仅体现在诗歌这样高度凝练的文学形式当中，也体现在我们的日常语言当中。举个例子，"你在哪儿？""你在干吗？"这个我们现在日常对话中经常会用到的句子，在移动电话普及之前，是不大可能出现的。

因此，如果想要描写科幻小说中数千年后、甚至更加遥远的未来，自然也就需要完全不同的文字与表达。

面对这两个问题，伊根在《离散》中采用了一种堪称是"结硬寨、打呆仗"的做法。

严谨的硬科幻小说，在创建世界时，会参考相关的物理学、化学或者生物学文献。而伊根对严谨的要求，则达到了另外一个层面。在《离散》中，不仅在科学层面有大量的物理学参考文献。对怎样构建社会，所构建社会中的人物会有怎样的行为举止，以及思想活动这些问题，伊根同样采取了诉诸理论研究的方法，将《意识的解释》《心智社会》等研究专著中的理论和方法，应用到《离散》中的软件体人类群体当中。这种做法，就使得伊根在《离散》中，真的创造出了一个与我们现在的世界截然不同的未来世界。

相应地，伊根也为这个未来世界配上了与之相适应的语言。这套语言，不仅仅是《离散》那些奇奇怪怪的非二元人称代词，以及各种度量单位。它更体现在《离散》中人物相互交流时的对话，以及独自思考时内心的想法上。

这种创造，也使得《离散》这部小说看上去极其陌生。在阅读它的过程中，你已有的关于科幻、关于小说、甚至关于生活的经验，对它几乎都不再适用。甚至前几章看上去都不像是一本小说。

但是，这些都是伊根在刻意为之。这么做的目的，就是为了去创建一个陌生的未来世界，为了让读者在读完这个故事之后，获得一种真的来到未来的醍醐灌顶的感觉。

这种感觉，正是最初让我们爱上科幻的原因。

海客，科幻科普双栖作家、翻译、评论家，《南方周末》特约撰稿人。南开大学基础数学专业博士，研究方向包含但不限于三体问题。作品散见于《西部》《文艺报》《南方周末》《银河边缘》等。曾获第四届世界华人科普奖银奖，第十四届华语科幻星云奖评论银奖，也是格雷格·伊根作品中文版科学顾问。

说明

"佗"是本书自创的、无关性别的第三人称代词，贯穿全书，既可用于无性别者，在适当情况下也可用于性别未知者。

佗 = 他或她①

"人们"一词包含"城邦公民"（纯软件体）、"拟形人"（一种机器人）和"肉身人"（<u>智</u>人的生物学后代）。上述人群在已知性别（男或女）的前提下则可使用"他"或"她"，否则一律使用"佗"来指代。

"它"用于指代尚未获得公民身份的软件体（如第一章中描写的孤儿的精神爆发）、城邦公民的子系统（其部分心智，而非全部），以及不论设计得多么复杂，但初始设定为无感知的软件（如第一章中的孵化器）（conceptory）②。

---

①鉴于中英语法差异，此处附上原文的解释及翻译供读者参考：
ve ＝ he or she（主）
ver ＝ him or her（宾）
vis ＝ his or her（形容词所有格）
vers ＝ his or hers（谓词所有格）
verself ＝ himself or herself（反身词）——若未单独标明，本书脚注均为译者注。
②在原文中，当使用（they\them\their\theirs）指代多人时，全部译作"他们／她们／它们"，不译作"佗们"。

目录

1	**第一部分**
3	第一章 孤儿的诞生
32	第二章 挖掘真理
50	第三章 搭桥人
75	**第二部分**
77	第四章 蜥蜴之心
87	第五章 射线爆发
125	第六章 分道扬镳
133	**第三部分**
135	第七章 科祖克的遗产
140	第八章 捷径
155	第九章 自由度
169	**第四部分**
171	第十章 大流散计划
173	第十一章 王氏地毯

目录

- 209 　第五部分
- 211 　第十二章 重同位素
- 216 　第十三章 斯威夫特星
- 225 　第十四章 嵌入

- 245 　第六部分
- 247 　第十五章 5+1
- 255 　第十六章 二象性

- 279 　第七部分
- 281 　第十七章 单位分解
- 285 　第十八章 创世中心

- 293 　第八部分
- 295 　第十九章 追逐
- 298 　第二十章 不变性
- 312 　译后记
- 315 　术语表
- 323 　参考文献

第一部分

亚蒂玛①一边观察着城邦四周多普勒频移的恒星，一边追随着星空中冻结的、五彩斑斓的同心波纹——先扩散开来，又重新汇聚。佗不禁心想，待自己追到目标后，该说些什么呢？有太多问题要问换质者②了，但信息流不能总是单向的。假如换质者想知道，"你们为什么跟着我们？为什么跟了这么远？"佗又该从何说起呢？

亚蒂玛读过从单一宇宙层级视角讲述的大迁入（Introdus）前的历史。那段历史局限于各种谎言，如：人体和夸克一样，不可切分；行星级文明都是自给自足的小宇宙。可无论是佗本人的历史，还是大流散的历史，都与上述臆想不符。由感知生物及其所构成的社会只是真实世界不起眼的一角，事实上，四处皆是或更大、更小，或更简单、更复杂的结构。只有对尺度、相似度极其无知的目光短浅之辈，才会认为超越自己浅显认知之外的一切都不值一提。所以，问题不仅仅在于究竟要不要一头埋进封闭的合成景界之中：对于肉身人来说，他们无法脱离这种短视之弊，最向往真实的城邦公民也同样如此。可以肯定，对于换质者来说，在某个历史时期，他们想必也曾纠结于此。

当然，换质者必定也早已清楚那对庞大、死亡的天体背后的原理，而这也是大流散舰队前往斯威夫特星以及其他更远目的地的原因所在。想必换质者会问："为什么你们跟了这么远？为什么抛下了自己的同胞？"

亚蒂玛无法代替同行的旅伴发言，但对佗而言，答案隐匿在尺度的另一端——简洁、微小的微观世界之中。

---

①亚蒂玛（Yatima）在阿拉伯语中有"孤儿"之意。
②换质者，原文为Transmuters，意为"变形者""转化者"，文中指能对物质进行某种深层次改造的神秘群体。

第一章　孤儿的诞生

地球，小西城邦
联盟标准时 23 387 025 000 000
协调世界时 2975 年 5 月 15 日 11:03:17.154

孵化器是无感知软件，年代和小西城邦一样久远。研发它的主要目的是让城邦公民创造后代：一个孩子的父母可以是一个人、两个人或是二十个人——部分基于父母的形象，部分基于父母的意愿，还有的部分随机生成。每过一太陶[①]左右，孵化器会偶发地创造出一个没有父母的公民。

在小西城邦，每位本土出生的公民都是由一颗心智种成长起来的。心智种是一串类似数字基因组的指令代码。九个世纪前，城邦的创立者们开发出了一种名为"塑造器"（Shaper）的编程语言，试图在软件中重建神经胚胎学[②]的基本过程，于是，人们从 DNA 中转录出了第一批心智种。然而，任何基因转录都很难做到完美。为了优先确保心智种的广泛性和功能性，转录过程略过了生化细节，肉身人基因组的多样性也因此无法完整无缺地重现。由于遗传特性库开始萎缩，基于 DNA 的旧图谱也已过时。

[①] 此处一太陶约等于真实时间 32 年（见《术语表》第 61 条"陶"）。
[②] 神经胚胎学（neuroembryology）是研究神经系统在胚胎发育过程中的形成、发展、分化等机制的学科。

因此，孵化器必须预测出新的变异心智种会造成的可能后果，这一点很关键。若选择规避变化，就存在进化停滞的风险；而贸然接纳变化，则可能危及每一个孩子的心智。

在小西城邦，心智种被划分为十亿条字段：每条字段由六位二进制数组成的短片段构成，每个短片段中包含一段简单的指令代码，几十个指令代码形成的序列构成子塑造器（shaper）——心理发生过程中的子程序。交互中的子塑造器数量可达一千五百万，很难预测未知突变对它们的影响。大多数时候，唯一靠谱的办法只有执行原本就会执行的运算……换言之，既然变异心智种早晚会执行这些运算，那么预测与否毫无意义，不如继续培养，创造出心智再说。

孵化器在孕育过程中会积累知识，并将其体现为一系列关于小西城邦心智种的注释图。其中，最高级别的注释图是多维结构，精细度超过种子本身好几个数量级；不过，也有简单的注释图。几个世纪以来，小西的公民都在使用这种图来判断孵化器的进度：这个图将十亿条字段表示为纬线，将六十四段可能的指令代码表示为经线。每一个心智种都是一条沿"之"字形从图的顶部蜿蜒到底部的路径线，给沿途的每条字段划出一段指令代码。

然而，只有一段代码能够触发心理发生过程，这种情况下，注释图上的每条路径都会汇聚于一座孤岛或一条狭窄地峡，在如海洋般的湛蓝背景下呈现赭石色。这些<u>基础设施字段</u>可以搭建出一套所有公民共有的基本精神结构，并使心智的总体设计和关键子系统上的细节得以成型。

注释图的其他地方则记录着多种可能性：辽阔的陆地，或散落的群岛。<u>特征字段</u>中包含一系列代码，每一段代码对心智中具体结构的影响都是已知的。这些影响所带来的差异或有天壤之别（如不同的气质或审美），或大同小异（如神经结构中的微小差别，甚至还不如不同肉身人掌纹的差别明显）。特征字段呈现出不同程度的绿色，基于差异度的大小，有些对比鲜明，有些相差无几。

其余字段均被归为<u>未确定字段</u>，即那些未检测过它们给种子带来的变动，因而也预测不出影响的字段。其中，已验证的代码即为已知的地标，是白色背景中的一抹灰，就像一座孤峰刺破云海，而云下的一切都被隐藏了起来。从远处无法辨别出更多细节——无论云层之下藏掖何物，都只能等人亲自揭晓。

孵化器创造"孤儿"时，会将所有的良性可突变特征字段设置为随机选择的有效代码，因为并没有"父母"可供模仿或取悦。随后，孵化器会选择一千条未确定字段，并以类似的方式处理：投掷一千次量子骰子，从中选择一条随机路线，穿越<u>未知的领域</u>。每一个孤儿都是探险家，去尝试绘制未知领域的地图。

每个孤儿自身就是一片未知的领域。

#

孵化器将这颗新的孤儿种子放置在子宫的内存正中——一条悬浮在虚无中的单一信息链。种子自身毫无意义，就像是摩尔斯电码的最后一串尾巴，在虚空中越过一颗遥远的恒星奔跑而去。但子宫是一台虚拟机，用于执行种子的指令：自下还有十几层的软件，直至城邦——城邦是晶格结构，由闪烁的分子开关构成。一段字节，一串被动数据掀不起什么波澜——但在子宫里，种子的意义会与子宫下方所有层级不变的规律完美匹配，就像一张打孔卡放入提花织机中那样，其不再是抽象的指令，而是成为机器的一部分。

子宫读取种子后，种子的第一个子塑造器会让其四周的空间充满一种简单模式的数据：一条被冻结住的单一数字波列雕刻在虚空之中，如同无数个完美的沙丘塑造而成。每一个点都与上下相邻的点区分开来——然而波峰与波峰、波谷与波谷却又毫无二致。子宫内存表现为一个三维空间，而每个点存储的数字都标记了第四个维度，因此沙丘实际是四维的。

第二条波列加入，斜着向第一条波列交错而去，它一边调整，一边缓慢而稳定地上升，将每一条山脊削刻成一连串上升的小丘。接着加入第三条、第四条波列——数据模式变得丰富起来，波列通过改变方向、梯度和尺度，其对称性也越来越复杂，直至瓦解。

第四十条波列掠过一片抽象的地形，这里早已没有一丝最初的规整痕迹，旋绕的山脊和沟壑犹如手指肚上的螺纹。并非所有数据点都独一无二，但未来发育框架所需的结构已搭建足够。于是，种子下达指令，复制一百个副本，散布在这片刚刚校准的大地上。

第二次迭代时，子宫读取了所有的种子副本。一开始，这些副本发出的都是相同的指令。接着，一条指令提出让所有种子的读取点沿着位串向前跳，直到字段周围的数据呈现某种特定模式为止：此处的山脊有着特定形态，虽突出，但并不独特。由于每颗种子都嵌在不同的地形中，因此不同的本地版本的地标位置皆不相同。于是，子宫开始从每个种子的不同部分读取指令。同时各副本本身虽一模一样，但每一颗种子的副本都会向四周释放出不同的子塑造器，准备启动各自的精神爆发，催生出心智胚胎。

这项技术早已有之：萌芽的花骨朵中不起眼的干细胞会遵循自身的化学因子，分化出萼片、花瓣、雄蕊和雌蕊；虫蛹会把自己浸入不同梯度的蛋白质中，在不同剂量的作用下，以不同的基因活动强度塑造出腹部、胸部和头部。不过，小西城邦里的数字化版本提炼出了这一过程的精髓，仅通过标记划分空间，然后让本地标记影响后续指令的展开，使得特定子程序被开启或关闭——反过来，子程序又会在更细微的尺度上重复整个过程，将起初粗糙的结构逐渐转变成精工细作的奇迹。

第八次迭代时，子宫内存中已存在一百亿份心智种副本，数量已经足够。大部分副本会继续在周围的景观中雕琢新的细节，但是另一部分则完全摒弃了子塑造器，转而运行<u>尖叫程序</u>（shriekers），即简单的指令循环，将脉冲流灌入种子间成长起来的原始神经网络。子塑造器搭建出的最高山脊即原始网络的轨道，输入的脉冲流则是小小的箭头，比山脊高一点点。由于子塑造器在四维空间中运行，因此网络本身是三维的。子宫为这一系统注入活力，让脉冲流沿着轨道飞驰，犹如亿万辆汽车在数不清的单轨铁路路口间来回穿梭。

有些尖叫程序会发出有节奏的位元流，其他则生成伪随机的卡顿信号。脉冲流过建造中那些网络所构成的迷宫，此时，几乎所有轨道依旧连在一起，因为目前尚未收到任何解除连接的指令。被脉冲流惊醒后，新的子塑造器启动，开始拆卸多余的连接点，只保留能让足量脉冲同时抵达的连接点——这样的连接点数量也有极多，但只保留内部通道可同步运行的那些。当然，修建中的神经网络里同样存在死路，可若走的人多了，其他子塑造器就会留意到这些死路，然后对其进行拓展。第一批数据流即便没有任何意义也没关系，任何信号都足以建立起最底层的思维机制。

在很多城邦里，新公民都不是培育出来的，而是直接由通用子系统组装而成。而小西城邦的方式能够确保一定的准生物鲁棒性和无缝性：所有系统一起成长，甚至在成形阶段就开始交互，从而自行解决了绝大多数潜在的失配问题。否则，为避免未来系统间的冲突，所有组件在完成后仍需借助外部的心智建造者之手对其进行微调。

即便如此,在一切的有机可塑性和妥协情形中,基础设施字段仍可以为部分标准化的子系统开辟出单独的领域:每个公民身上的子系统都是一模一样的。其中有两类是传入数据的通道——一类用于格式塔[①]数据,一类用于线性数据,这是所有小西城邦公民最主要的两种感知形式,也是视觉和听觉的近亲。等孤儿进入第二百次迭代后,通道已经完全成形,但是用于数据输入的内部结构即用于区分和理解数据的网络尚未发育成熟,远未达到可启用的程度。

小西城邦的本体埋在西伯利亚苔原之下二百米深的地方,借助光纤和卫星通信,输入通道能够从城邦联盟的任何论坛获取数据:其来源包括太阳系中所有运行在不同行星与卫星轨道上的探测器,漫游在地球深山与大洋中的无人机,以及千万种不同类型的景界或抽象感觉中枢。因此,第一个要解决的感知问题,是如何从海量的信息中进行筛选。

在孤儿的精神爆发过程中,半成形的导航仪与输入通道的控制装置相连接,发出请求信息的数据流。第一批请求多达几千条,均石沉大海,还生成了错误代码——也许是请求的格式不正确,或引用了不存在的数据源。但精神爆发过程本就倾向于以寻找城邦数据库为优先项(若非如此,则精神爆发需耗时数千年),所以导航仪一直在尝试,终于找到了一个有效的地址。随后,数据开始源源不断地从通道中流过:那是一幅狮子的格式塔图像,和描述该动物的线性词。

导航仪立刻停止试错,陷入不断重复的状态:反复调出同一幅狮子静态图像。重复一直在持续,直到最原始的胚胎变动鉴别

[①] 见《术语表》第 20 条"格式塔"。

器也停止了运转,此时,导航仪总算恢复了实验状态。

慢慢地,孤儿脑中两类原始的好奇心(一种想要寻求新奇事物,一种想要寻求重复模式)之间达成了某种半明智的妥协。它开始浏览数据库,学习如何获取相互关联的信息流(记录运动的连续图像,以及更为抽象的交叉对比链)。虽然它什么都没有理解,但孤儿在连贯性和变动之间找到了平衡,其内在机制也强化了自身的行为。

图像和声音、符号和等式在孤儿的分类网络中滚滚流过,剩下的,不是精密的细节——既不是站在灰白岩石上仰望漆黑夜空的宇航员形象,也不是位于灰色纳米机器蜂群下方被分解的平静裸影——而是最简单的规律、最常见关联的印记。分类网络发现了圆／球的存在:太阳和行星的图像,虹膜和瞳孔的图像,掉落的水果的图像,以及一千幅各不相同的关于圆／球的画作、文物与数学图表。分类网络发现了表达"人"的线性词,然后将它暂时与以下两类事物关联起来:一是特定的规律,这部分规律定义了"公民"一词的格式塔图标;二是部分肉身人和拟形人[①]的共同特征,这些特征是分类网络通过对比许多照片得出的。

第五百次迭代时,从数据库中提取的数据已经在输入分类网络中生成了大批微小的子系统:包含一万个字符陷阱和图像陷阱,全部枕戈待旦,好比一万个模式识别的偏执狂,紧盯着信息流,时刻警惕着各自的目标。

陷阱之间开始建立联系,首先仅用于共享判断,影响对方的决定。如果某个针对狮子图像的陷阱被触发,那么对狮子的线性名称陷阱、其他狮子叫声的陷阱、以及狮子行为的常见特征(舔舐幼崽、追捕羚羊)陷阱,都会变得高度敏感。有时,输入数据

[①]拟形人(gleisner robots),文中指一种特定的机器人,部分人类选择以这种形态存在。

会一次性将整片相关陷阱全部触发，以增强陷阱间的联系，但有时，对于过度热切的关联陷阱来说，则容易过早启动：<u>狮子的形状已被识别出来，虽然此时"狮子"一词还暂未被检测到，但"狮子"的字符陷阱已经开始试探性地启动了……舔舐幼崽和追捕羚羊的行为陷阱也在蠢蠢欲动</u>。

孤儿开始心怀期待，有所盼望。

到第一千次迭代时，陷阱之间的关联已经发展成一个精妙且自成一体的网络，网络中出现了新的结构，即<u>符号</u>。符号不仅可由输入通道的数据触发，相互之间也能轻松触发。狮子的图像陷阱本身只是一个模板，只存在"适配"与"不适配"两种情况，这是一种不包含任何含义的判断。然而，也可以将狮子符号编织成一张无限大的含义网，今后无论是否看见狮子，都可以随时启动这张网。

纯粹的识别慢慢让位给最初那批模糊的词语含义。

基础设施字段已经为孤儿的线性和格式塔数据搭建了单独的标准输出通道。但迄今为止，导航仪还未能将传出数据导入小西城邦或城邦之外的某些特定目的地。到第二千次迭代时，符号竞相进入输出通道。它们使用陷阱模板来模仿各自学会识别的声音和图像，而无须读出"狮子""幼崽""羚羊"等线性词，因为输入通道和输出通道在内部是互联的。

孤儿开始听到自己的心声了。

世界对它而言还是一片混沌：它暂时还无法马上给所有事物匹配格式塔图像，更无法赋予其发音。数据库中的每一幕场景都能唤起无数联想画面，但每次只有一小部分能够被这个新生的语言生成网络掌控。尽管鸟儿在空中盘旋，绿草在地上摇摆，奔跑的动物身后扬起漫天尘土，等等。但是在上述场景消失前，唯一胜出的符号只是：

"狮子追捕羚羊"。

导航仪被吓到了,连忙切断了涌入的外部数据。线性词在通道之间往来循环,与外面的寂静形成鲜明对比;追捕猎物的格式塔图像被一次次提炼,最终修剪了所有被遗忘的细节,完成了理想化的重建。

接着记忆逐渐暗沉,导航仪再次与数据库建立联系。

孤儿的思维本身从未缩小至单一的有序级数,相反,更多样、精细的符号被激发出来了。这种积极的反馈可以让注意力更为集中,让心智与脑海中最为强烈的想法产生共鸣。孤儿既学会了从符号引发的无休止的争论中挑出一两条线索,也学会了讲述自己的经历。

如今,孤儿已有近半兆陶[①]岁大了。它的词汇量已达一万,且拥有短期记忆,可对延伸至数陶外的未来产生期待,还拥有简单的意识流。只不过,它还不知道自己存在在这个世界上。

#

每次迭代后,孵化器都会绘制发育中的心智,并一丝不苟地追踪记录随机分布的不确定字段带来的影响。一个能感知同等信息的观察者或许能够想象出一千个环环相扣、精妙绝伦的分形,犹如纠缠在一起的零重力晶体,似羽毛般轻盈,并随着字段被读取与执行,分化出越来越细的分支,在子宫里纵横交错,其影响力蔓延至一个又一个网络。然而,孵化器无法进行想象,它只能处理数据,得出结论。

目前为止,突变似乎尚未造成任何伤害。孤儿心智中的所有独立结构都在按照预期正常运行,同时,其与数据库之间的流量、与其他采样的数据流的交互也没有显示出任何全局性的

[①] 半兆陶约为真实世界里的 8 分 20 秒(见《术语表》第 61 条的表格)。

初期病变迹象。

倘若精神爆发过程受损，孵化器原则上可以进入子宫，修复畸形的结构，但是这样做的话，其后果可能会像最初培育这颗"种子"时一样难以预测。有时，局部"手术"会与剩余的精神爆发过程不相容。若为确保后续过程的成功而大刀阔斧地实施"手术"，反而可能弄巧成拙，导致最初的精神爆发成果被抹去，取而代之的是用此前健康细胞克隆出的新的细胞组合。

可若什么都不管，也存在风险。一旦精神爆发发展出自我意识，它便被赋予公民身份，此时就无法执行未经同意的干预了。这不仅仅是习俗或法律的问题，这条规定早已深深刻入小西城邦的最深处。如果公民精神失常，其陷入困惑与痛苦的状态将延续长达上太陶，心智也会因严重受损而无法授权外部援助，甚至不能选择自毁。这就是自治的代价：如要拥有享受独立与平静的权利，就必须拥有遭受不可剥夺的疯狂与劫难的"权利"，两者不可分割。

因此，小西城邦公民将孵化器设定为"宁肯过于谨慎也不承担风险"。于是，孵化器继续密切观察着孤儿，随时准备在出现功能障碍的迹象时终止其心理发生过程。

#

第五千次迭代后不久，孤儿的输出导航仪启动——拔河比赛就此开始。输出导航仪去搜寻反馈，如果有人或物做出回应，导航仪就会过去接洽。然而，输入导航仪早已习惯于待在城邦数据库内，因为留在里面的好处多多。输入和输出导航仪都会主动寻求让对方与自己保持一致，连接到同一地址，以便公民能够在同一地点实现听和说——这样有助于开展对话。但这也意味着孤儿的话语和图标也会直接流回数据库，而数据库却对此视而不见。

面对数据库的绝对漠视，输出导航仪向变动鉴别器网络发出抑制信号，削弱了数据库的吸引力，强行将输入导航仪从数据库中拉了出来。随后，二者迈着奇怪、混乱而又一致的步伐，从一个景界跳到另一个景界，从一个城邦跳到另一个城邦，从一个星球跳到另一个星球，寻找着能够与之交谈的对象。

一路上，两个导航仪瞥见了上千个物理世界：一幅雷达图像中，沙尘暴席卷了环绕火星北极冰盖的区域；一颗小型彗星在天王星的大气层中解体，发出微弱的红外尾焰——事件发生在数十年前，但这么多年一直留存在卫星精密的存储中；它们甚至偶然遇见一架无人机传来的实时画面，无人机飞翔在东非大草原上方，朝着狮群飞去。但与数据库里流动的图像不同，实时画面处理起来很棘手，等待几陶后，它们继续前行。

偶然间，孤儿来到一处小西论坛的地址，它看见一个方形广场，上面铺着石青色和灰色的光滑菱石，排列成某种密集的图案，令人捉摸不透。一个喷泉朝着云雾缭绕的橘红色天空喷吐着银色的液体；每一股液体在弧形的轨迹中途分裂成镜子般的水滴，闪亮的液滴继而幻化成小小的猪崽，展开翅膀，绕着喷泉飞行。猪崽愉悦地哼哼着，飞行轨迹彼此交织，随后重新潜入水池中。石质回廊环绕着广场，走道内侧是一连串宽大的拱门和装饰考究的柱廊。有些拱门的曲度似乎与众不同——颇有埃舍尔[①]或克莱因的风格，扭曲成无形的维度。

孤儿此前在数据库见过类似的结构，并知晓其中绝大多数的线性词。这个景界过于普通，孤儿没有做出任何评价。它虽已浏览过数千幅公民场景——或移动，或说话——但它敏锐地发觉面前的场景有所不同，只不过它还没有弄明白不同之处在哪里。格式塔图像在很大程度上只会让它想起见过的东西，或是在具象艺术中

[①]莫里茨·科内利斯·埃舍尔（Maurits Cornelis Escher，1898–1972），荷兰版画家，因其绘画中的数学性而闻名。后文也有提及。

的艺术化肉身人：他们比真实的肉身人更丰富多样，变幻无常。他们的形态不受生理或物理的限制，只受格式塔规则的约束——不论外表如何多变，内核最重要的信息都是：<u>我是一个公民</u>。

孤儿对论坛发话："人们。"

公民之间的线性对话是公开但无声的，这些内容随着彼此在景界中的距离增加逐渐衰减，传到孤儿这里都变成了含糊的低语。

于是它又说了一遍："人们！"

离孤儿最近的一个公民图标转向它——那是一个炫目的多色体，像是彩色玻璃雕像，约两德尔塔①高。输入导航仪中的某个固有结构旋转孤儿的视角，朝向该图标。输出导航仪随即跟进，让孤儿自己的图标——它的图标在无意而拙劣地模仿这个公民的图标——也转向这个公民的图标。

公民交替闪烁着蓝金光芒，晶莹剔透的脸上浮现出笑容，伫说道："孤儿，你好。"

<u>终于有回应了！</u>输出导航仪的反馈检测器发出的无所事事的尖鸣随即停止，浇灭了搜寻过程中的焦躁不安。它释放出海量信号进入心智，防止其他系统夺走它刚刚到手的宝贵发现。

孤儿有样学样："孤儿，你好。"

这个公民又笑了："嗯，你好。"接着转向伫的朋友。

"人们！你好！"

没有反应。

"公民们！人们！"

公民们没有理会孤儿。反馈检测器开始回溯其满意度，两个导航仪再次陷入不安。焦躁的孤儿在论坛里走来走去，但还不至

---

① 见《术语表》第 7 条"德尔塔"。

于到放弃论坛的地步。

孤儿一边四处跑动,一边高喊:"人们!你好!"它移动的时候既无动量或惯性,也无重力、摩擦力,只需调整输入导航仪的数据请求中的最低有效位就行,而景界会将此操作解读为孤儿位置与视角的变动。来自输出导航仪的匹配位则负责确认孤儿说的话和图标在何处以怎样的方式并入景界。

导航仪已经学会让孤儿移动至公民附近,以便其声音能被听见。有人回应道:"孤儿,你好。"说完,他们便转身离开。孤儿模仿着他们的图标:或简洁,或复杂;既有洛可可式的,也有斯巴达式的;既有拟生物的,也有拟人工的;有的用鲜亮的烟雾螺旋轮廓,有的是一堆嘶嘶吐舌的毒蛇;有的饰以炽烈的分形外壳,有的则披着毫无质感的黑色——但他们都是两足猿形形态,在一片琳琅满目和眼花缭乱的变换之中,这是唯一的恒定,就如同一百名狂热的僧侣手中以泥金装饰的手抄本,无论如何花样百出,首字母永恒不变①。

渐渐地,孤儿的输入分类网络开始掌握论坛中的公民与它在数据库中所见图标间的差异。图像也不例外,论坛中的所有图标都洋溢着一种非视觉的格式塔标签的气质——就如同肉身人散发出的独特体味,只不过体味更有个人特征,可能性更多。孤儿无法辨别这种新形式的数据,而此时它的信息解读仪(一种后期发育的结构,会发育成新异与模式检测器的更高一级,形式更复杂)开始处理理解上的缺陷。信息解读仪着手搜罗藏匿在规律性中的含义——每个公民的图标都带有其独自的、不变的标签——并表达出自身的不满。此前,孤儿没有专门模仿过这个标签,但如今受信息解读仪的驱使,它只得靠近其中聚在一起的三个公

---

① 中世纪的一种宗教手抄本形式,通常会将首字母放大并加以装饰。

民，开始模仿其中一个公民的标签和其他特征。果然，它的行为立刻就有了回应。

被模仿的公民怒道："别模仿我，白痴！"

"你好！"

"就算你自称我，也没人会相信的——尤其是我，懂吗？快滚吧！"这个公民的皮肤是金属的，是一种青灰色的锡。说完，佗强调似的亮了亮自己的标签，孤儿也学着佗这么做。

"不行！"公民此时呈现出第二种标签，与初始标签并行。"看见了吗？我在质疑你——而你哑口无言，所以别再信口开河了！"

"你好！"

"快滚！"

孤儿像被钉住了，一动不动。这还是它头一次受到如此多的关注。

"公民，你好！"

锡皮公民身体下垂，似乎就要因极度的疲倦而融化成一摊。"你难道不知道自己是谁吗？你不知道自己的签章吗？"

另一个公民心平气和地说："它肯定是那个新生的孤儿——还在子宫里。井野城①，它可是你的新同胞，你得欢迎才是。"

说话的公民身上覆盖着金褐色的短毛。孤儿说："狮子。"看来它是在试图模仿这个公民——倏忽，三人都笑出了声。

第三个公民开口了："它现在又想变成你了，加百列。"

此时，第一个锡皮公民说："如果它不知道自己姓甚名谁，就管它叫'白痴'好了。"

"别那么无情呀，我可以把记忆展示给你看，小家伙。"第三个公民的图标是一个单调的黑色轮廓。

---

① 井野城，原文为 Inoshiro。

"这下它又想变成布兰卡了。"

孤儿开始依次模仿众人。每当孤儿发送出格式塔图像和标签后,三人就用没有含义的怪异线性声作为回应——"井野城!""加百列!""布兰卡!""井野城!""加百列!""布兰卡!"

短期模式识别器理解了这种前后联系,于是孤儿也加入线性吟唱之中——持续一段时间后,其他人陷入沉默。经过几轮重复过后,该模式变得令人疲沓。

锡皮公民一只手按在自己胸口上说:"我是井野城。"

金皮毛公民一只手按在自己胸口上说:"我是加百列。"

黑影公民的一只手显出细细的白色轮廓,以避免手移动到躯干上时消失不见,说:"我是布兰卡。"

孤儿将每个人轮流模仿了一遍,说出他们所说的线性词,学着他们的手势。它心中形成了识别三个公民的符号,并和各自的图标、标签及线性词绑定起来——但是标签和线性词仍然没有与其他事物产生关联。

那个被大家称为"井野城"的公民开口说:"进展不错,但它怎么才能拥有名字呢?"

标签绑定为"布兰卡"的公民说:"孤儿会自己取名。"

孤儿学佗道:"孤儿会自己取名。"

绑定为"加百列"的公民指着绑定为"井野城"的公民说:"佗是——?"绑定为"布兰卡"的公民答道:"井野城。"

接下来,绑定为"井野城"的公民反过来指着佗问:"佗是——?"这次,绑定为"布兰卡"的公民回复道:"加百列。"孤儿也加入了质询,跟着他人所指方向,在固有系统(帮助它理解景界几何形状的系统)的引导下,轻松完成了询问,甚至比其他人更快。

随后,金皮毛公民指着孤儿问:"佗是——?"

输入导航仪转动着孤儿的视角,想要找出说话的人指的是哪里。导航仪发现孤儿身后没人,于是让视角后退,靠近金皮毛公民——一时间,输入导航仪的步伐与输出导航仪脱了节。

突然,孤儿看到了自己投射出的图标:一个由三个公民的图标粗暴地拼凑在一起,由黑色皮毛和黄色金属构成,而不是交叉通道通常会显示的模糊精神意象。它的图标已然是一个生动的景界物体,位于其他三人旁边。

原来,绑定为"加百列"的金皮毛公民指的是孤儿的图标。

信息解读仪躁动起来,因为它无法完成规律性的解读——也就无法回答这场游戏中关于这个奇特的第四个公民的问题——但是模式中的空白务必要填补才行。

孤儿看着位于景界中的第四个公民切换着形态和颜色……这些变化完美反映了它随机的心烦意乱状态:有时它会模仿其他三个公民中的某一个,有时只是随意展现格式塔的各种可能性。一时间,变化多端的图标似乎迷住了规律检测器,却进一步加深了信息解读仪的焦躁不安。

于是,信息解读仪结合手头所有因素反复梳理了几轮,最终设定了一个短期目标:让锡皮公民"井野城"图标也按照第四个公民图标变化的方式去变化。这一目标触发了预期中的相关符号的发射,但较微弱,并出现了一幅计划事件的精神意象。意象中,一个如脉搏跳动般颤动着的公民图标轻松掌控了格式塔的输出通道,但变动中的图标却不是"井野城"的,而是一如之前,是第四个公民的图标。

此时,输入导航仪擅自回到了输出导航仪所在的位置,第四个公民忽地消失了。信息解读仪连忙将两个导航仪分开,第四个公民重新现身。

名为"井野城"的公民问:"它在做什么?"名为"布兰卡"

的公民答道:"先观察,耐心点。也许能学点东西。"

新的符号已经成形,代表的是奇怪的第四个公民——它不仅是唯一一个似乎会与孤儿在景界中的视角相互吸引的图标,还是唯一一个可让孤儿轻松预测和控制其行为的图标。<u>狮子、羚羊和圆圈尚且各自分属一类,那么四个公民是否属于同一类呢?</u>符号之间的联系仍然无法确定。

公民"井野城"说:"无聊!换个人照看它吧!"说着,佗开始绕着其他人跳舞——轮流模仿起"布兰卡"和"加百列"的图标,接着又恢复成自身形态。"我叫什么名字?我不知道!我的签章是什么?我没有!我是个孤儿!我是个孤儿!我甚至都不知道自己长什么样!"

当孤儿察觉到公民"井野城"在效仿另外二人的图标时,它一头雾水,差点放弃了自己的整个分类方案。现在看来,尽管公民"井野城"的行为依旧与孤儿的意图不一致,但佗看上去倒是更像那第四个公民。

孤儿用于代表第四个公民的符号记录着这个公民在景界中的外貌和位置,但符号也同时开始提炼孤儿自身的精神意象和短期目标的精髓,总结出孤儿心理状态的方方面面,并发现似乎其与第四个公民的行为存在某种关联。一般来说,符号很少会有明确清晰的边界,大多数就像交换质粒的细菌,表现出渗透性和混杂性。这时,公民"井野城"从第四个公民的符号中复制了其部分心态结构,然后套用到自己身上。

起初,这种对高度概括的"精神意象"和"目标"进行表达的能力毫无用处,因为它还是与孤儿自身的心态相关联的。"井野城"的符号有的只是一套盲目复制过去的机制,并一直预测称公民"井野城"将会按照孤儿的计划行事——但事实并非如此。屡屡失败后,链接迅速衰败——"井野城"符号中剩下的弱小粗糙的心智模型被释放，去寻找"井野城"的心态了，只有公民本人的心态才最适配自己的实际行为。

孤儿的符号尝试了不同的连接，不同的理论，想要寻找到最合理的解释……忽地，孤儿明白了，原来刚才公民"井野城"是在模仿第四个公民。

信息解读仪利用这一发现，尝试让第四个公民反过来模仿公民"井野城"。

第四个公民开口说道："我是孤儿！我是孤儿！我甚至都不知道自己长什么样！"

公民"加百列"指着第四个公民说道："佗是孤儿！"公民"井野城"疲倦地表示同意："佗是孤儿。可为什么这么迟钝？"

在信息解读仪的推动下，孤儿开了窍，开始继续玩"佗是谁——？"的游戏。这次，对第四个公民的回复是"孤儿"。其他人相继确认这个答案，很快第四个公民的符号开始绑定词语。

#

孤儿的三个朋友离开了景界，但第四个公民留了下来。可是第四个公民早已施展完了制造有趣惊喜的能力，于是孤儿转而去纠缠其他公民，无果之后，孤儿只得悻悻地回到数据库。

输入导航仪已经学会了数据库所使用的最简单的索引办法，因此当信息解读仪寻求填补景界中那些半成形模式里存在的空白时，它成功地让输入导航仪定位到数据库中相应的位置——这些位置对应的正是那四个公民的古怪线性词：井野城、加百列、布兰卡和孤儿。上述每一个词语均关联了各自的数据流，但是这些数据与公民本人无丝毫瓜葛。孤儿见过的肉身人图像不计其数，其中与"加百列"一词关联的图像通常带有翅膀[①]，因此孤儿根

[①] 加百列是《圣经》中的天使，他的形象通常带有翅膀。

据自己发现的规律创造了一个完整的符号，但这个符号与那个金皮毛公民几乎没有任何交集。

很多次，孤儿都偏离了信息解读仪驱使的搜索——数据库中的旧地址铭刻在记忆中，拖曳着输入导航仪。有一次，它看到这样一幅场景：一个邂逅的肉身儿童举起一个木碗，碗中空空如也。孤儿觉得很无趣，于是转向更加熟悉的领域。半路上，它又见到了另一幅场景：一个成年肉身人蹲在一头满脸困惑的幼狮身旁，随后将它抱入怀中。

在他们身边，一头母狮躺在地上，一动不动，浑身是血。肉身人抚摸着幼狮的头，说道："可怜的小亚蒂玛。"

场景中的某些东西仿佛揪住了孤儿。它低声对数据库说："亚蒂玛，亚蒂玛。"它从未听过这个词，但被词的发音激起了深深的共鸣。

小狮子"喵喵"叫唤着，肉身人低吟道："我可怜的小孤儿。"

\#

孤儿频频穿行在数据库和有着橙色天空与飞猪喷泉的景界之间。有时，它的三个朋友在那里，可能其他的公民也会陪它玩一会儿；有时，那里只有第四个公民。

每一次访问，第四个公民的形象几乎都有所不同——佗有些类似孤儿以前在数据库见到的最难忘的图像，那还是好几千陶[①]之前——但佗还是能轻易被认出来：每当孤儿的两个导航仪分开时，佗就会现身。每次孤儿抵达景界后，它会先停一小会儿，找找第四个公民的身影。有时，孤儿会调整自己的图标，让它更接近某个特定的记忆，或者按照输入分类网络的审美偏好对图标进

[①] 1千陶约为真实世界里的1秒钟。

行微调——先通过几十个特征字段塑造出偏好,再利用后续的数据流进一步深化或填充偏好的内容;有时,孤儿会模仿那个抱起幼狮的肉身人:佗又高又瘦,有着深黑色的皮肤,棕色的眼睛,身着紫色长袍。

有一天,绑定为"井野城"的公民假惺惺地悲叹道:"可怜的小孤儿,你还是连名字都没有。"孤儿想起了之前那幅场景,回复道:"可怜的小亚蒂玛。"

金皮毛公民说:"现在它有了。"

从此刻开始,他们都把第四个公民称作"亚蒂玛"。他们嘴里说个不停,好像这是一件天大的事,于是孤儿很快就将"亚蒂玛"牢牢绑定在了它的符号上,就像"孤儿"一词一样,牢不可破。

孤儿望着绑定为"井野城"的公民,佗正对着第四个公民得意扬扬地高喊着:"亚蒂玛!亚蒂玛!哈哈哈!我有五位父母,五个兄弟姐妹,而且我永远比你大!"

孤儿让第四个公民回应道:"井野城!井野城!哈哈哈!"

但它想不出接下来该说些什么。

#

布兰卡说:"拟形人正在修理一颗小行星——就是现在。你想来看看吗?井野城在,加百列也在。跟我来吧!"

布兰卡的图标摆出来一个稀奇的新标签,然后一眨眼就不见了。论坛几乎空了,喷泉旁还有几个熟面孔,孤儿清楚他们不会搭理别人。当然,第四个公民也在。

布兰卡再次现身:"怎么了?你是不知道怎么跟着我,还是不想来?"孤儿的语言分析网络开始对编码过的通用语法进行精调,并迅速将注意力集中在线性规则上。此时,词语不再只是孤立的符号触发者,它们自身也拥有了单独的、固定的含义。词序、语境以及音调变化等等微妙之处开始调整符号所做的各种诠释,只有这样做才能理解第四个公民想要什么。

"跟我玩吧!"孤儿学会了用"我"来称呼第四个公民,而不再使用"亚蒂玛",但这只是语法意义上的改变,而并非意识到了自我。

"可我想去看他们修理小行星,亚蒂玛。"

"不!跟我玩吧!"孤儿兴奋地围着布兰卡绕圈,投射出最近的记忆片段:布兰卡创建出可共享的景界物体——有旋转的数字积木,色彩鲜艳的弹力球——然后教孤儿怎么与这些物体互动。

"好吧,好吧!我再教你个新游戏,希望你能快点学会。"

布兰卡发射出另一个标签便再次消失不见了,这次的标签和之前的大体相似,但不完全一样……很快,在景界中几百德尔塔远的地方又出现了。孤儿一下发现了佗,立马跟上前去。

布兰卡频繁跳动。每次,佗都会发射出新风格的标签,带着略微的变化,然后消失。正当孤儿觉得游戏有些乏味时,布兰卡离开了景界。不到一陶的时间又再次回来。孤儿思考下次布兰卡会在何处现身,希望自己能比佗先到达。

然而,似乎很难找到规律。布兰卡的黑影总是在论坛周围随机跳跃,一会儿出现在回廊上,一会儿又跳到喷泉边,孤儿所有的猜测全错了。孤儿垂头丧气……但是布兰卡的游戏往往会逐渐凸显出同过去的某种微妙规律,正因如此,孤儿的信息解读仪坚持玩下去,并将现有的模式探测器不断组合成新的模块,寻求解决问题的途径。

<u>标签!</u> 信息解读仪将以下两类数据进行了比较:一是孤儿记忆中布兰卡所发射标签的原始格式塔数据;二是每当布兰卡出现在孤儿视野里不久,由孤儿的固有几何形状网络计算得出的地

址；两者比较之后，它发现其中有两组序列能完美匹配。解读仪一次又一次将两个信息源绑定在一起，作为了解同一种事物的两种方法。很快，孤儿便能在景界中独立跳跃，无须再等待布兰卡现身了。

第一次跳跃，他们两人的图标完全重叠在了一起，孤儿甚至得先退一步看看布兰卡是否真的在那里，信息解读仪毫无疑问大获成功。第二次跳跃，孤儿自发进行了弥补，特意让它的标签地址跟布兰卡的有所不同，免得二人又撞在一起。之前孤儿通过视觉追踪布兰卡时，早已学会如何避免相撞。第三次跳跃，孤儿赶在佗前面抵达了目的地。

"我赢了！"

"很棒，亚蒂玛！你跟上我了！"

"我跟上你了！"

"现在我们要不要去看他们修理小行星？和井野城、加百列一起？"

"加百列！"

"我就当你同意了。"

布兰卡跳了起来，孤儿紧跟其后。广场上的回廊渐渐变成了点点繁星。

孤儿目不转睛地观察眼前全新的景界。在景界之间——从上千米长的无线电波到高能伽马射线——每一段频率上都闪耀着星光。格式塔的"色域"可以无限拓展：以前，孤儿偶然在数据库见过几张天文图像，和此刻所见的色彩有几分类似，而大多数地面和景界中的颜色从未逾越红外和紫外的边界。即便是卫星角度观察到的行星表面和此刻相比，也显得枯燥乏味。行星太冷了，难以企及这炽热的频谱。虽然色彩纷乱迷眼，其中却也隐藏着微妙的秩序：一条条发射与吸收的谱线和热辐射的光滑轮廓。然而，眼前的纷繁芜杂让信息解读仪选择了屈服，任由数据穿行，若想做出像样的分析，恐怕还需要收集上千条线索才行。群星的形状平庸无奇，只是远在天边的星星点点，它们所在的景界地址根本不可能计算出来。不过，一幅画面在孤儿脑海中一闪而过：群星朝着他们奔来，一时间，它似乎能想象出抬头就能看见群星高悬头顶的场景。

孤儿注意到附近聚集着一群公民，它将注意力从星空移开，接着发现景界中散布着数十个小群体。有些人的图标反射出周围环境的辐射，但大部分只是应景界要求让自己的图标可见，并没有假装和星光互动。

井野城问："你为什么要带这家伙来？"

孤儿转向井野城，接着看到一颗星星，亮度盖过了其他所有星星，虽然比它在地球天空中那副熟悉的模样小了很多，此时它的光芒却没有被浓密的大气和灰尘过滤。

"太阳？"

加百列回答说："是的，太阳。"说着，金皮毛公民飘到布兰卡身边，布兰卡一如既往地显眼，甚至比群星之间稀薄的背景辐射还要暗。

井野城嗔道："你为什么要带亚蒂玛？它太小了！什么都理解不了！"

布兰卡说："亚蒂玛，别理佗。"

亚蒂玛！亚蒂玛！孤儿此时很清楚亚蒂玛的位置，长什么模样，不需要再让两个导航仪分头确认。第四个公民的图标已经稳定了：是数据库中那个收养小狮子、身着紫袍的高个肉身人形象。

井野城对孤儿说道："不要担心，亚蒂玛，我会解释给你听的。假如拟形人不去修理这个小行星，那么三十万年后，也就是一万太陶后，它就有可能撞上地球。只要他们趁早做一些修理，小行星带的能量就会变少。以前，拟形人对此束手无策，因为他们那会儿不明白情况。直到现在他们才想出这个点子。"

孤儿一句话都没听懂："布兰卡想让我看他们修理小行星！可我想玩新游戏！"

井野城笑了。"佗干什么了？把你绑来的吗？"

"我跟着佗，佗跳呀跳……<u>我一路跟着佗！</u>"说着，孤儿绕着三人跳了几下，想要阐释它的意思，但是它并没有表达出从一个景界跃入另一个景界的动作。

井野城说："嘘，它来了。"

孤儿顺着佗的目光看去，远处一块不规则的巨石映入眼帘，一半被太阳照亮，一半仍在黑森森的阴影中，正快速向着三三两两的公民稳步移动。景界软件给小行星的图像添加了格式塔标签，标签里是小行星的各式信息：化学成分、质量、自旋与轨道参数，等等。孤儿认出其中一些特性是它在数据库中见过的，但它还是没有真正掌握它们所代表的含义。

"要是激光没对准，地球上的肉身人就会死得很惨！"井野城灰色的眼里闪着光。

布兰卡冷淡地说："那就只好等三十万年后再说了。"

井野城转向孤儿，用宽慰的语气继续说："我们会安然无恙的。就算小行星毁掉了地球上的小西城邦，我们在太阳系各处都还留有备份呢。"

此时，小行星已经离得很近，孤儿可以计算它的景界地址和尺寸了。小行星与最远处公民的间距仍有其与孤儿间距的数百倍，但它正在迅速逼近。等待中的观众们位于一个球形外壳中，其大小是小行星的十倍。很快，孤儿发现如果小行星保持其目前的轨道，将会径直穿过那个假想球形的正中心。

所有人都全神贯注地望着这块石头。孤儿很想知道这是什么游戏；于是一个通用符号形成了，包含了它的三个朋友和景界中所有的陌生人，这个符号继承了第四个公民对于物体信念的特质，经证明，该特质能有效预测其行为。也许人们在等着看石头会不会突然一下跳起来，就像布兰卡那样？想到这，孤儿觉得人们都弄错了：石头可不是公民，它才不会玩游戏呢。

孤儿想让大家都了解巨石简单的运行轨道。于是它再次检查了一遍自己的外推，什么都没变，小行星的方位和速度仍然一如既往。孤儿想向大家解释，却不知如何开口……也许他们可以通过观察第四个公民来获知吧——毕竟第四个公民就是通过观察从布兰卡身上学到东西的。

孤儿一跃而起，直接挡在了小行星的面前。巨石深灰坑洼的表面瞬时遮住了四分之一的天空，向阳面一座不规则的山丘在渐近面上投下一道深深的黑影。只见这硕大无朋的巨物，以遮天蔽日的气势席卷而来，孤儿忽地被吓到动弹不得。但很快，它又跟上了巨石的速度，领着它向人群走去。

人群中发出兴奋的叫声，他们的声音仍然能在虚拟的真空传播，但随着景界中距离的变化，音量会被削弱。孤儿转身，看见离它最近的公民们正在向它挥手示意。

第四个公民的符号早已烙刻在孤儿心智中，此时它得出结论，第四个公民是在追踪小行星的航线，以期改变其他公民的看法。因此，孤儿的第四个公民模型已经获得特质：拥有对其他公民所相信事物的信念……随后，井野城、布兰卡、加百列以及他们群体本身的符号纷纷将孤儿开窍后的想法拿去，套用在自己身上。

一头扎入球形场地后，孤儿听到了人们的欢笑声。所有人都在注视着第四个公民，孤儿终于开始怀疑，也许它并不需要给大家展示巨石的轨迹。当孤儿回过头，想看看巨石是否还在时，山丘上的一个点突然射出猛烈的红外线，紧接着爆发出剧烈的强光，甚至比照亮巨石的阳光还要强上千倍，其热线谱比太阳还要滚烫。

孤儿愣住了，任凭小行星越逼越近。山丘上的一个陨石坑喷流出炙热的蒸汽，这幅场景充满了全新的格式塔标签，全部不可理解。不过，信息解读仪在孤儿脑海中烙下一个承诺：<u>我必将学会理解它们。</u>

孤儿不停地查看它一直以来跟进的参考点中的景界地址，它发现小行星的行进方向发生了细微的变化。<u>那道光，还有航道的细小偏离，难道大家等着看的就是这个吗？原来，第四个公民对大家的所知、所想和所求的猜测，都是错误的……现在大家都明白了这一点？</u>孤儿的符号网络在搜寻意义和稳定的同时，其含义也在符号与相互映照的心智模型之间反复蹿跳。

就在小行星马上要撞上第四个公民的图标时，孤儿跃回了朋友身边。

井野城怒不可遏："你在干什么？你把一切都毁了，真是个熊孩子！"

布兰卡轻声问道："亚蒂玛，你看见什么了？"

"巨石跳了一小下，但我想让人们相信……它不会跳。"

"白痴！老想着去炫耀！"

加百列说："亚蒂玛？为什么井野城会认为你和小行星在一起飞呢？"

孤儿踌躇道："我不知道井野城是怎么想的。"

四个公民的符号转变成了一种他们此前尝试过一千次的构造：第四个公民亚蒂玛则与其他人区分开来——这一次，只有孤儿一人能准确洞悉佗的想法。佗的符号网络试图寻找能更好地表达这一点的方式。同时，迂回的连接开始收紧，冗余的链路开始消融。

亚蒂玛对于其他公民的信念模型深藏在其符号内部，其他公民自身的信念模型也存在于各自的符号内，两者并没有差别。终于，符号网络意识到了这点，开始摒弃不必要的中间步骤。亚蒂玛的信念模型成为孤儿符号知识体系中的整体网络，覆盖面变得更广。

随后，亚蒂玛关于亚蒂玛心智的信念模型成为亚蒂玛心智的整体模型：既不是缩小版的心智复制品，也不是对佗心智的粗略概括，而是将各种联系紧密地束在一起后，从后方迂回地重新与心智相连。

孤儿的意识流在新的连接中涌动，在反馈的作用下，出现了瞬时的不稳定：我想亚蒂玛知道，我想即佗所想……

接着，符号网络识别出最后的冗余，切断了部分内部链接，无尽的递归坍缩成一种简单稳定的共振：

我在想——

我在想，我知道自己在想什么。

亚蒂玛说："我知道自己在想什么。"

井野城轻描淡写地回道："你觉得别人会在乎吗？"

第五千零二十三次迭代时：孵化器检查了孤儿的心智结构，和城邦对自我意识的定义进行了比照。

如今，每条标准均已符合。

于是，孵化器让自身内部运行子宫的组件停止工作，也让孤儿停了下来。然后，它稍稍调整了子宫的运行机制，让它独立运转，以接受内部的重新编程。接着，孵化器为新公民打造了一个签章——两个独特的兆位数字，一个私钥，一个公钥。它将这两个数字嵌入孤儿的密码管理器（cypherclerk）中——管理器此时正处于休眠状态，等待着密钥将其激活。孵化器将一份公共签章的备份发送给了城邦，以便编目归档。

最后，孵化器将曾是子宫的虚拟机交给城邦的操作系统，并交出对其内容的全部控制权。彻底放手后，虚拟机就像是漂在河面上的摇篮。它现在是新公民的外在形式：它的外壳——一个无感知的壳。公民可以给虚拟机随意编程，但是城邦不允许其他软件接触它。因此，这将是一个永不沉没的摇篮，除非内部漏水。

井野城说："停！你又在假装谁呢？"

亚蒂玛无须再让导航仪分头行动。佗很清楚自己的图标并没有改变相貌，而是发出了一份格式塔标签。佗第一次造访有飞猪的景界时，曾经留意到有公民对外呈现同类型的标签。

布兰卡发给亚蒂玛另一种类型的标签：其中包含一个随机数字，该数字使用亚蒂玛签章的公共段进行了编码。亚蒂玛还未来得及搞清该标签的含义，佗的密码管理器就自动回应了质疑：使用布兰卡的公共段签章，对布兰卡发出的信息进行解码和重新加密，然后回以一份新的标签，与前两类标签类型都不相同——<u>身份声明 – 质疑 – 回复</u>。

布兰卡说："公民亚蒂玛，欢迎来到小西。"说完，佗转向井野城，后者重复了布兰卡的质疑，随后不情愿地嘟囔道："欢迎你，亚蒂玛。"

加百列说："欢迎加入城邦联盟。"

亚蒂玛忽略了三人礼节性的恭喜，而是困惑地注视着他们，试图了解自己内心有何变化。佗看到了朋友，看到了星星，看到了人群，也看到了自己的图标……可是，不断涌现的想法和感受背后似乎又冒出了一个新的问题：<u>是谁在想？谁看见了星星和公民？又是谁在揣测这些想法，以及眼前所见？</u>

答案来了，不仅有文字，还有从千万个符号中站出来的那个符号，声称自己为王的符号，在哼唱着答案。它凝聚起每一个念头，所有的思考如皮肤般融为一体。

<u>是谁在想？</u>
<u>是我。</u>

第二章 挖掘真理

地球，小西城邦
联盟标准时 23 387 281 042 016
协调世界时 2975 年 5 月 18 日 10:10:39.170

"问题出在哪里？"

拉迪亚的图标是一具由树枝构成的骷髅，头颅出自一个长满树结的桩子。佗的家景[①]是一片橡树林，亚蒂玛与佗总是在同一片空地见面。亚蒂玛不清楚拉迪亚工作的时候到底是待在这儿，还是会让自己完全浸入抽象的数学空间中。这林子诡谲杂乱，反倒与他们将要探索的怪诞对象相得益彰。

"空间曲率。我还是没搞懂它是怎么来的。"亚蒂玛制作出一个到胸口高的半透明液滴，漂在二人之间，内嵌六个黑色三角形。"既然一开始就是流形，我应该可以随心所欲地添加几何形状呀。"流形空间中只有维度和拓扑，没有角度，没有距离，没有平行线。亚蒂玛一边说话，液滴一边伸展弯曲，三角形的边晃动起伏。"我一度认为曲面存在于一个全新的层次上，遵循着全新的规则，任何规则都有可能。只要你愿意，甚至可以让所有地方的曲率归零。"说着，亚蒂玛将所有三角形拉直，变成刚性的

[①]原文为"homescape"，文中指公民居住的景界，即公民的"住宅"。

平面图形。"但现在我不太确定。有一些简单的二维流形，比如球面，我虽不知道如何展平球面，但我也无法证明球面不存在。"

拉迪亚说："环面①呢？你能用欧几里得几何的方式展示环面吗？"

"一开始不行，不过后来我想到了一个办法。"

"展示一下。"

亚蒂玛将液滴消除，创造出一个环面，高一德尔塔，宽四分之一德尔塔，白色表面布满一圈圈红色的经线和蓝色的纬线。佗在数据库中找到一个标准工具，可将任何物体的表面处理成景界。于是，佗先将结构进行等比例调整，让假想光线跟随图形表面的测地线方向传播，再适当加点厚度，这样就无须让自己二维化了。接着，亚蒂玛礼貌地向拉迪亚提供了地址，自己随之跃入该环面的景界之中。

两人站在景界外缘，面朝"南"——这里是环面的"赤道"位置。由于光线紧贴表面传播，因此景界显得一望无际。但是，一个短转圈②距离外，亚蒂玛可以清楚地看见拉迪亚和自己图标的背面。因此，根据佗和拉迪亚间的距离，可推测出两倍远的地方还有另一个拉迪亚。此处看不到林间空地，只有头顶纯粹的黑暗。

沿正南方看去，透视基本呈线性：缠绕环面的红色经线汇聚在远处的一个消失点上。而在东西两侧，蓝色的纬线在近处是笔直平行的，但走远到某个临界点后，便猛地岔开四散。沿外缘绕行的光线重新汇聚在出发点的正对面，如同放大镜的聚焦效应——赤道上距离亚蒂玛刚好半个环面外周长的小点图像变得极度膨大，充斥了整个视野，将南北两面的一切都排挤了出去。蓝

---

①环面是一个手镯形状的旋转曲面，由一个圆绕一个和该圆共面的轴回转所生成。
②根据上下文，"一个短转圈距离"指的是该环面中绕轴旋转的圆周长，等于该环面中一条经线的长度。

色纬线经过这个半周上的标志处后重聚，表现出一段时间的正常姿态，继而回到原点，重复上述现象。但是，再次经过半周标志处后，视野就被挡住了：一条宽大的紫色带，带着一圈细细的黑边，一直延伸到地平线：在那里，亚蒂玛的图标因曲率而出现扭曲。此外，还能清楚地看见一条绿棕条纹，如果亚蒂玛的视线完全远离拉迪亚，绿棕条纹就会部分遮挡住黑边紫带。

"显然，该嵌入的几何形态是非欧几里得的。"亚蒂玛在脚下的表面画了几个三角形，"此时，三角形的内角和取决于嵌入方式：靠近外缘时内角和大于180度，而靠近内缘时又小于180度。只有放在中间位置才能基本平衡。"

拉迪亚点点头。"好吧，那要如何才能在不改变拓扑的情况下，确保四处都能平衡呢？"

亚蒂玛向景界中的环面发送了一串标签流。很快，他们周围的视野开始变形。原本处于东西方地平线位置的模糊图标开始萎缩，蓝色的纬线被抻直。南边，线性透视中的狭窄部分迅速扩大。"如果把圆柱体掰成环面，原本与圆柱体轴线平行的线条就会变成不同大小的圆，这就是曲率出现的真正原因。如果你想让所有圆大小一致，就不可能让它们分开，最后圆柱体反而会被压平。不过，这个场景只能发生在三维空间中。"

此时，经纬线全都变得笔直，四面八方都是完美的线性透视。二人好似站在一个无垠的平面之上，只有他们重复出现的图标提醒这里并非平面。三角形也变直了，亚蒂玛选中其中一个，复制了两份，然后将三个三角形组成一个扇形，三角之和为180度。

"从拓扑角度上看，根本没有改变。我没有在表面进行切割或拼接。唯一不同的是……"

亚蒂玛跃回林中空地。环面已经变成了一截短圆管的模样：

大的蓝色纬线圈全部大小一样，而小的红色经线圈就像被碾成了一条条直线。"我将每条经线旋转了90度，进入了第四个空间维度。因为我们看到的是其侧边，所以看上去像被压扁了。"亚蒂玛曾用低维度模拟做过演示：先将圆管摆在一对同心圆中间，接着把圆管转90度转出平面，用侧边站立。升维后，圆管的半径不变。对环面来说同样如此，只要纬线圈在第四维中拥有不同"高度"，确保各自分开，它们就可以拥有一致的半径值。

亚蒂玛给环面重新上色：光滑渐变的绿色和洋红色，用于展示隐藏的第四坐标。"圆柱体"的内表面和外表面颜色仅在顶部和底部边缘匹配，即二者在第四维度中的相交之处；在其他地方，两头的色调仍然不同，表示它们是分开的。

拉迪亚说："很好。你能给球面也上色吗？"

亚蒂玛沮丧地说："我试过了！从直觉上来看，似乎不可能……但是我之前对环面也是这么看的，结果又找到了解决方案。"说着，佗创建了一个球形，然后把它变成了一个立方体。但效果很拙劣——佗只是捏出了四个角，不过曲率还在。

"来，我给你一个提示。"说着，拉迪亚把立方体变回球形，并在上面画了三个大圆圈：一条赤道，另外是两条经线圈，两者相隔90经度。

"现在球的表面被划分成了几个形状？"

"三角形。八个三角形。"北半球四个，南半球四个。

"无论表面发生什么情况——弯曲也好，拉伸也好，还是提升一千个维度也好——我们总能以同样的方式对它进行上述划分，对不对？六个点，八个三角形？"

亚蒂玛实验了一下，将球变成一系列不同形状，说："你说得没错，可是这有什么用呢？"

拉迪亚没有说话。亚蒂玛让形状变透明，可以一次性看见所有的三角形，它们共同构成了某种粗糙的网，网有六个点，像个拉紧了的拉绳袋。亚蒂玛将十二条线拉直，自然让三角形也全部被展平——不过，球随之变成了一个八面的菱形，和方才的立方体一样拙劣。菱形的每一面都是完美的平面图形，但六个尖角就像一个个无限集中的曲面。

佗展平这六个点。展平不难，可此时八个三角形变得弯曲和非平面，就像最初在球面上的样子。"显而易见"，点和三角形无法同时展平……但是亚蒂玛还是没弄明白两个目标不可调和的原因。佗测量了其中四个相交三角形的角——它们共同围绕着之前菱形的一个点。四个角均为90度。这下明朗了：要让三角形躺平，同时无缝拼接起来，四个角之和就应为360度。于是，佗再次将形状恢复成此前那个蹩脚的菱形，测量刚才四个角：60度、60度、60度、60度。四角和才240度，太小了，所以展不平。它们无法凑成一个整圆，因此表面才会像圆锥似的卷起来。

<u>原来如此！</u>这就是问题的核心所在！围绕顶点的总角度必须为360度才能真正放平……否则展平后，平面三角形的内角和仅有180度，仅一半！所以，要是三角形的数量恰好是顶点数量的两倍的话，一切问题就迎刃而解了——但是现在有六个顶点，却只有八个三角形，所以平整度不够。

亚蒂玛得意地咧嘴一笑，开始叙述自己的推理逻辑。拉迪亚从容地说："很好，恭喜你发现了高斯－博内定理[1]，建立了欧拉数[2]和曲率的关联。"

"是吗？"亚蒂玛的自豪之情油然而生。欧拉和高斯都是大名鼎鼎的真相挖掘者，虽然他们都是早已作古的肉身人，但能与

---

[1] 高斯－博内定理是一个关于曲面几何的重要定理，用于表示一个曲面的整体几何性质（比如曲率）和它的拓扑性质之间的关系。
[2] 欧拉数是用于描述物体形状（尤指曲面）的数字，反映了物体的拓扑特征。

他们的能力相提并论者少之又少。

"不完全是。"拉迪亚轻轻笑道,"有机会你最好看一下这个定理的准确定义。我觉得你已经可以正式处理黎曼空间①了。不过,如果一开始感到太过抽象的话,可以先试试从更多的例子入手。"

"好的。"亚蒂玛清楚这节课已经结束了。佗举起一只手致谢,然后将佗的图标和观点从空地撤了出去。

#

此时,亚蒂玛处于无景界状态:输入通道与外界隔绝,只有思想做伴。佗清楚自己尚未完全理解曲率——毕竟还有很多其他思考曲率的方式——但至少佗已掌握了部分真相。

思考完毕,佗跃入了真理矿井(Truth Mines)。

佗来到一处洞穴空间,穴壁上是深色岩石,由灰色的火成矿物聚集体、褐色的黏土和锈红色的条纹构成。洞穴地上镶嵌着某个奇特的发光物:这是一组精致的薄膜,薄如蝉翼,几十簇飘浮的火花裹束其中。薄膜嵌套在一起,构成多个同心的结构,像是画家达利②笔下一层层剥开的洋葱皮——每个同心结构中的最小薄膜形成气泡,包裹住或形单影只或三三两两的火花。薄膜会随着火花的飘移而流动,避免火花从任何一层薄膜中逸出。

某种意义上,真理矿井只不过是一个常见的索引景界。通过类似的方式,你可以访问数据库中卷帙浩繁的专业选集。更何况,亚蒂玛早已梳理了进化史,玩转了元素周期表,还通读了肉身人、拟形人和公民的历史时间线。半兆陶之前,佗潜入真核细胞中畅游:悬浮在细胞质中的每一种蛋白质、核苷酸和碳水化合物都呈现出各自的格式塔标签,分别指向数据库中关于真核细胞

---

①黎曼空间是指一种带有曲率的空间。
②指西班牙超现实主义画家萨尔瓦多·达利。

的一切知识。

然而，在真理矿井中，标签不仅作为参考，还包括对所代表物体的特定定义、公理或定理的完整陈述。矿井无须借鉴他处：肉身人和其后代所证明过的每一条数学结论均能在这里得到完整呈现。虽然数据库的注释也很有用，但在这里的是真理本身。

埋入洞穴地面的发光物播出了一条关于拓扑空间的定义：一组点（火花）组成"开子集"（一张或多张薄膜的内容），通过这些子集说明点之间的关联——全程并未诉诸"距离"或"维度"等概念。由于缺少结构，你只能获得以下基本结论：无论多么奇特的空间结构，拓扑空间都是所有能被冠以"空间"之名实体的共同祖先。通入洞穴的隧道只有一条，这条隧道连接的是必要的先验概念，另有十来条隧道从洞穴走出，微微"下沉"至基岩中，这些隧道象征着对定义所具有的各类含义的追求。假设 T 是一个拓扑空间……那么接下来呢？出去的隧道上铺就了小小的宝石，每一颗宝石都在通往定理的途中会播出一个中间结果。

矿井里每条隧道都拥有无懈可击的验算机制：无论定理埋得多深，都可以追溯至当初每一条假设。为了明确"验算"一词，所涉及的数学领域都会使用各自的正式体系：公理、定义和推理规定，以及用于精确表述定理和猜想的专业术语。

亚蒂玛第一次在矿井遇见拉迪亚后，问佗为什么有些非感知程序不能使用矿工所使用的正式体系——这样一来就能自动生成定理，为公民省下很多精力。

拉迪亚的回复却是："二是质数、三是质数、五是质数、七是质数、十一是质数、十三是质数、十七是——"

"停下来！"

"如果我不嫌烦，可以一直念到宇宙大坍缩，最后还是什么都发现不了。"

"但我们能同时运行几十亿个程序,朝不同的方向挖掘。虽然不是所有程序都能有所发现,但那又有什么关系呢?"

"你会选择哪些'不同的方向'呢?"

"不知道。或许全选?"

"区区几十亿只挖矿鼹鼠哪里够?假设你已知一条公理和十条可用于生成新陈述的逻辑步骤,每条逻辑步骤可推算出十条新的真理。"拉迪亚开始演示,佗制造出一个小型矿井,矿井很快在亚蒂玛面前生成分支。"十步完成后,你就有了一百亿条真理,十的十次方。"小型矿井的隧道如扇面般散开,成为一片无法消除的污渍——而拉迪亚让隧道里塞满发光的鼹鼠,矿面发出刺眼的光芒。"二十步之后,真理数量达到十的二十次方。数量增加了一百亿倍,根本做不到一次性全选。这时候,你要怎么做才能选择正确的方向呢?还是说你想分时使用通道里的鼹鼠——让它们变慢,慢到无用为止?"鼹鼠们按比例散发出光,而活动的光在无形中变得微弱起来。"指数增长堪称最恶毒的增长形式,肉身人差点因此灭绝,知道吗?我们甚至能采用匪夷所思的办法,让整个地球——乃至整个银河系——变成某种机器,释放出惊天骇地的计算力……可即使如此,我觉得就算到达宇宙末日也很难证明费马大定理①。"

亚蒂玛倔强地说道:"那就让程序变得更复杂,识别力更强。让它们自己从例子中概括,形成猜想……完成验算。"

拉迪亚退一步道:"或许吧。在大迁入之前,有肉身人尝试过这种办法——毕竟肉身人寿命短,做事慢,还容易分心,到死可能都挖不出真理,所以对他们来说,让不具备思考力的软件替

---

① 由十七世纪法国数学家费马提出,亦称"费马猜想"。实际已于1995年被证明。

他们挖矿确实很有意义。可是,对我们呢?为什么我们要放弃这种愉悦?"

亚蒂玛已经体验过了真理挖掘的快乐,佗无法反驳。任何景界、数据库档案、卫星数据或无人机图像,在数学面前都只能自惭形秽。佗向景界发出一个询问标签:携带着佗的个人观点,发出蔚蓝的光,照亮了通往高斯-博内定理的通道。佗沿着一条隧道缓缓飘下,读取来自嵌有宝石通道的所有标签。

学习真是一件奇怪的事。佗本可以让外在自我程序[1]将所有原始信息瞬时接入意识中——从而获得一份真理矿井的完整副本,然后像变形虫吞噬一颗星球一样将其吞没——但这既不能帮佗掌握事实,也不能提升佗的理解能力。掌握数学概念的唯一途径就是在多个语境下看它如何展现,然后思考几个具体的例子,找出至少两个隐喻来支持自己的直觉推测。若有曲率,则三角形的内角和或许不到180度。若有曲率,则你必须将平面进行不均匀的拉伸或收缩,才能包裹住一个表面。若有曲率,则平行线不能存在——或者说任何欧几里得空间的结构都不能存在。若要理解一个理念,它将与你大脑中的其他符号产生纠缠,直至彻底改变你的思维方式。

不过,数据库中可以查到诸多过去矿工们让定理脱胎成形的方法。数千名小西公民辛辛苦苦挖掘出真理后,将自己的理解保存归档,因此亚蒂玛只需将信息直接植入意识中,与原始数据并存,便可轻松理解定理。同时代的真理矿工们将真理之矿一步步推向更深处,而亚蒂玛只消植入正确的知识,便能不费吹灰之力地与他们站在同一层面……但是,从数学角度来说,佗将成为矿工们的克隆,永远活在他们的影子里,这是佗所要付出的代价。

---

[1] 见《术语表》第11条"外在自我"。

高斯、欧拉、黎曼、列维－奇维塔、德拉姆、嘉当[①]、拉迪亚和布兰卡都是独立的矿工,如果亚蒂玛想同他们那样,在矿面提出并验证自己的猜想的话,就只能亲身探索矿井,并无捷径可寻。如果佗对旧的理论产生不了新的见解,就不要奢望开创新的领域,踏上先人未曾走过的路。佗必须先完成自己的矿井地图,哪怕这张图皱巴巴、脏兮兮,四处写满了注解,它也是独一无二的。只有完成之后,佗才能猜想下一个未被开采的丰裕矿脉埋藏在哪里。

#

亚蒂玛的家景是一片热带草原。佗回家后,把玩起一个和多边形交叉在一起的环面。正在这时,井野城发来一张呼叫卡:呼叫标签飞入景界,犹如风中携带的熟悉气味。亚蒂玛现在正玩得开心,不想被打扰。可佗犹豫片刻后又心软了,回复了一个欢迎的标签,授予井野城进入家景的权限。

"那丑不拉几的是什么玩意儿?"井野城轻蔑地盯着佗手中极简风格的环面说道。自从井野城开始造访阿什顿－拉瓦尔城邦[②]以来,佗便自封为景界的美学裁判。亚蒂玛去佗家时,发现一切都在不停地蠕动,不断变换光谱,分形维数[③]至少有二点九。

"这是个粗样,证明环面可以实现零曲率。我准备把它做成永久性的装置。"

井野城哼哼道:"真理矿井还真把你勾住了,瞧你'照葫芦画瓢'那样儿。"

亚蒂玛语气平和:"我把表面分解成了多边形。面的数量减

[①] 以上六人均是历史上真实存在的数学家。
[②] 一个在艺术上有着极深造诣的城邦。
[③] 分形维数是用来衡量物体复杂度的数学指标,表示其在不同尺度下的空间填充能力,通常为非整数。

去边的数量，加上点的数量，此时的欧拉数为零。"

"别高兴得太早。"井野城在上面粗略地画了一道线，挑衅地将其中一个六边形一分为二。

"你加了一个新的面和一个新的边，两者完美抵消掉了。"

于是井野城又将一个方形切成了四个三角形。

"三个新的面，减掉四条新的边，再加一个新的点。有变化吗？没有。"

"臭挖矿的。死脑筋。"井野城张开嘴，吐出几个命题演算的随机标签。

亚蒂玛笑了："赢不了就只能骂街吗……"佗发出一个标签，即将撤销井野城的权限。

"跟我去看看哈希姆的新作品吧。"

"待会儿吧。"哈希姆是井野城在阿什顿－拉瓦尔城邦结交的艺术家朋友之一。不过，亚蒂玛觉得他们的大多数作品都很令人费解。佗不确定原因在哪里，或许是不同城邦间公民的心理结构有异，或许只是佗个人品味的问题。当然，井野城坚称那些作品都乃"旷世奇作"。

"那是个实时作品，转瞬即逝，'过了这村就没这店了'。"

"那不一定：你可以录下来给我看，要不我派个代理——"

井野城的锡脸摆出一副夸张的怒容："你太市侩了。艺术家选定参数后，是不容亵渎的——"

"哈希姆的参数太难以理解了。肯定不对我的胃口，你自己去吧。"

井野城有些犹豫，身体特征慢慢恢复正常。"只要你用心，用正确的眼界程序[1]去观赏的话，你也能欣赏哈希姆的作品。"

---

[1] 见《术语表》第38条"眼界"。

亚蒂玛盯着佗。"你是这样做的吗？"

"当然。"井野城伸出手，一朵花从佗的掌心开出，是一朵青紫色的兰花，发出一条阿什顿－拉瓦尔城邦数据库的地址。"我不告诉你是怕你会告诉布兰卡……然后我的父母中的某人肯定会听到这个消息。你也知道他们的德行。"

亚蒂玛漫不经心道："你是公民，关他们什么事？"

井野城眼珠上翻，摆出一副殉道者的模样。亚蒂玛怀疑佗根本不懂家族的意义：无论是井野城的哪位亲属，都无法因佗使用眼界程序一事去惩罚佗，更不能制止佗。就算为千夫所指，佗只需过滤掉就好；就算家庭聚会上大家批斗佗，佗也能想走就走。布兰卡的父母中，有三个同时也是井野城的父母，正是他们逼迫布兰卡和加百列分了手（而且要永远分开），因为他们无法接受与卡特－齐默曼这样的异族通婚。不过，两人如今又在一起了，出于某些原因，布兰卡需要避开包括井野城在内的所有家族成员——因此，井野城无须再害怕佗那位不完全同父母的手足会大嘴巴了。

亚蒂玛有些受伤："要是你要我保守秘密，我是不会跟布兰卡说的。"

"得了吧，你以为我不记得了吗？布兰卡算得上你的养父母了。"

"那是我还在子宫里的时候！"亚蒂玛现在仍很喜欢布兰卡，但他们如今已不像从前那样时常见面了。

井野城叹了口气："行，我很抱歉，没能早点告诉你。现在你愿意和我去了吗？"

亚蒂玛又警惕地嗅了嗅那朵花。阿什顿－拉瓦尔的地址闻上去格外异域……不过，这只是新鲜感在作祟。接着，佗让外在自我取了一份眼界程序的拷贝，仔细检查。

亚蒂玛很清楚，包括拉迪亚在内的大多数矿工都在年复一年地使用眼界来帮助自己在工作时更专注。对于心智基于肉身人创建的公民而言，他们很容易"开小差"：无论你多么钟情于你的目标，多么想要实现你的价值，你的热情都会随时间的流逝而衰退。在肉身人的传承中，灵活多变是极为重要的内容，但经过相当于大迁入前十几轮人生时长的计算洗礼后，无论你的毅力如何坚如磐石，也免不了落入增熵的混乱局面。但是，所有城邦的建立者都不约而同地避免在最初设计中加入预定的稳定机制，以免整个种族被一小簇文化基因寄生，继而僵化成只追求永生的疯子。为了安全起见，应允许每一个公民都能从形形色色的眼界中自由挑选：眼界是一种可以在你的外在自我内部运行的软件，当你认为需要时，能用它来增强你所珍视的自身特质，将其锚定。伴随而来的是短期跨文化实验的可能性。

　　大部分公民的心智中通常残留着一定程度的祖辈喜好，而眼界往往也基于此，因此每种眼界程序所提供的价值观与审美都略有不同。这些喜好通常体现为：<u>规律性和周期性——比如日子或季节的变换节奏，或是声音、图像或想法中存在的和谐与精妙</u>，<u>追求独特，回忆过去和展望未来</u>，<u>喜欢八卦、结伴，有同理心、同情心</u>，<u>独处、少言</u>。无论是琐碎的审美偏好，还是与道德及身份认知相关的情绪链，所有的一切都被串成了一条连续的统一体。

　　亚蒂玛把外在自我对眼界的分析结果放在面前。这是一张前后对比图，显示的是受眼界影响最大的神经结构。对比图很像一张网，每个交叉点处都有一个球，用于代表符号。符号大小成比例地变化，反映出眼界调整它们的方式。

　　"'死亡'增强了十倍？什么鬼玩意儿。"

　　"那是因为死亡意识最开始发育不全。"

亚蒂玛怒瞪了佗一眼，然后将对比图设为私密，继续专注地审视分析结果。

"快做决定吧，马上就要开始了。"

"决定什么？决定变成哈希姆的附属吗？"

"哈希姆又不使用眼界。"

"看来佗是天资聪颖咯？大家不都这么说吗？"

"总之……快点吧。"

亚蒂玛的外在自我并不认为眼界会寄生，不过佗也无法完全保证——如果佗只使用眼界几千陶的时间，应该还能停用。

亚蒂玛手掌中长出一朵相匹配的花。"为什么你总想让我干这种冒险的事？"

井野城把脸拧成一个纯粹的格式塔标志，意思是好心被当作了驴肝肺。"除了我，还有谁愿意把你从这矿井里救出去？"

亚蒂玛启动眼界。很快，景界中的某些特征立刻抓住了佗的目光：一缕薄云在蓝天中荡漾，树在远处簇成一团，风在附近的草地激起阵阵涟漪。就像是切换一张张彩色格式塔图，有些物体变化得更快，就像要从画中跳出来似的。过了一会儿，效果趋弱，但亚蒂玛仍能感受到明显的异样：在佗的意识中，符号的拔河比赛出现了优势转换，在佗脑海中经常响起的细语，似乎有了些许不同的音调。

"你还好吗？"井野城好像有点担心，亚蒂玛对佗随之产生了一种原始的喜爱之情，这很罕见。城邦联盟中蕴藏着万千可能，井野城在其中进行着无休止的寻宝，所以佗一直想给亚蒂玛展示自己的成果，因为佗真的很想让亚蒂玛了解外面的花花世界。

"我想，我还是我吧。"

"真遗憾。"井野城发送了地址，两人一同跃入了哈希姆的作品中。

二人的图标消失，成为纯粹的观察者。一个跳动着的淡红色有机体出现在亚蒂玛的视野中，由半透明的液体和组织混杂而成。有机体分裂开，溶解，又重组，看上去很像是肉身人的胚胎，不过画风并不写实。作品的成像技巧在不断修正，展现出不同的结构：亚蒂玛透过一片片透射光，发现了藏在其中的纤细四肢和器官的蛛丝马迹；一阵X光闪过，暴露出鲜明的骨骼轮廓；神经系统有着细微的分支网络，在视野中呈现为丝线般的阴影，接着从髓磷脂收缩至脂质，再到突出囊泡，全程伴随磁共振成像发出的射频脉冲。

现在可以看到两具躯体，像是双胞胎。其中一人更大，有时会大很多。两人不断更换位置，绕着对方旋转，以频闪跳跃的方式或收缩或增长，图像的波长在光谱上断断续续。

接着，其中一个肉身儿童开始变成某种玻璃制的生物，神经和血管变成玻璃化的光纤。这是一幅让人猝不及防的白光图像，映现出一对活生生的连体婴；更难以置信的是横切面，露出粉色与灰色交错的新生肌肉，与旁边的形状记忆合金、压电传动装置共同工作；肉身人与拟形人的身体构造在这里完美交融。随后，场景旋转变形，出现一个机器人儿童，孤零零地待在某肉身女性的子宫中；场景继续旋转，一幅代表公民心智的发光地图，嵌入同一个女性的大脑里；镜头拉远：原来她蜷缩在一个由光缆和电缆构成的茧中。然后，一群纳米机器冲破她的皮肤飞出，一切都化为一团灰色的尘埃。

两个肉身儿童肩并着肩，手拉着手走着。或是父与子，或是拟形人和肉身人，或是公民和拟形人……亚蒂玛不想继续猜下去了，任凭各种猜测在脑中翻腾。两人的身影从容地走在一条城市的主街上，身旁的景物流转变换。

作品在未经请求的情况下，让亚蒂玛的视角围绕作品人物转圈。亚蒂玛注意到,两人在交换眼神、触碰、亲吻——还有尴尬的相互挥拳,各自的右臂在手腕处结合。两人讲和后,情绪都冷静了下来。随后,较小的人将较大的人扛到自己的肩膀上。坐在上方的人像沙漏般往下流落,掉在下方的扛举者身上。

他们或是父母与孩子,或是手足,或是挚友,或是伴侣,或仅仅是同类,亚蒂玛从他们相互的陪伴中似乎领悟到了什么。哈希姆的作品是对友谊概念的升华,不受任何边界的局限。无论亚蒂玛的感受是否来自眼界,佗都很开心能亲眼看到作品,并能及时将其中的一部分放入自己体内,因为作品的所有画面都将最终溶解为阿什顿-拉瓦尔的冷却液中一闪而过的热熵。

景界开始将亚蒂玛的视角从两人身上抽离。一开始,佗觉得一切还正常,但整座城市很快衰败成一片平坦、裂隙的沙漠,目之所及,空无一物,只有渐行渐远的人影。佗跳回两人身边,却发现自己必须不断推进坐标才能保持所在的位置。这是一种无比怪诞的感受:小西城邦的设计有意避免了肉体造成的错觉,所以亚蒂玛既没有触感、平衡感,也没有本体感,但当景界试图"推开"佗,佗需要加速跟上时,佗的感受似乎特别贴近真实的身体抗争,佗差点以为自己已经有了具象化的躯体。

面对亚蒂玛的一人猝然老去,脸颊凹陷,眼神蒙纱。亚蒂玛连忙转身观察另一人的脸,然而景界让佗飞到了对面的沙漠,这次去的是相反的方向。亚蒂玛努力挣扎想要回到他们身边……他们一会儿是母女,一会儿又变成机器人和闪闪发光的新人……尽管两人仍手牵手锁定在一起,但是亚蒂玛还是察觉到有股力量想要将他们分开。

佗看到:肉手紧握住肌骨,金属紧握住肉身,陶瓷紧握住金属。慢慢地,它们终将失手。亚蒂玛看向每个人的眼睛:一切都在流动、变化,只有他们的目光仍紧紧望着对方。

景界一分为二，地面洞开，苍穹撕裂。两人分开了，亚蒂玛也在一股无法抵抗的力量下被重重地抛回了沙漠。佗看到了远方的两人变回了双胞胎的状态，但已不确定属于哪个物种。两人之间的虚空不断扩大，它们绝望地向对方伸出手。双臂奋力张开，指尖几乎就要相触。

接着，分为两半的世界分崩离析。有人发出悲愤的咆哮声。

亚蒂玛还没来得及意识到那声哭喊来自自己，景界就已遁入一片黑暗。

#

飞猪喷泉论坛很早之前就已被废弃，但亚蒂玛在家景中植入了一份从档案中提取的副本：一片广袤的干枯灌木林地将这座回廊广场围绕其中。广场空荡荡的，既显得很大，又显得很小。几百德尔塔之外，一颗不成比例的小行星副本被深埋地下，正是当时佗看到的那颗。亚蒂玛曾一度设想摆放一长串类似的纪念品，横跨整个草原，每当佗想回顾人生中那些转折点时，只需从上方飞过，就能一览无余……不过，佗很快觉得这个想法好像太幼稚了。那些佗所见过的，倘若改变了佗，便已成事实，何苦再去重建它们用于纪念呢？佗之所以保留论坛是因为佗真心喜欢在这里玩耍。至于小行星，虽然佗总有将它清理掉的冲动，但与自己冲动的对抗反而能带给佗一种独特的快感。

亚蒂玛在喷泉旁站了一会儿，观察喷出的银色液体轻松模仿着它所不屑服从的物理规律。随后，佗在喷泉旁重建了一个有八个面的菱形，这个六角菱形网是拉迪亚教佗的。佗和绝大多数公民一样，十分清楚物理规则在城邦之中没有任何意义。当然，加百列对此持异议，不过那是佗体内的卡特－齐默曼家族教条在作怪。喷泉既可以视流体动力学为无物，也能严格遵守之。它具体怎么做，是完全随意的。在小飞猪成形前，每条水流会在最开始呈现出完美符合重力规则的抛物线,但也仅仅只是为了美观——美学本身也不值一提,只是来自肉身祖先的残存影响。

但菱形网不一样——亚蒂玛把玩着它,疯狂地将其拉伸、扭曲,菱形网变得面目全非。它的可塑性是无限的。然而,话虽如此,但在变动物体形状时,佗遭遇了一些小小的限制,使得在某种程度上让菱形网变无可变——无论佗怎么揉捏,无论佗加入多少维度,菱形网就是无法展平。佗也可以完全用另一个东西替代,比如用一张网罩住一个环面,然后让新的网展平……可这样做就是掩耳盗铃,无异于创造一个长得和井野城一模一样的无感知物体,拉着它进入真理矿井,并对它宣称自己终于把真正的井野城劝过来了。

亚蒂玛将城邦公民判定为数学的产物,不管公民成为何物,或能够变成何物,数学永远是公民心中的核心。无论公民心智可塑性有多强,从某种层面上,方才菱形网所遵循的深层规则,他们也都同样遵循着——无法自寻死路,无法重新创造,无法自我摧毁后再造新人——就像欧拉数,只会随数量级的增加变得越发繁杂。纷纷扰扰的意识中,肯定藏有某些东西:时光无法触及,不断迁移变化的记忆经验影响不到,自主变更也修改不成。

哈希姆的作品是那么精美动人,就算没有眼界的加成,其所蕴含的强烈情感依旧挥之不去。但是,亚蒂玛却未曾动摇过自己的职业选择。的确,艺术自有其位置,能激荡起残留在公民心中的某些本能和冲动——皆因肉身人曾天真地将艺术当作永恒真理的化身。可是,亚蒂玛只有待在真理矿井中,才有发现自己身份与感知中真正存在的不变量的希望。

只有待在矿井中,佗才能确切地了解自己究竟是谁。

第三章 搭桥人

地球，亚特兰大
联盟标准时 23 387 545 324 947
协调世界时 2975 年 5 月 21 日 11:35:22.101

亚蒂玛的分身在一副拟形人躯体中启动后，思考了片刻自己的处境。所谓"觉醒"，其实和抵达一个新的景界没什么两样，根本感觉不出方才发生的意识重建过程。亚蒂玛基于主观感受，了解到自己刚刚从小西塑造器的一个分支被交叉转移至拟形人体内，前者在子宫或外在自我的虚拟机上运行，后者则由机器人的硬件直接执行运行命令（与城邦的风格大相径庭）。严格来说，佗没有属于自己的过去，有的只是拷贝的记忆和复制的性格……但是，佗依旧感觉自己只是从草原跳到了丛林，还是同一个人，所有的不变量仍十分完整。

亚蒂玛本体在转移前就已经被外在自我中止了，倘若一切顺利按计划进行，甚至都无须再次启动冻结住的本体。拟形人中的亚蒂玛分身会被再次复制进小西城邦（然后重新转移回小西塑造器中），接着小西中的本体和拟形人中的分身都会被删掉。在哲学层面上述过程和在城邦物理内存中进行内部转移大同小异，因为操作系统每时每刻都在内存中移动公民，以便回收碎片化的内存空间，属于常规操作。主观角度上，转移过程和远程操控拟形人类似,只不过远程操控时无须寄居进拟形人体内。

当然,前提是一切按计划进行。

亚蒂玛四处寻找井野城。此时太阳尚未从地平线升起,离阳光穿透树冠还早得很,不过拟形人的视觉系统仍能提供清晰的高对比度成像。灌木丛垂下硕大的深绿色叶子盖住了附近的林地,两边是高耸的硬木,有着庞大的树干。拼凑而成的接口软件似乎工作正常:拟形人的头和眼睛在追踪亚蒂玛数据请求的视角位时,没有明显的延迟。很显然,当佗把平常速率降慢八百倍后,这台机器还是可以跟上的——不过得记住,不要尝试任何不连续的运动。

另一个被遗弃的拟形人坐在佗旁边的草丛中,躯干前倾,双臂无力地垂下。身上覆着一层沾了露水的青苔和一层薄薄的土,掩盖了底下的聚合材质皮肤。一台蚊子大小的无人机仍停泊在拟形人的后脑勺上,修复着一个微小切口——这是它之前切开的,以便进入体内的主光纤。该无人机偶然间发现了两个被遗弃在此的机器人,于是亚蒂玛和井野城便用它将自己移植进了拟形人的处理器里。

"井野城?"线性词的回音顺着接口软件重回亚蒂玛体内,拟形人底架的怪异共振在上面留下痕迹,并以莫名的频率低沉地在庞杂潮湿的丛林中回响。景界中的回音从来没有这么……随意和朴实。"你在吗?"

无人机发出蜂鸣,从修复好的伤口处起飞。拟形人转向亚蒂玛,甩干净身上的湿土和落叶碎片。突然,几只巨大的红蚁现身,慌乱地在拟形人的肩膀上走着8字形,之后又慢慢稳住了脚跟。

"是我,别着急。"亚蒂玛通过红外链接接收到了熟悉的签章,佗本能地进行了质疑和确认。井野城尝试着弯曲了一下面部执行器，弄掉上面的覆盖物和污垢。亚蒂玛也摆弄起自己的表情，但接口软件不停地发回标签，提醒佗面部不可能做到佗想做的变形。

"要不要站起来？我帮你把身上那些东西弄掉。"井野城顺利站起身，亚蒂玛将自己的视角抬高，接口随之让佗的拟形人身躯跟上视角的高度。

佗任由井野城敲打刮擦着身子，完全没注意自己接收到了一串详情标签，表明"佗的"聚合皮肤出现了压力变化。按照最初的想法，机器人的硬件会把其姿态数据发送给接口软件，随后接口将数据输入至他们的内部符号，让佗俩的图标实现同步。反过来，当图标变动时，机器人就会遵循其变动切换姿态（除非是物理上无法实现的姿态，又或是姿势会让机器人四仰八叉地倒地）。但最后，佗俩决定还是不采用这种设计，因为这样会让他们获得深度整合的肉身人反馈和运动本能。就连井野城也不愿意让自己的拟形人分身获得过于生动的全新感受和技能——反正重返小西后也会舍弃掉。在城邦中，这些感受和技能百无一用，就好比亚蒂玛空有一身雕刻本事，在这淡漠无情的丛林中却毫无用武之地。如果说他们每分身一次，都和之前差异甚大，那这场体验岂不是和死了之后投胎没什么两样？

两人交换角色，亚蒂玛尽最大的努力把井野城擦干净。由于佗对所有相关的物理原理了如指掌，所以亚蒂玛可以通过让自己的图标做出正确的动作，基本实现任意操控拟形人的手臂……为了让双足运动的机器人保持精妙的平衡，接口软件会否决任何可能产生扰乱的行为，可即便如此，他们仍然手笨脚拙得出奇。亚蒂玛回想起佗在数据库中曾看过一些肉身人执行简单任务的画面：修理机械、烹饪、相互编辫子。拟形人如果使用了正确的软件，其动作将更加灵巧敏捷。小西公民保留了祖先双手开展精细动作的神经线路用于控制图标——这种神经线路与语言中心相连，用来打手势——但双手操作真实物体的高度演化体系则被抛弃，因为他们觉得这一体系华而不实。在景界中，物体会随他们的意愿运动，亚蒂玛的那些数学玩具或许要遵守特定的规则，但和外部世界的规则相比，两者间几乎没有可比性。

"然后呢？"

井野城站在一旁，邪恶地咧嘴笑着。佗的机器人身子与佗平常示人的锡皮图标没有太大不同：聚合皮肤上虽覆着污渍和挥之不去的生物群落，底下却是暗淡的金属灰色，而且拟形人的面部结构非常灵活，完全可以模仿出井野城标志性的滑稽面容。至于亚蒂玛，佗仍觉得自己还是往常步履轻盈的紫袍肉身人形象。反倒因无法分开两个导航仪让佗颇为开心，因为这样才能清楚地观察到自己那副单调的外表。

井野城嘴里哼着："三点二万陶、三点三万陶、三点四万陶。"

"闭嘴吧。"两人的外在自我均在小西。若是有人造访，他们就会向访客详细解释情况——免得别人觉得他们神经兮兮——只不过，亚蒂玛的心中还是泛起一阵令佗感到痛苦的疑虑：<u>布兰卡和加百列会怎么想？拉迪亚呢？还有井野城的父母呢？</u>

"你该不会会告密吧？"井野城的眼神中闪烁着狐疑。

"当然不会！"亚蒂玛恼怒地笑出声；且不论自己心存多少疑惧，佗对这趟冒险可是全心全意的。井野城则认为，亚蒂玛马上就要去当真理矿工了，一旦使用了矿工眼界，佗就会"对其他一切兴味索然"，所以这次是最后一次机会，更何况这场冒险"连刺激都谈不上"。井野城说得并不对：眼界程序是支柱，不是束缚，是增强了的内部框架，而非囚笼。来之前，亚蒂玛一直是拒绝的，可是井野城犟得跟一头驴似的，不达目的绝不罢休，而佗那些所谓大胆激进的"阿什顿－拉瓦尔朋友"都不愿意陪佗。一直以来，亚蒂玛都藏着一个想法，佗想走出小西城邦的世界，邂逅异域的肉身人，当然，佗也不排斥将这些想法付诸合理的幻想，这也令佗十分开心。于是，佗不得不面对以下问题：<u>倘若佗让井野城独自一人来，二人会不会变得形同陌路？</u>而出乎自己意料的是，亚蒂玛不愿意这样。

佗迟疑地回道："不过，最好不要在外面待超过二十四小时。"那就是<u>八十六兆陶</u>。"要是外头啥都没有，没什么可看的呢？"

"那可是肉身人的聚居地，怎么可能<u>没什么可看的</u>。"

"最后一次已知的接触是几个世纪前。他们没准已经死光了，或者迁走了之类的。"根据八百年前签订的条约，无人机和卫星均不得侵扰肉身人的隐私。城市聚居地有十几处，分散开来，按照肉身人自己的法律，他们可以将聚居地内的野生动物驱逐干净，然后修建集中的定居点，且聚居地不可侵犯[①]。他们也有自己的全球通信网络，不过和城邦联盟之间没有相连的网关。大迁入前，双方均违背条约，导致了分离。井野城坚持以下观点：虽然利用小西的卫星来操纵拟形人的身体，的确可以被视作在使用无人机或卫星进行侵扰——而且按照程序规定，他们受条约约束，不得如此——但如果是两个有自我意识的拟形人在<u>丛林闲逛，然后不小心闯入了聚居地，那就是另一码事了。</u>

亚蒂玛环顾四周茂密的草丛，突然很想一跃而起至几百米的前方，或跳上高耸的林冠，纵览前方的大地，但佗很快抑制住了这种不现实的冲动。<u>五万陶、五万一陶、五万二陶</u>。难怪大多数肉身人一逮着机会就会蜂拥而至各城邦：因为即便不考虑生老病

[①] 见《术语表》第 32 条"不可侵犯性"。

死,也不算重力、摩擦力和惯性,现实世界还是像一个巨大、复杂的障碍训练场,举目皆是没有意义的随机限制。

"我们得动身了。"

"你先走,利文斯通①。"

"那是在非洲,井野城。"

"杰罗尼莫?哈克贝利?桃乐茜②?"

"得了吧。"

他们往北走,无人机在身后"嗡嗡"作响:这是他们和城邦唯一的联系,一旦有危险,他们还有机会快速撤离。无人机跟着飞了一千五百米,来到了聚居地的边缘。这里根本没有边界的标记——两侧全是茂密的丛林——但是无人机仍拒绝越过想象之中的界线。此时,就算他们自己造一个收发器来取代无人机,也还是进不去:因为卫星覆盖面极为精准,就是为了避开这种地方。当然,他们也可以倒腾一个基站出来,放在外面转播信号……但现在谈这个为时已晚。

井野城说:"最糟糕的情况是什么呢?"

亚蒂玛毫不犹豫地答道:"流沙。如果我们两个都陷进流沙里,通信就会断掉。我们就只能漂在地表之下,等待能量枯竭。"佗检查了一下拟形人的能量储备,那是一块磁悬浮的反钴。"不过我的拟形人还能撑六千零三十七年。"

"我的还有五千九百二十年。"几缕阳光穿透树林,一群粉灰色的小鸟在上方的树枝上鸣叫,声音刺耳。

---

① 此处井野城将亚蒂玛比作十九世纪的英国探险家戴维·利文斯通(David Livingstone),他在非洲发现了莫西奥图尼亚瀑布和马拉维湖。而文中二人是在北美洲的亚特兰大,所以亚蒂玛对此的回应是"那是在非洲"。

② 杰罗尼莫是十九世纪阿帕奇部落的杰出领袖;哈克贝利指的是马克·吐温笔下的人物;桃乐茜是《绿野仙踪》的主角。以上三人的生活背景都是北美洲,是井野城对亚蒂玛所言的回应。

"但是两天后,外在自我就会重启我们留在小西的本体,所以要是咱俩无力回天,不如趁早了断。"

井野城好奇地审视着亚蒂玛:"你会自杀吗?我现在已经感觉和我小西的本体有所不同了。我想接着活下去,没准等个几百年就会遇到哪个好心人救我们一命呢。"

亚蒂玛想了想:"我也想活下去——但不想独自苟活。至少得有个说话的人才行。"

井野城缄默了一阵,抬起右手。他们的聚合材质皮肤上遍布红外收发器,手掌心上最密集。亚蒂玛接收到一个请求数据的格式塔标签:井野城想要看一下亚蒂玛心智的快照[①]。拟形人的硬件空间有很多空余,完全装得下两个人。

在小西城邦,将自己的一个版本委托给另一个公民是一件想都不敢想的事。亚蒂玛将手掌贴着井野城的手掌,交换快照。

他们进入了亚特兰大聚居地。井野城问:"每小时更新一次可以吗?"

"可以。"

#

接口软件在操纵行走方面不算太差劲。借助软件,两人保持直立身姿,稳步向前,并利用拟形人的触觉和平衡感,在无须控制其头部和眼睛的前提下,通过任何可用的视觉信息来探测地面覆盖物中的障碍和地形变化。磕绊好几次后,亚蒂玛开始时不时瞅瞅脚下。"记得低头看路"是肉身人的原始本能,要是接口软件一开始就设置好的话,这一路会走得顺利得多。

显然,丛林中居住着一些小鸟和蛇,如果还有其他生物的话,应该也被鸟鸣和蛇嘶吓得藏起来或者逃掉了。和索引景界中

[①] 见《术语表》第55条"(心智)快照"。

类似的生态系统相比,穿行于真实的生态系统之中,体验感反倒淡了许多,在与真正的泥土、植被互动时,兴奋的感觉消退了不少。

亚蒂玛听到前方好像有什么东西贴地而过。不经意间,佗从灌木底下踢出来一小块腐蚀了的金属。佗继续向前走,而井野城停了下来,仔细检查那个金属块,接着发出惊恐的叫声。

"怎么了?"

"是复制器!"

亚蒂玛转过身,倾斜身子以便看清。接口让佗蹲伏下来。"只是一个空罐子。"那个罐子都快被踩扁了,但罐身上还有些喷漆残留,颜色已经褪成了一团灰,很难辨认出来。亚蒂玛认出了一条狭长绸带的一部分,大概是纵向走向,宽度不一,比背景略白。看上去应该是一条扭动的绸带的二维展现。还有一个圆的一部分,也许是生物危害的警示?亚蒂玛以前浏览过的关于这方面的信息有限,看上去和佗记忆中的不太像。

井野城用厌恶的口吻低声说道:"大迁入前的东西,跟瘟疫一样,扭曲了整个国家的经济。它和一切都有着密切联系:性行为、部落文化、艺术形式和亚文化……它牢牢地寄生在肉身人身上,只有六根清净的苦行僧才能逃脱魔爪。"

亚蒂玛半信半疑地审视着眼前这个可悲的物件,可惜现在他们无法进入数据库,而佗自己对于大迁入前的历史又不甚了解。"就算罐子里还留有什么,我相信他们如今应该对它已经免疫了。更不可能影响到我们——"

井野城不耐烦地打断佗:"复制器[①]可不是核苷酸病毒——那种病毒的分子本身就是一堆随机组成的垃圾,大部分就是磷

[①]根据描述(外观、磷酸成分等),所谓"复制器"应该是一个可口可乐的罐子,此处也可能包含作者对亚特兰大作为可口可乐公司发源地的揶揄。

酸。而这东西之所以这么邪恶，给它包装起来的模因才是罪魁祸首。"佗弯下腰，用双手盖住那个破烂的罐子。"谁知道这是从多大的设备上掉下来的？我可不冒这个险。"拟形人的红外收发器能够设置为在高功率下运行，井野城的手指间升起因植物烧焦而冒出的烟雾。

这时，他们身后传来一个声音——初听似是一连串无意义的音素，但接口随后将其翻译成线性语："难道你们准备烧火吸引注意吗？可别事先不通知就偷偷接近我们。"

两人在身体允许的范围内迅速转身。只见一个肉身人站在十米开外的地方，身穿一件用金线缝制的深绿色长袍。佗没有发出任何签章标签——佗也做不到，但亚蒂玛总是本能地认为对方并非真人，佗只能一直努力消除这一预设推定的影响。这个肉身人黑发黑眼，皮肤呈铜棕色，留着浓密的黑胡须——几乎可以确定这个肉身人的性别：男性，"佗"是他。他身上看不出改造的痕迹：没有翅膀，没有鳃，也没有光合罩。可是，亚蒂玛拒绝草草下结论：虽然他表面上因循守旧，却并不能证明他一定就是原生人[①]。

肉身人说："我就不跟你们握手了。"井野城的两个手掌还泛着一股暗红色，"而且我们也没法交换签章。我对协议什么的东西一概不知，不过也没事，那只是一些迂腐的惯例。"说着，他向前走了几步，地上的草顺从地倒下，铺平他前进的路。"我叫奥兰多·维内蒂，欢迎来到亚特兰大。"

佗俩也介绍了自己。接口软件中预装了最基本的语言，灵活性高，可以随机应变。接口判断出这个肉身人说的是现代罗马语[②]的一种方言，于是该语言被转移至二人的意识中，新的单词

[①] 见《术语表》第58条"原生人"。
[②] 小说中的虚构语言。

发音和对应的线性词被植入二人的符号中,接着再把陌生的语法设置与语言分析和生成网络相互绑定。整个过程让亚蒂玛觉得特别紧张,不过佗的符号还是和以前一样,说明佗还是佗本人。

"小西城邦?那地方到底在哪?"

亚蒂玛开始回答:"它在——"这时井野城连忙发射一串警告标签打断了佗。

奥兰多不为所动:"我就是无聊,所以感到好奇。我又不会拿到坐标后发射导弹炸你们,而且你们既然已经到这里了,从哪里来又有什么关系呢?或者应该说是你们操控的铁皮人到了。对了,你们找到这两具身体的时候,里头应该是空的吧?"

井野城像是被冤枉了似的:"那肯定啊!"

"那就好。我只要一想到还有活的拟形人在地球上游荡就汗毛倒立。他们出厂的时候就该在胸口写上:'仅适用于真空'。"

亚蒂玛问道:"你是在亚特兰大出生的吗?"

奥兰多点点头:"一百六十三年前。二十七世纪的时候,亚特兰大变成了一座空城,其实之前这里有一个原生人社区,但是全得病死了,其他社区原生人也怕被传染,不想冒险留在此地。新的创立者是从都灵来的,其中就有我的祖父母。"亚蒂玛轻轻皱眉。"你们想逛逛市区吗?还是在这里杵一整天?"

奥兰多在前领路,一切障碍随之退散。不知为何,植物似乎能察觉到他的存在,并迅速做出反应:叶子卷曲,毛刺以蜗牛般的速度撤走,四散的灌木丛缩成紧密的一团,伸出的树枝瞬间软垂。亚蒂玛怀疑奥兰多在故意放慢脚步,以便佗俩能跟上,佗相信只要奥兰多愿意,他随时都能将不速之客远远抛开——至少是和他分子键存在差别的其他物种。

亚蒂玛半开玩笑地问:"这附近有流沙吗?"

"跟上我就没事。"

森林毫无征兆地就走到了尽头：一定要说不同的话，边缘的树木要比内部大部分地方更茂密，更方便藏匿行踪。三人走上一片宽阔明亮的平地，眼前大多是成片的作物和光伏设备。远处就是城市：一大群色彩鲜明的低矮楼房，墙面和屋顶是恰到好处的曲面，相互交织重叠，错综复杂。

奥兰多说："我们现在一共有一万两千零九十三人，不过我们还在继续调整作物种植和消化共生体。十年后，我们就能用相同的资源再多养活四千人。"亚蒂玛判断接下来打探他们的死亡率是一种不礼貌的行为，因为从很多方面来看，物种在防止陷入疯狂的指数增长的同时，也须避免文化和基因的停滞，而肉身人要做到这点比城邦联盟困难得多。只有真正的原生人，以及极个别持保守主义观点的改造人①照旧保留着生老病死的先祖基因。若佗询问他们因意外损耗的人口似乎显得太麻木不仁了。

奥兰多忽然发笑："十年？你们觉得十年有多久？一个世纪那么长吗？"

亚蒂玛答道："差不多八千年吧。"

"操。"

井野城匆忙补充："其实两者不能换算，因为我们做一些简单事情的速度要快上八百倍，而我们自身的变化却又没那么快。"

"所以说帝国不会在一年时间里起起落落咯？一个世纪也进化不出新的物种了？"

亚蒂玛确认道："前者是不可能的。进化嘛，需要大量的突变和死亡才行。我们不喜欢变，要变也是小的变动，看看会产生什么效果。"

"我们也差不多。"奥兰多摇摇头，"话虽如此，但八千多年

---

① 见《术语表》第 12 条"改造人"。

的时间,我感觉很多东西是控制不住的。"

三人继续朝城市走去。他们走在一条宽阔的道路上,道路像是用红褐色的黏土铺成,但里面好像到处都是有机生物,以避免道路腐败成烂泥。路面给拟形人的脚感很软,又有弹性,也不会留下明显的脚印。田间小鸟在忙着吃草啄虫——这是亚蒂玛的推测,因为如果鸟吃的是作物的话,下季度只怕会颗粒无收。

奥兰多停下脚步,从路面拾起一根长满树叶的小树枝——定是从树林里吹来的。他拿着树枝在眼前的路面上扫来扫去。"你们在城邦怎么迎接贵客呢?是不是特别喜欢让六万多名无感知奴仆在脚下撒满玫瑰花瓣的感觉?"

亚蒂玛笑了,但是井野城觉得被冒犯得不轻:"我们不是贵客!我们是<u>土匪!</u>"

他们越走越近,亚蒂玛此时已能看见在彩虹色建筑间的宽阔大道上走着的一群群人:有些人在成群闲逛,像极了聚集在论坛的公民,只不过他们的外貌没有那么多样。有些人和自己的图标一样,都是黑肤,其他的改造也很不起眼,所有的改造人看上去就和原生人一样。亚蒂玛想知道改造人在探索哪方面的变化;奥兰多提到过消化共生体,不过这算不上什么变化——因为连DNA都没有触及。

奥兰多说:"我们刚发现你们时,一时不知究竟该派谁来。我们一般听不到城邦的消息,更不清楚你们有何目的。"他转身面对佗俩,"我的话你们听懂了吧?该不会是我在自说自话吧?"

"没有,除非我们也在自说自话。"亚蒂玛有些不解,"不过,你说派谁来,是什么意思?难道有人会说联盟的语言吗?"

"不会。"他们已经到了市郊,人们毫不掩饰地转身盯着他们,一脸好奇。"我会尽早跟你们解释的,或者会由我的朋友代劳。"

大道上铺着一层厚厚的矮草。亚蒂玛没有看见车辆或驮畜——只见到肉身人,他们大多数光着脚。建筑物之间有花圃、池塘和小溪,静态或动态的雕像,还有日晷和望远镜。一切都显得特别空旷、敞亮,全是露天式的。还有公园,面积很大,可以放风筝、踢球,有人坐在树荫底下闲聊。拟形人的皮肤发射出标签,描述阳光的和煦和小草的质地。亚蒂玛甚至有些后悔没有将自己多改造一些,以便能够本能地吸收这些信息。"大迁入前的亚特兰大呢?摩天大楼、工厂,还有公寓楼房都去哪里了?"

"有些还在,基本上都藏在林子里,在很北面的地方。想去的话我可以带你们过去。"

亚蒂玛趁井野城还没开口,连忙答道:"谢谢,但我们时间不够。"

奥兰多对十几个人点点头,部分人他叫得出名字,然后他将亚蒂玛和井野城介绍给了少数几个人。对方伸出手,亚蒂玛尝试去握,结果发现握手是一个极为复杂的动力学问题。大家对佗俩的到来似乎并未抱有敌意——但亚蒂玛看不懂他们的格式塔手势,而且他们都只是客套两句后,就匆匆离开了。

"到我家了。"

这是一栋淡蓝色的建筑,外立面是S形的,第二层是一个小一些的椭圆。"这个……是某种石头吗?"亚蒂玛抚摸着外墙,留意着标签信息。房屋表面光滑到了亚毫米级,但又和佗在森林里接触过的树皮那样柔软、冰凉。

"不是,它差不多算是一个活物吧。生长期时到处都是嫩芽和新叶,但现在它的代谢速率只够修复自身,还可以稍微调节一下室内空气。"

奥兰多家大门上挂着一道门帘,他们跟着他进屋。屋里有坐垫和椅子,墙上挂着静态的画。一道道阳光映射出屋里飞舞的灰尘。

"请坐。"佗俩干瞪着眼。"不坐？行吧。先在这里等我一下好吗？"说完他爬上楼梯。

井野城有些麻木地说："我们真的来了。我们做到了。"佗观察着洒满阳光的房间，"他们原来住在这种地方，看上去不赖嘛。"

"可惜时感太慢了。"

井野城无所谓地说："我们在城邦里到底在急什么啊？总是尽可能地加快自己的时感——还要努力不要受到时间影响。"

亚蒂玛有些不耐烦："那有什么错吗？如果你任由时间把你变成另一个人，或者干脆退化到谁都不是，那长生的意义何在？"

奥兰多回来了，还带来了一位肉身人女性。

"她叫利安娜·扎比尼。这两位是井野城和亚蒂玛，来自小西城邦。"利安娜有着一头褐发，眼睛是绿色的。他们握手，亚蒂玛此时已经掌握动作要领了，既不会再遇到太多阻力，也不会把自己的手臂干垂在空中。"利安娜是我们这里最棒的神经胚胎学家。缺了她，搭桥人啥也干不了。"

井野城问："谁是搭桥人？"

利安娜瞭了一眼奥兰多，后者随即说："那可说来话长了。"

奥兰多先让大家坐好。亚蒂玛终于意识到对肉身人而言，坐着真的舒服太多了。

利安娜开始讲述："我们自称搭桥人。三个世纪前，创始人从都灵来到这里时，他们曾有过非常周详的安排。大家都了解，自大迁入以来，不同的肉身人族群中出现过数千种人工基因改造。"说着，她指了指身后的一幅大图，图中的肖像隐去，浮现出一张复杂的倒置树状图。"改造人修改各色特征。有的很简单，像是针对新的饮食或栖息地进行的实用的适应性改造：主要在消化、代谢、呼吸和骨骼肌肉等方面。"树的各个点闪现出图像：有两栖的、有翼的，和可以光合作用的改造人，还有改造后的牙齿特写以及代谢途径图。奥兰多站起身，拉开窗帘，图像的对比度提高了不少。

"通常，栖息地变化后，神经系统也需要改造才能获得合适的新的本能。比如，如果没有预设好相应的反射，人是不能在海洋中繁衍生息的。"画面中出现一个皮肤光滑的两栖肉身人，从翠绿色的水中缓缓站起，佗的双耳后有鳃瓣，冒出细细的一串水泡；一幅用颜色标注的横切面图展示了佗的肌肉组织和血流中所溶解气体的各自浓度，还有一张插图显示的是不同阶段气体浓度的安全范围。

"可是，有些神经改造远远超出了本能的需求。"树状图明显变得稀疏了——还剩下三四十根树枝。"某些族群改造了语言、感知以及认知等方面。"

井野城说："那不就像梦猿[①]吗？"

利安娜点点头："那是极端例子。梦猿的祖先将自己的语言中枢剥离至仅仅有高等灵长类动物的水平。虽然他们的综合智商仍然高于所有灵长类，物质文明却严重衰退——所以，即使他们还想自我改造，也已无能为力。我怀疑梦猿们甚至已无法理解自己的起源了。"

"可是，梦猿是个例外——他们是故意拒绝可能性。大多数改造人都尝试过更具建设性的改造：比如研发将物质世界映射至心智中的新方法，以及添加特殊的神经结构以处理全新门类的信息。还有的改造人在处理基因学、气象学、生化学和生态学中

[①]剔除掉自己语言功能的改造人的生物学后代。见《术语表》第8条"梦猿"。

最为繁杂、抽象的概念时，就如同原生人用几百万年进化积累的'常识'去思考石头、动植物一样直观。还有的人只是改造了自己所继承的神经结构，以找出这些结构会对自己的思考造成何种影响——他们一直在寻觅全新的可能性，但没有确切的目标。"

不知为何，亚蒂玛竟有些感同身受……不过，从已有的证据来看，亚蒂玛的变异尚未将佗引入未知的道路。正如井野城所言："有了你，他们总算遇到了最愿意献身挖矿事业的特征字段。接下来的十个吉陶①里，所有的父母都会要求获得这份听话乖巧的'亚蒂玛'参数。"

利安娜张开手臂，露出沮丧的神色。"探索带来的唯一问题在于……有些改造人物种变化太大了，导致他们已无法再和其他人交流。不同的族群都在各自的方向上狂奔，尝试各种各样的意识——到如今，他们早已不识对方，甚至用软件做中介都帮不上忙。这不仅仅是语言的障碍，或者说，不像原生人之间只存在简单的语言障碍，因为原生人的大脑都是一样的。一旦不同的群体以各自的方式划分世界，所关心的事物也截然不同时，就很难再出现像大迁入前那样的全球性文化。我们正在失去彼此。"说完她笑了，好像觉得自己不该这样严肃，但亚蒂玛看得出她对这个话题很有热情。"虽然我们都选择留在地球，也都选择保留有机形式……可我们还是渐行渐远，疏远的速度可能比你们城邦之间还要快！"

奥兰多站在她的椅子后面，一只手搭在她肩上，轻轻揉捏了两下。她也伸出手，与奥兰多的手环扣在一起。这一幕令亚蒂玛心驰神往，但佗尽量避免一直盯着。佗说："那么，搭桥人是干什么的？"

---

① 见《术语表》第61条对应的"吉陶"，十个吉陶约等于真实世界里的116天。

奥兰多答道:"修补隔阂。"

利安娜指了指那幅树状图,在树枝的后方和中间随之长出第二批树枝。新的树枝更加精细,数量更多,间距更小。

"我们从先祖的神经结构出发,给每一代引入细微的变化。不过,我们不是让所有人朝着同一个方向进化,而是让孩子和父母有区别的同时,相互间也变得越来越不同。每一代都比前一代更多样。"

井野城说:"但是……你刚才哀叹的不就是这个吗?人们渐行渐远?"

"并不尽然。与其为了获取特定神经特征,就让所有人口集体大改造,还不如分化成两个没有共同点的群体,一直以来我们都是在一定范围内均匀分散开的。这样,就没人会脱节,没人会异变,因为每个人的'圈子'肯定会和另一人的圈子有重叠,如果有人处在某圈子外……佗自己的圈子同样会和另外的人有重叠——圈子的意思是指圈内所有人都可以轻松沟通——所以一环扣一环,最终将所有人都套在了一起。

"在这里,找到两个很难理解对方的人不难——他们之间的差别并不比路线迥异的两个改造人间的差别小——但是在这儿,总是能找到一连串还在世的亲属来弥合沟壑,找几个中间人帮忙——现在最多不超过四个。所有的搭桥人都能和任何人实现交流。"

奥兰多补充说:"等到我们中间有人能够和散居各地的改造人群体互动,学会他们的话……"

"那么全球所有的肉身人都能以同样的方式关联起来。"

井野城急切地问:"照这么说,你们可以安排一系列的人,让我们能和最边缘的某人交谈?有没有人专门从事和最边缘化的改造人群体沟通的工作?"

奥兰多和利安娜互使眼色，然后奥兰多说："如果你们能多待些时日，应该没问题。这需要一定的人脉才能安排妥当，这种事又不是说玩就玩的小戏法。"

"我们明天就要回去了。"亚蒂玛不敢望向井野城，生怕佗提出一个又一个留下来的借口，他们早就说好只待二十四小时。

一阵尴尬的沉默后，井野城平静地说："对啊，下次再说吧。"

#

奥兰多领他们参观了他工作的基因铸造厂，DNA序列在这里组装并测试效果。还有搭桥人的主要任务：他们正在努力攻克一组非神经内的增强作用，涉及抗病性及组织修复机制的改善，并在可持续生长的哺乳动物器官组装体上测试，这种组装体没有大脑，测试相对容易。奥兰多将它们戏称为"内脏树"。"你们真的闻不到味儿吗？真羡慕你俩。"

奥兰多解释称，搭桥人都进行过改造，所有人都能将新的基因序列注入血液，固定在适当的替代酶引物内，包裹进脂质胶囊中，同时使胶囊表面的蛋白质能接收合适的细胞类型，从而达到改写部分自我基因组的目的。如果细胞类型锁定的是配子的前体，那么基因改造将变得可遗传。女性搭桥人无须像原生女性那样，从胎儿时期开始就将所有卵子全部生成，而是按需制造，只有在摄入合适量的激素后（可从特制植物中获取），精子和卵子才会产生，更不会准备好子宫以植入受精卵。三分之二的搭桥人是单性别的，其他的则是雌雄同体，或孤雌生殖和无性生殖，与部分改造人物种的生殖方式一致。

参观结束后，奥兰多表示到了午餐时间，于是他们坐在院子里观看他进食。其他工人也围拢过来，有人能够直接和佗俩对话，其余人则需要通过中间人来翻译。工人们的问题往往很莫名其妙，即便翻译者和提问者将问题进行冗长的编译后也于事无补——"你们在城邦里要怎么确认自己是在哪个位置？""在小西城邦，是不是有公民以音乐为食？""没有身体的感觉，是不是很像明明没动，却总觉得在坠落？"佗俩回答后，双方纷纷发出笑声，显然问答双方的内容都不太完美。不过，也有些交流十分真诚，只是交流过程需要反复试错，要耐得住性子。

奥兰多还答应要带二人去看工厂、粮仓、画廊、档案馆……可不断有人路过和他们攀谈，有的只是盯着看——最初的计划看来是要落空了。也许他们应该加快脚步，提醒奥兰多他们的时间宝贵得很。几小时之后，想要在一天内干完这么多事的想法变得越发荒谬。这里一切都慢悠悠的，要是像一阵风似的走马观花，简直天理不容。几兆陶的时间逝去了，亚蒂玛尽量控制自己不去想时间，这可不是佗在真理矿井的作风。佗犯不着着急，在佗回去前，矿井也不会跑。

最后，铸造厂的院子里变得拥挤不堪，奥兰多只得转移至一处露天餐馆。黄昏时，利安娜过来了，人们的问题也问得差不多了，黑压压的人群分散开来，三三两两地聚在一起，喋喋不休地讨论着两位访客。

随后，四人坐在星空下聊天——大气层的频谱窗很窄，星光被严重过滤，显得很暗淡。"我们当然在太空里见过星星。"井野城吹嘘道，"轨道探测器只是城邦的地址之一。"

奥兰多说："我其实一直想反驳说：'可是你们不是亲眼见到的'。然而……你们就是亲眼见到的，因为你们就是这样看世界的。"

利安娜靠在他肩上，打趣道："我们不也是一样吗？难道就因为我们的大脑离我们的镜头只有几厘米远，我们的视觉体验就要优越一些吗？"

奥兰多承认说："是的，你说得没错。"

两人接吻。亚蒂玛想知道布兰卡和加百列是否也曾吻过——前提是布兰卡得对自己进行修改，才能实现接吻，并获得愉悦感。难怪布兰卡的父母不赞同：加百列有性别其实无关紧要，只是一个自我定义的抽象问题，可是几乎所有的卡特－齐默曼成员都假装自己有一具有形的躯体。在小西城邦，实体这一想法，是一种渴望肉身的返祖妄念，通常会和阻碍、胁迫等行为画等号。如果你的图标在公共景界中挡住了他人的去路，就等于侵犯了别人的自主权；而若是为了重新获得诸如<u>力</u>和<u>摩擦</u>等概念所带来的快感，那简直与野兽无异。

利安娜发问："拟形人到底在干什么？你们了解吗？上次听到他们的动静，好像是在小行星带——可那也差不多一百年了。他们中有人离开了太阳系吗？"

井野城答道："他们向邻近的几颗恒星发射了探测器，但没有派出任何有感知的物体。如果他们决定派出感知体，肯定是他们自己，而且要带着全部身体部件一起。"佗笑道，"他们对成为城邦公民可是一点兴趣都没有，他们认为要是把脑袋从肩膀上取下来，减轻质量，那就离完全放弃现实世界不远了。"

奥兰多轻蔑地说："再给他们一千年，他们就会在整个银河四处撒尿，像狗一样去标记地盘。"

亚蒂玛反驳道："这么说可不公平！他们的优先事项确实让人费解……可他们或多或少也算是一个文明。"

利安娜说："跟肉身人比，拟形人在太空中还是占优势的。你敢想象原生人在太空会干什么吗？他们只怕早就把火星地球化了。而拟形人根本未曾涉足火星，大部分时候只是在轨道上观测。他们不搞破坏，也不搞<u>殖</u>民。"

奥兰多不太服气："要是他们只想收集天体物理学上的数据，

完全没必要离开太阳系。我晓得他们在打什么主意：利用自我复制的工厂，让种族遍布所有星球，用冯·诺依曼机填满整个银河系——"

利安娜摇头："如果真的存在这种计划，那也是在大迁入前——在拟形人出现之前。当下的一切都是政治罢了，比如<u>《机械长者协议》</u>这种东西。只有我们才是最接近人类原始驱动欲望的人群，如果有人破坏协议，爆发指数增长，那估计也是<u>我们</u>。"

其他搭桥人也加入进来，争论了好几个钟头。有一位农学家在翻译的帮助下，辩称：<u>若不成熟的文明也能实现太空旅行，为什么我们还未见到外星人呢？</u>亚蒂玛时不时抬头看着单调的夜空，想象一艘拟形人飞船俯冲直下，带上他们飞入群星。<u>没准儿佗俩重新激活两具拟形人身体时，也同时启动了某种发送给同类的求救坐标</u>……真是异想天开，但细想想，却也不是毫无可能，这感觉太奇妙了。在最为绚烂的天文景界中，你可以假装一下跃过好几光年的距离，还能通过模拟以及基于天文望远镜数据生成的效果，得以一窥最高分辨率下的天狼星表面……但即使在那里，也不会出现被疯狂太空人绑架的情况。

午夜一过，奥兰多问利安娜："谁能凌晨四点起来护送贵客去边界呢？"

"你。"

"那我得早点休息。"

井野城显得出乎意料："你们还要睡？没有剔除选项吗？"

利安娜发出一种要窒息的声音。"那就等于把'肝脏'功能剔除掉！睡眠是哺乳动物生理中的组成部分，剥夺睡眠的话，人会疯掉的，从而变成免疫力低下的白痴。"

奥兰多没好气地补充说："而且睡眠是一种享受，你们错过的可是好东西。"接着，他再次亲吻利安娜，转身离开。

餐馆里的人群逐渐稀疏,大部分搭桥人仍然坐在椅子上呼呼大睡,安静开始蔓延,但利安娜还是和佗俩坐在一起。

"你们能来我很开心。"她说,"现在我们和小西城邦也搭起某种桥梁了——通过你们,我们也能接触整个联盟。即便你们不再回来,但你们总会在城邦里谈到我们。千万不要让我们从你们的意识里泯灭。"

井野城一脸真诚地表示:"我们会回来的!还会带上朋友。只要他们明白你们并不都是野蛮人,所有人都会来拜访的。"

利安娜温柔地笑道:"是吗?然后大迁入会逆转,死人会从坟墓里爬出来吗?真是期待呢。"她伸手摸了摸桌对面的井野城的脸颊,"真是个奇怪的孩子,我会想念你们的。"

亚蒂玛等待着井野城愤怒地回应:<u>我可不是孩子!</u>然而,佗只是把手放在自己脸上,就在她摸过的地方,一言不发。

#

奥兰多一直将两人护送到了边界。他跟他们告别,说希望再见面,但亚蒂玛认为他可能也不相信他们还会再回来吧。待他的身影隐没在丛林后,亚蒂玛踏出边界,唤来无人机。无人机停在佗脖子后方,然后钻进去与佗的处理器建立连接——当然,是拟形人的处理器,拟形人的脖子。

这时井野城说:"你走吧,我留下。"

亚蒂玛咕哝道:"得了吧。"

井野城回看向佗,眼神凄凉却坚定:"我出生在错误的地方,我属于这里。"

"别开玩笑!你要是想换地方,去阿什顿-拉瓦尔啊!如果你只是想逃离父母,去哪里都一样!"

井野城坐进灌木丛,草没过佗的腰,双臂从枝叶中展开。"我开始有感觉了,而不再是<u>感觉标签</u>——那只是抽象的覆盖。"

佗双手合起，靠在胸前，然后狠狠锤击底架。"我感觉到了，我的皮肤也感觉到了。我肯定是形成了什么数据地图……现在我的自我符号已经把地图吸收了进去。"佗放声大笑，"或许这就是家族的弱点吧。我那非同父母的手足有一个具身的情人……轮到我时，就有了触觉。"佗抬头看向亚蒂玛，双眼圆睁，格式塔恐惧。"我不能回去。这就像……要扒了我的皮。"

亚蒂玛断然回道："那是假的。你觉得没了这身皮会怎么样？疼吗？只要标签停下来，所有的幻觉都会隐没。"佗尽量让自己的语气显得宽慰，但佗很难想象那会是什么样子：难道现实世界里有东西侵入了井野城的图标吗？当佗的接口将图标符号调整成佗所在拟形人身体的实际姿势时，就已经很让人困惑了——但说到底，这更像是配合一场游戏的规则，并没有深深的违背感。

井野城说："他们会让我和他们一起住的。我既不用吃东西，也不会占用他们的财物。我自己会找活儿干，所以他们会让我留下的。"

亚蒂玛双脚重新迈进边界，无人机爬出飞走，发出愤愤的蜂鸣。佗跪坐在井野城身边，轻声说："说难听点：永远停留在同一个像这样的景界里，用不了一个星期你就会发疯。等到新鲜感一过，他们只会拿你当怪胎看待。"

"利安娜不会！"

"怎么？你觉得她是谁呀？你的情人吗，还是另一个母亲？"

井野城双手捂脸："你赶紧滚回小西城邦去吧，行不行？去矿井里迷失自我吧。"

亚蒂玛留在原地。鸟在叫，天已蒙蒙亮。二十四小时之约已过，距离他们在小西城邦里的旧本体苏醒还有一天时间。但随着每分每秒的逝去，被城邦生活抛在身后的感觉越来越强烈。

亚蒂玛想一把将井野城拉过界，然后指示无人机把佗从拟形人身体里取出来。但是，无人机还没有聪明到能理解佗俩所做事情的程度，也不可能意识到这样做是在侵犯井野城的自主权。

亚蒂玛本以为刚才的想法就足够令人不安了，没想到还有更吓人的办法。佗还存有上次更新后的井野城的心智快照，当时是凌晨时分，他们还在餐馆时传给佗的。井野城如果下定决心要留下，绝对不会继续发送快照，因为只要亚蒂玛唤醒城邦中的快照分身，困于拟形人中的克隆体就变得无关紧要了……

亚蒂玛删除了快照。这不是流沙，不是任何一种可以预见的情况。

佗继续跪坐，等待着。膝盖发出标签，表示地面的纹路已经变成了让人生厌的单调信息流，而佗对图标施加的一动不动的古怪姿势逐渐使佗变得难以忍受——或许是因为它们很好地映射了佗的挫败感。井野城心态转变的初期是否也是如此？若佗在此处待得足够久，佗会不会也开始将这具拟形人身体的地图当成自己的？

差不多过了一小时，井野城站了起来，走出聚居地。亚蒂玛紧跟在后，如释重负。

无人机降落在井野城的脖子上，佗伸出手，似乎想要赶走无人机，但还是没有出手。佗冷静地问："你觉得我们还会回来吗？"

亚蒂玛认真地想了很久。最初吸引他们来此地的原因早已不可复制，既然如此，这个地方，这些朋友，还会比其他东西有更高的价值吗？

"我觉得不会了。"

第二部分

保罗醒来,进入景界。亚蒂玛说:"我在思考,如果他们问我们为什么跟着的话,该怎么说才好。"

保罗冷笑道:"告诉他们蝎虎座的事。"

"他们早晚会知道的。"

"他们只会将其当作星图上的一个点,不会清楚发生了什么,也不知道意味着什么。"

"不会的。"亚蒂玛盯着位于蓝移中心的韦尔星。佗不想提出和亚特兰大有关的问题而激怒保罗,但佗也不想让他蒙在鼓里。"你认识卡巴,对吗?"

"认识。"保罗见佗没有提到过去,露出一丝微笑。

"他当时是不是在月球上,运行 TERAGO——"

保罗语气变得冰冷:"他已经尽力了。整个地球的人都在梦游,又不是他的错。"

"确实,我也没有责备他。"亚蒂玛展开双臂,想缓和气氛。"我只是想知道他有没有提到过这事,是否讲过他所了解的一切。"

保罗勉为其难地点点头:"说过那么一次。"

第四章　蜥蜴之心

月球，布利奥观测台
联盟标准时 24 046 104 526 757
协调世界时 2996 年 4 月 2 日 16:42:03.911

整整一个阴月[①]以来，卡巴一直仰面朝天躺在表岩屑上，凝视着宇宙中晶莹剔透却又万古不变的星星，期待它们展示出一些新的变化。这已经是卡巴第五回这样做了，但在肉眼可见的范围内，一切如初。行星沿着可预测的轨道运转，有时能见到小行星或彗星闪过，如同流浪的飞船：只是前景中的障碍，而非景色的一部分。倘若你曾一睹木星的近景，便只会将其视作光污染和电磁噪声的来源，而非具有严肃天文学意义的天体。卡巴希望能见证一颗超新星在无法预料的黑暗中绽放，一场发生在远方的末日之灾能让中微子探测器发出阵阵厉鸣，而不是像太阳系这样按部就班，平静如水。正如准时抵达的补给飞船那样，意义重大但并不让人精神抖擞。

重新升起后的地球，宛如炽热太阳旁的一个暗红色圆盘。卡巴站起来，小心翼翼地摆动手臂，确认身体的致动器没有被热应力削弱——尽管他的纳米器件只消一会儿就能填补好微缝。

[①]指月球连续两次合朔的时间间隔，约为 29.5 天。

不过每个关节仍需要进行使用测试，以便及时发现问题，进行维修。

情况不错。他慢吞吞地朝着布利奥陨石坑边缘的仪器棚走去。仪器棚是开放式的，所以是真空环境，但可以在一定程度上保护设备免受极端温度、硬辐射和微小陨石的伤害。棚子后方隐约可见一面陨石坑壁，约七十公里宽。卡巴大约能辨认出坑顶上的激光站——就在棚子的正上方。无论从哪个位置观察，激光束都是不可见的，因为无法散射光。卡巴需要在心里画一个蓝色的直角三角形，它的三个顶点都在环形山的边缘，如此才能想象出布利奥环形山的俯视图。

布利奥站点实际是一个引力波探测器，属于TERAGO的一部分，后者是一个覆盖全太阳系的观测台。一道激光束会被撕裂成两道激光束，沿垂直路径发射出去，然后重新结合在一起，因为环形山周边的空间被拉伸和压缩的变化幅度仅为十的二十四次方分之一，所以两道激光光束的波峰和波谷会出现错位，导致两者的结合强度出现波动，从而能追踪到几何图形上的细微变化。仅靠一个探测器不足以确定所测量到的扰动来源，就如同放在表岩屑上的温度计不能测定太阳的确切位置一样。不过，将布利奥站点所记录事件发生的时间与其他十九个TERAGO站点的数据放在一起后，就有可能重建波阵面穿过太阳系的通道，以精确的方式揭示其方向。通过这种方式，一般都能对应到星空中的某个已知物体——至少可以有根据地推断一下。

卡巴走进棚子，在过去的九年里，这里就是他的家。他不在时，未曾有变，他来了后，一切也近乎如故。光学计算机和信号处理器的架子装在墙边，一如既往地闪耀着光泽，他的应急备件包和大型修复工具自从放进来后就基本没被挪动过。他并不是孤身一人，还有十几个拟形人在月球的北极做古人类学研究，只不过尚未有人前来拜访。

至于其他拟形人,基本都在小行星带,有的在星际舰队工作,提供一些后勤支援,有的则纯粹随军流动。卡巴也可以去的,反正TERAGO的数据随时随地都能读取。如果他能管理所有二十个站点的维修保养,干吗非得待在某一个站点呢?但是,他很享受独处的感觉,这样可以排除所有干扰,全身心投入工作,花上一周、一个月,甚至一年的时间,只为解决一个问题。时不时地,他会躺在表岩屑上凝视星空整整一个月,当然这并非他来此地的初心,但他一直期待做一些稍微出格的疯事,而这件事算得上一个小小的怪癖。起初,他还担心会因此错过什么重要的事件:超新星爆发,或是遥远星系中心的黑洞吞噬掉几个球状星团,等等。当然,每一份数据都有记录,可是,如果能实时监测到花费数千年时间抵达的引力波,就能获得一种身处第一现场的刺激。对卡巴而言,此时此刻是长达百亿年时空体中的一个切面,以光的速度聚拢在他的仪器和感官之上。

后来,他越发难以抗拒这种擅离职守的吸引力,而且他也想挑战一下自己的胆量。

卡巴看了一眼主屏,发出脉冲编码的红外线形式的轻笑。一股微热从棚壁回荡到他身上。什么都没错过,在已知来源列表中,蝎虎座G-1号突出显示为异常——但它一直都被标注成异常,所以他早就见怪不怪了。

TERAGO除了会记录突发灾难,还在持续监测数百个周期性信号源。只有发生一场罕见的狂暴之灾,才能爆发足够强烈的引力辐射,从而能够穿越半个宇宙被检测到,但即使是常规的轨道运动,也能产生微弱却稳定的引力波流。如果所涉及的物体是恒星规模的,相互绕行速度很快,而且相距不太远,TERAGO就能收听到它们的运动——就跟用水下收音器监听搅动的船螺旋桨一样简单。

蝎虎座 G-1 号是一对中子星，距离地球只有一百光年。中子星很小，最大者直径仅二十公里，因而不能被直接观测到，但其袖珍的身体里却被塞入了全尺寸恒星所具有的磁场和引力场，所以对周围的一切都会带来惊人的影响。大多数中子星被发现时都处于脉冲星阶段，磁场快速旋转，拖动带电粒子以接近光速的速度绕圈，产生旋转的无线电波；或是作为射线源被发现，从附近的星云或处于正常态的伴星身上吸收物质，并在这些物质落入其强大且陡峭的引力场前，通过压缩与激波将其加热至数百万度，变成 X 射线源。不过，蝎虎座 G-1 号已有几十亿年的历史了，就算存在可用来制作 X 射线的本地气体或星尘，也早已灰飞烟灭了，无线电波要么就是因为太弱检测不到，要么就是发往了错误的方向。因此，该恒星系的电磁波谱显得异常安静，只有这两颗死亡恒星因缓慢衰变的轨道所产生的引力辐射而暴露了中子星的存在。

但风平浪静不会永远持续。蝎虎座 G-1a 和 G-1b 双星仅相隔五十万公里，在接下来的七百万年里，引力波将带走角动量，而只有角动量才能使两者维持分开的状态。等到二星相撞后，大部分动能会转换成强烈的中微子闪光，略带一部分伽马射线，然后合并形成一个黑洞。如果隔得远，中微子的伤害就会相对较低，可伽马射线的破坏力仍然惊人。对于有机生命体而言，一百光年的距离仍难以安心。当相撞事件发生后，无论那时肉身人是否还在，卡巴都坚信一定会有人站出来接受一个艰巨的工程挑战——在伽马射线爆发的路径上放置一个足够大且不透明的防护罩，保得地球生物圈的一方平安。其中，木星能起到很大作用。当然，这个任务可不轻松。蝎虎座 G-1 号偏离黄道太远，如果只是把木星推到其运行轨道的某个指定位置，不一定能挡住来袭的射线。

蝎虎座 G-1 号的宿命似乎无法避免，TERAGO 接收到的信号也证实其轨道的确在逐渐衰退。然而，还有个谜团尚未解决：从第一次观察开始，G-1a 和 G-1b 就会间歇性地以超出正常的速度盘旋。这种速度差从未超过千分之一，每过几天，引力波就会时不时出现几纳秒的加速。要知道，大部分轨道衰退的双子脉冲星都会沿着完美的曲线跌落，直至跌出可测范围，因此哪怕几纳秒的异常也不能将其简单视作实验错误或是无意义的嘈杂。

卡巴本以为，在自己长年累月的独孤与攻坚下，这个谜团会是第一批被攻克的，可年复一年，他仍然没有找到一个合理的解释。如果存在某个足够大的第三方天体在偶尔扰动双星的轨道，那么它应该在引力辐射中明确留下自己的痕迹猜度才对。若有小型星云飘入恒星系，让两个中子星喷射出能量，那么蝎虎座 G-1 号应该已经爆发 X 射线了。他的猜测变得越来越天马行空，不着边际，但由于缺少确凿证据，或是纯粹出于不合理性，所有的假设都被他抛在了脑后。能量和动量不会无故消失在真空中，但事到如今，他已经不想再跟一百光年外的现象纠缠了。

卡巴发出一声叹息，带着殉道者的姿态点击了一下屏幕上标记的名字，出现了上个月记录的蝎虎座 G-1 号引力波图表。

很显然，TERAGO 出了问题。屏幕上显示的数百条波纹本应一模一样，抵达同样高的波峰，然后在同一个轨道位置时，信号平稳地回落至同样的最大强度。可是，在下半月的记录中，波峰高度出现了一段稳定的增长——也就是说，TERAGO 的校准肯定出现了偏移。卡巴一边咕哝，一边翻到另一个周期性波源的页面，那是天鹰座的脉冲双星。页面显示出交替的波谷和波峰，因为它们的轨道极其椭圆，但是每组波峰都保持着完美的高度。接着，他继续检查了另外五组数据源，均未出现校准偏移的特征。

大感不解的卡巴重新调出蝎虎座G-1号的数据，仔细审视图表上方的摘要，不由得发出惊叫。摘要显示，引力波的周期几乎缩短了三分钟。这简直太荒唐了，在过去的28天，蝎虎座G-1号一小时长的轨道衰退应仅为14.498微秒，最多再加减几个纳秒。分析软件肯定出错了，哪里损坏了，被辐射弄坏了，或是被宇宙射线随机扰乱了一些数据，所以才没有发出报修信号。

他翻到一张显示引力波周期而非波形的图表，一开始一切正常，3627秒的时候完全是平直的，然而12天后，图形从水平开始缓慢下降，降速最初很缓，但速度越来越快。曲线上最后一点停留在3456秒。对于中子星来说，要想进入更小、更快的轨道，唯一的办法就是丢弃一部分保持双星分离的能量——如果说提速是三分钟，而非14微秒，这就意味着在一个月内要丢弃相当于过去一百万年里所丢失的能量水平。

"太扯了。"

按照测算，蝎虎座G-1号方才释放的能量等同于月球与反物质月球双双湮灭。即便距离有一百光年，也很难被忽视。卡巴检查了其他观测站的消息，都没有关于蝎虎座发现异常活动的报告：没有X射线、紫外线、中微子，什么都没有。失去的能量自然不会进入引力辐射，显眼的能量增加也只有17%而已。

<u>然而周期下降了5%。</u>卡巴心算了一下，接着用分析软件确认细节。引力波强度的增加恰好对应上了周期的衰退。当轨道变小、变快后，会导致引力辐射变强，眼前令人难以置信的数据完全符合计算公式，每一步都无误。卡巴不相信软件错误或校准故障导致的数据破坏只会单单针对某个特定数据源，更何况引力波强度和频率之间的物理关系还依旧保持正确，不可能这么巧合。

信号确凿无误。

也就是说能量损失确实发生了。

那里到底发生了什么？或者说，一百年前在那里发生了什么？卡巴目光下移，看见一列数字，显示的是两个中子星的间隔——那是根据其轨道周期推算而出的。自观测以来，两者每天以约48毫米的速度稳步靠近。但是，在刚过去的二十四小时里，距离骤缩了七千多公里。

卡巴只觉天旋地转，但很快又一笑置之——这么剧烈的距离下降无法维系太久。除了引力辐射，要从这两个巨大的"宇宙飞轮"中盗取能量，还有两种手段：第一，与气体或尘埃摩擦导致损耗，同时温度升至真正的天文温度，但因为缺少紫外线和X射线，这种可能性被排除；第二，将能量以引力形式转移至另一个系统：比如某颗星体擅自闯入，或者有小型黑洞路过。可是，如果真的有物体能够吸收掉哪怕一丁点蝎虎座G—1号的角动量，都应显示在TERAGO上才对。如果是无足轻重的东西，无异于以卵击石，早就被扫开了；要不就会和爆炸的离心机一样被炸得粉身碎骨。

要汇总全部数据的话，还要一小时，但卡巴不想再等，于是他用软件分析TERAGO六个最近的探测器所收到的最新数据——仍然找不到任何关于擅闯者的蛛丝马迹，只有经典的双体系统轨迹，而能量损失却没有停下来的迹象，甚至毫无趋于平稳的势头。

而且愈演愈烈。

怎么会这样呢？卡巴突然想起以前脑中泛起过的一个念头，他曾一度认为这可以解释出现的细微异常。中子个体的颜色总是中性的：包含一个红色、一个绿色和一个蓝色的夸克，相互间紧密结合。但是，如果两颗中子星的核心"融化"成一摊随意流动的夸克池，它们的颜色就不一定能在任何地方都保持中性的平均色了。科祖克理论[①]认为：红绿蓝夸克间的完美平衡可能会被打破，只不过这种现象往往转瞬即逝，但中子星之间的互动还是有可能让它稳定下来的。某特定颜色的夸克可能会在其中一颗星的核心变得"局部更重"，导致夸克微微下沉，随后又被其他夸克的吸引力拉起来。而在另一颗星的核心中，同样颜色的夸克反而更轻，还会上升。此时，潮汐力和旋转力也将发挥作用。

色彩分离本身没什么，带来的影响却是巨大的：中子双星的核心极化会产生剧烈的介子射流[②]，给中子星的轨道运动踩下刹车——介子类似于原子核版本的引力辐射，只不过介子是强作用力促成的，因此能量更高。介子会即刻衰变成其他粒子，不过二次辐射的聚焦度极高，由于太阳系所在平面高于蝎虎座G-1号轨道所在平面，所以观测视角上永远无法正面看到来袭的射线。不过，当射线与星际介质发生猛烈撞击时就会异常显眼，但只需16天，射线仍然会穿越这片相对的高真空区域——几十亿年来，这对中子星已经将这片区域清扫得干干净净了。

整个双星系统变得犹如一个倒转的超大型转轮烟花，烟花喷射方向与自身旋转方向相反。等到保持两者分隔的角动量流逝得差不多时，在引力的作用下，两者会越来越紧密，摆动也越来越快。过去出现的几纳秒的误差也许是因为短暂出现过小型的移动夸克池，随后再次冻结成不同的中子，可一旦核心完全融化之后，一切就将失控：中子星彼此靠得越近，极化程度越大，射流越强，内旋速度也越快。

卡巴心里很清楚，如要验算这个猜测，计算量大到不可想

[①]科祖克理论将宇宙描述为一条十维的纤维束，见《术语表》第33条"科祖克理论"。
[②]介子射流是高能粒子碰撞中产生的由介子主导的粒子流，反映了强子化过程和强相互作用的性质。

象。光是计算强作用力和引力间的相互作用就能让最强大的计算机陷入瘫痪,任何精确无误的软件都比实时的进展要慢得多,所以用来预测毫无意义。预测蝎虎座G-1号命运的唯一办法就是尝试解读数据本身的走向。

基于中子星下降的角动量,他用分析软件拟合出一条平滑曲线,将其外推至未来,可以看到跌落速度越来越快,起初很温和,最终却以陡然下跌告终。卡巴顿觉一股刺骨的恐惧掠过全身:如果说所有的中子双星都不可避免地要走向如此结局,虽然这有助于解答长久以来困扰人们的谜题,但并不是什么好消息。

几个世纪以来,天文学家一直在观察遥远恒星系里的伽马射线爆发。如果正如人们所猜测的那样,中子星相撞是射线爆发的起因,那么在相撞之前,也就是中子星轨道最接近,速度最快的时候,所产生的引力波会相当剧烈,纵使相距数十亿光年,TERAGO应该也能捕捉到信号。而之前人们却从未检测到引力波[①]。

事到如今,在两颗中子星相距数万公里时,蝎虎座G-1号的介子射流将会成功让它们的轨道运动彻底停止。最终,转轮烟花取得胜利,最后一幕将不会是狂乱的耀眼螺旋,而是从容、优雅的俯冲,产生出少量的引力辐射。

紧接着,只有山川大小,却有恒星般重的两颗星核将会迎头相撞,仿佛将二者分开的离心力从未存在过。它们将永远地从对方的天际坠落,一千光年外都将感受到撞击的热量。

卡巴愤然关闭图片。目前为止,他手头只有一个三分钟的轨道周期异常,和因此产生的一堆猜测。他承受了九年的孤独和宇宙射线,他的判断是否有价值?他必须赶紧和小行星带的同事取

[①]本书原版出版于1997年。实际上人类已于2015年9月14日首次直接观测到了引力波。

得联系，把数据给他们，冷静分析各种可能性。

<u>可如果他是对的呢？</u>在蝎虎座 G-1 号用强度超过太阳六千倍的伽马射线烧尽一切之前，肉身人还剩多长时间？

卡巴一遍又一遍地核对计算，将曲线拟合到不同的变量中，尝试了所有已知的外推法。

每次的答案都是一样的。

还剩 4 天。

第五章　射线爆发

地球，小西城邦
联盟标准时 24 046 380 271 801
协调世界时 2996 年 4 月 5 日 21:17:48.955

亚蒂玛飘浮在佗家景上方的天空中，将隐藏在陆地之下，纵横跨越的庞大网络尽可能地收入眼底。网络宽一万德尔塔，高七千德尔塔，被一条单独、精致的曲线环绕，看上去有些像佗在卡特－齐默曼见过的过山车轨道——当时佗是和布兰卡、加百列一起坐的，单纯为了视觉刺激。这条"车轨"和卡齐①里的一样，也没有支撑结构，它迂回穿行的网络反倒像是一堆胡乱堆放的脚手架。

亚蒂玛降下，想看得清楚一些。这个网络，也就是"脚手架"，是佗心智的一部分，基于几个兆陶前佗所截取的一系列快照构建而成。网络周围的空间发出柔和的光，五颜六色，浸染着一段抽象的数学字段，表示的是在任意点取矢量并计算出其数值的规则，由数十亿沿网络通道传播的脉冲生成。包裹着网络的曲线环绕着每一条路径，通过对整个曲线上每一处切线产生的数字进行求和，亚蒂玛希望能测量出信息在网络结构中流动的一些微

---
① 卡特－齐默曼城邦的简称。

妙而稳定的特性。

这标志着佗在发现意识的不变量方面又迈出了一小步：即意识在连续的心理状态之间保持不变，同时对其不变的状态进行客观衡量，从而让不断变化的思想感觉到自己是一个单独的、凝聚的整体。这个思路比较老，也很显而易见：短期记忆必须要有意义，首先通过感知和思考顺利积累，接着或慢慢遗忘，或转入长期记忆。只是，要让这个标准形式化很困难。一组随机的心理状态近乎无感，但很多高度有序的、相关的模式也同样如此。信息必须要以正确的方式流入，让每一次感知输入和内部反馈都在神经网络之前的状态上轻轻留下一个印记。

井野城来访时，亚蒂玛毫不犹豫地让佗进入了家景。自上次之后，佗俩已经许久未曾见面了。可佗还是对出现在井野城身边空气中的图标深感不解：井野城的锡皮脸上有皱纹和凹痕，但因腐蚀出现了褪色，有些地方差不多已经开始脱落。倘若不是看到佗的签章，亚蒂玛根本认不出佗来。亚蒂玛觉得这种矫揉造作滑稽得很，但佗对此没有置喙，井野城虽然总是对亚蒂玛的爱好大加讽刺，有时却也会很认真。在整个联盟中，一度流行携带一幅显示自身图标快速"衰老"的做法，正因为亚蒂玛曾经嘲笑过这种风潮，所以在长达一个吉陶的时间里都被其他公民当作不受欢迎之人。

井野城问："你了解中子星吗？"

"不多，怎么了？"

"伽马射线爆发呢？"

"知道得更少。"虽然脸上布满铁锈，但井野城神情严肃，于是亚蒂玛努力回想佗此前短暂迷恋天体物理学时的细节。"我知道人们从数百万的普通星系中都观测到了伽马射线——就是闪一下，一个地方很少闪两次。按数据来看，在每个星系中，每过十万年会发生一次……如果伽马射线爆发的亮度不足以在几十亿光年外看见,我们甚至都无法知道曾经爆发过。关于它的发生机制还没有建立完整,不过我可以查看一下数据库——"

"没那个必要,都过时了。外面,出大事了。"

亚蒂玛听到拟形人传来的消息时也觉得难以置信,佗看向井野城身后景界中空旷的天空。<u>夸克之海,无形的介子射流,相撞的中子星</u>……听上去是那么光怪陆离,如同在一条堵死的胡同尽头看到了一条优雅却又过分具体的定理。

井野城苦涩地说:"拟形人花了很久才说服自己这是真的,现在距离伽马射线到达地球还有不到二十四小时。卡特-齐默曼里有一帮人正在试图黑入肉身人的通信网络,但是线缆是用纳米件包裹的,自我保护能力太强了。他们还打算重新划分卫星覆盖区,直接派无人机闯入他们的聚居地,但目前为止——"

亚蒂玛插话道:"我不明白,肉身人为什么会有危险?虽说他们没有像我们这样严密的防御,但他们头顶还有大气层啊!会有多少伽马射线能触达地面呢?"

"<u>所剩无几,但差不多所有射线都能到达平流层的低层位置。</u>"一位来自卡齐的大气专家详细模拟了因此带来的影响。井野城拿出一条地址标签,亚蒂玛迅速浏览了一下。

伽马射线到达地球的瞬间,超过一半的臭氧层将会被摧毁。接着,伽马射线会将平流层中的氮和氧电离化,结合形成共计两千亿吨的一氧化氮,是目前数量的三万倍。这层一氧化氮的外罩不仅会让地表温度直接下降好几度,还会在臭氧修复的同时将其破坏,从而导致紫外线窗口会保持敞开状态长达一个世纪之久。

最终,一氧化氮分子会飘入低层大气,其中一些会分裂成无害的成分。但剩余的几十亿吨将会变成酸雨落下。

井野城语气阴森地继续说道:"刚才的预测是基于某个给定

的伽马射线爆发总能量得出的,但也可能是完全错误的——人们当初不也自认为对蝎虎座G-1号了如指掌吗?在最乐观的情况下,肉身人也需要重新规划食物供给。最坏嘛,生物圈将彻底瘫痪,他们将完全无法在那里存活下去。"

"太可怕了。"亚蒂玛觉得自己似乎已经疲惫得想要认输了。肯定有肉身人会死……但是,肉身人总会死的。过去的好几百年里,只要他们愿意抛开危机四伏的真实世界,随时都可以迁入城邦之中。佗低头看了看自己骄傲的实验品,井野城甚至没给佗介绍一下这个实验品的机会。

"我们得警告他们,我们得回去。"

"回去?"亚蒂玛迷惑地看着佗。

"我们俩。我们得回亚特兰大。"

一幅临时图像出现了:两个肉身人,其中一个坐着。<u>好像是一男一女?</u>亚蒂玛直觉认为很久以前自己曾在井野城的某个作品中见过他们。<u>我们得回亚特兰大?</u>这句话是同一件作品中的台词吗?井野城的口号听上去总是很相似:"我们都得走,去花园里工作""我们得回亚特兰大"……

亚蒂玛有意识地对片段的上下文进行全文检索。随着年岁的增长,为了防止思想被过多的回忆湮没,佗选择对记忆分层,而不是任其消逝或直接擦除掉。<u>原来他们曾经驾驶着两个被废弃的拟形人出过门!</u>就他们两个,当时亚蒂玛才不到半吉陶[①]大。佗俩出去了有差不多八十兆陶那么久,对于那个年纪的佗来说,那简直就像永远一般长,不过好像连井野城的父母也没有因为他们青少年时期的叛逆感到太困扰。<u>那片丛林。那座被田野包围的城市。他们害怕流沙,怕得不行,但最后他们遇到了一位向导。</u>

[①]约等于真实世界里的5天19小时。

一时间，亚蒂玛惭愧得说不出话来。随后，佗麻木地说："我把那段记忆埋葬了。奥兰多、利安娜……还有搭桥人，全部埋葬了。"随着时间推移，佗让整段记忆一层接一层地下沉，以便为当下关注的事情腾出空间——最后，佗便再也无法偶然进入自己的思绪，陷入回忆，以及管理自己的态度和情绪了。肉身人将再次变回一种概念：充满异域感，没有具体的人，遥不可及，也可有可无。世界末日来就来吧，与佗无关。

井野城说："时间不多了。你跟不跟我走？"

#

地球，亚特兰大
联盟标准时 24 046 380 407 629
协调世界时 2996 年 4 月 5 日 21:20:04.783

两具拟形人身体仍旧留在二十一年前被丢弃的地方。待他们苏醒后，无人机会分别传送一份启动机器人维修纳米件的指令。亚蒂玛紧张地看着可编程的软泥途经其体内微管流遍全身，对拟形人右手食指指尖进行重建，改造成某种像极了射弹武器的东西。

重建是最容易的部分。维修纳米件中有一小部分属于装配机器人，待传送系统完成后，它们会被指派去制造迁入用的纳米件。由于拟形人的装配机器人在设计之初未曾考虑到会执行如此苛刻的工作，所以亚蒂玛担心差错可能会超出容许范围，不过迁入系统的自我测试程序反馈的结果很乐观：十的二十次幂数量的原子中只有一个原子的键结合会出错。

装配机器人总共为拟形人制造出了三百九十六剂原料，若还需要的话，搭桥人应该可以提供必需的原材料。地球上遍布储备充足的传送站，方便各地的肉身人能随时迁入联盟，但是城邦认为站点不能太靠近肉身人的聚居地，因为这样属于政治不敏感的行为。因此距离亚特兰大最近的传送站超过一千公里。

井野城用拟形人的纳米件制作了一对中继无人机，用于保持与小西城邦的联系。至今还没有人能骗过卫星，让它们调整覆盖区，以便将聚居地也涵盖进去。在亚蒂玛的注视下，两个闪闪发光的昆虫般的机器在井野城的前臂上形成一个晶莹剔透的包囊，继而从中破出，飞入林冠之中。这对机器完全基于现有无人机而设计，但是作为山寨的版本，它们丝毫不受此前所设指示和条约义务的约束，而且会毫无羞耻地骗过卫星，让它们接收从禁区内改道发出的信号。

两人跨过边界，亚蒂玛瞄了一眼某景界——基于TERAGO提供的数据搭建成的卡齐城邦的景界——以测试二人与联盟间的联系是否畅通。景界中，被引力透镜弯曲的星光勾勒出两个暗色球体的轮廓。两个球穿过一个形状模糊的螺旋管，接着双星过往轨道的密集记录缩小显示，展现出外推法得出的不确定性，假想中的介子射流全部喷射而出。中子星用它们目前的轨道参数广播出各自的格式塔标签，而螺旋上有规律间隔开的点提供的则是过去和未来两个版本。

到目前为止，轨道"仅"缩水了20%，差不多十万公里，但这个过程是高度非线性的，接下来再过十七小时、五小时，一小时以及三分钟，将分别继续缩水同样的距离。上述预测都可能出错，准确的爆发时间仍是不确定的，误差至少一小时，但最有可能的情况是蝎虎座G-1号伽马射线爆发时，将正好位于亚特兰大的地平线之上。从亚马孙一直到长江，整个半球的臭氧层将会在瞬间被摧毁。这一切发生时，亚特兰大将处在午后的烈日下。

拟形人的导航系统还保存有当年奥兰多护送他们离开聚居地时走过的路。二人快速穿过林地，希望触发警报，引起他们的注意。

亚蒂玛听见有树枝突然移到了他们左侧。佗满怀希望地喊道:"是奥兰多吗?"他们停下仔细听,却没有回应。

井野城说:"也许是一只动物。"

"等等。我看见有人。"

"在哪里?"

亚蒂玛指着距离他们二十米开外的一只棕色小手,手上握着一根树枝——它准备慢慢松开,而不打算让它直接弹回原位。"我觉得是一个小孩。"

井野城用现代罗马语大声但温和地说:"我们是朋友!我们带来了消息!"

亚蒂玛调整了一下拟形的人视觉系统的回应曲线,针对树枝背后的阴影进行优化。一只黑色的眼睛透过树叶缝隙回看着他们。几秒钟后,隐藏起来的面孔小心翼翼地开始移动,换一个地方继续窥视。亚蒂玛将那团模糊身影重新优化,显示出一条锯齿状的皮肤,还有两只狐猴的眼睛。

亚蒂玛将一部分图像展示给数据库,然后将判定结果交给井野城:"佗是一只梦猿。"

"向佗射击。"

"什么?"

"用迁入系统向佗射击!"井野城还是一动不动,保持着沉默,只是用红外线急切地说着话,"总不能让佗死啊!"

由于被树叶隔开,梦猿的一只眼睛显得很空洞,非常诡异。"可我们不能强迫佗——"

"那你想怎么办?给佗上一堂关于中子星的物理课吗?就连搭桥人都拿梦猿没辙!别浪费时间跟佗解释有哪些选择了,现在不要,以后也不要!"

亚蒂玛还是固执己见："可我们无权强迫佗。佗在城邦里无亲无故的——"

井野城发出一声略带鄙视和疑惑的声音："那就给佗克隆一些<u>朋友</u>！给佗一个跟这里很像的景界，佗哪儿能看出有什么不同？"

"但我们不是过来绑架的。要是有一个外星生物闯入城邦，把你绑了带走，你会作何感想——"

懊恼的井野城差点喊出声来："不，倒是你应该想想<u>这个肉身人</u>全身上下被烧得连体液都渗出的时候，佗会作何感想！"

一股质疑感袭遍亚蒂玛全身。佗想象出了那个场景，躲藏在此处的梦猿儿童，畏畏缩缩地等着陌生人经过——虽然亚蒂玛很难理解肉体疼痛，但对身体的完整性还是能产生深深的共鸣。生物圈无序混乱，遍布不可知的毒物与病原，一切都是分子的偶然碰撞，毫无规则可言。<u>皮肤破裂</u>类似于佗的外在自我出现故障，导致数据随意涌出，将公民的内心改写、毁坏。

佗满怀期待地说："或许佗家人注意到紫外线的影响后，能够找到一个避难的洞穴。这并非不可能。林冠能保护他们一阵子了。他们可以食用真菌——"

"我来吧。"井野城一把抓住亚蒂玛的右臂，对准那个小孩。"让我控制传送系统，我来射击。"

亚蒂玛想要挣脱，但井野城根本不松手。两人的搏斗混淆了它们各自的接口副本，接口副本缺乏足够的智能，没有意识到自己是在和自己打架，最后两人都摔倒了。亚蒂玛倒进灌木<u>丛里</u>时，佗几乎感受到了：下降，以及不可避免的撞击；<u>还有无助</u>。佗听到小孩跑了。

两人都没动。过了一会儿，亚蒂玛说道："搭桥人会想办法保护他们的。他们会设计某种保护自己皮肤的护罩，然后用病毒载体释放出这种基因——"

"一天之内干完吗?他们的庄稼要枯萎,地面要冻住,天空还要下酸雨,是不是要先解决一万五千人的口粮问题?"

亚蒂玛没有回话。井野城站起身,把佗也拉起来。两人默默地向前走着。

#

路途过半,他们遇到了三名搭桥人,两女一男,都是成年人,不过面相年轻,神情谨慎。双方的沟通很困难。

井野城一直耐心地重复道:"我们是亚蒂玛和井野城。二十一年前我们曾经来过,我们是朋友。"

男人开口:"你们的拟形人朋友都在月亮上,这里一个都没有,别来打扰我们。"这几个搭桥人仍然与他们保持着几米远的距离。亚蒂玛伸出一只手,他们连忙惊恐地后退。

井野城用红外线抱怨:"就算他们年轻不记事……我们上次造访也应该很轰动才是啊。"

"显然并没有。"

井野城不愿放弃。"我们不是拟形人!我们来自小西城邦!我们只是驾驶这两台机器。我们是奥兰多·韦内蒂和利安娜·扎比尼的朋友。"搭桥人似乎从未听过这两个名字。亚蒂玛冷静地想到他们两个是不是都死了。"我们有很重要的消息。"

其中一名女性愠怒道:"什么消息?赶紧说,说完就走!"

井野城坚定地摇摇头。"我们只能亲口告诉奥兰多或利安娜。"亚蒂玛对此表示同意,如果只让这帮人一知半解,造成的损害更加难以估量。

井野城用红外线发问:"你觉得如果我们直接进入城市,他们会怎么应对?"

"会阻止我们。"

"怎么阻止？"

"他们肯定有武器，切勿莽撞行事。我们俩维修用的纳米件基本用完了——况且，要是我们未经同意就擅自闯进去，也难以得到他们的信任。"

亚蒂玛试着和搭桥人说话。"我们是朋友，不过我们沟通还是不畅。能找个翻译来吗？"

第二名女性语气带有歉意。"我们没有针对拟形人的翻译。"

"我懂。但你们一定有跟原生人交流的翻译，把我们看作原生人就好。"

搭桥人相互看了看，一脸迷惑，接着开始交头接耳。

第二名女性说："我去带个人来，稍等。"

她走开了。另外两人盯着他们，不愿与他们进行进一步的交谈。亚蒂玛和井野城坐在地上，面对对方，没有看向肉身人，希望借此让他们放松警惕。

翻译到的时候已经是傍晚时分了。翻译走上前和他们握手，但眼神仍然毫不掩饰地透露出狐疑。

"我叫弗朗西斯卡·卡内蒂。你们自称亚蒂玛和井野城，但这些机器谁都能用。你们能不能说说在城市里看见过什么？做过什么？"

井野城回忆起当年的细节。亚蒂玛心想，他们这次的接待这么冷淡，部分原因也许是卡特-齐默曼对肉身人的通信网络发动的善意"攻击"，一想到此，伫便觉得羞愧难当。二十一年了，伫和井野城有的是时间为通信网络重建安全网关。就算他们的主观时间有别，至少也能建立起一定程度的信任。他们却什么也没做。

弗朗西斯卡说："你们带来的是什么消息？"

井野城问她："知道中子星吗？"

"当然，"弗朗西斯卡笑了，显然觉得有些被冒犯，"好几个食莲者①都问过这个问题。"井野城一言不发。片刻，弗朗西斯卡克制住内心的愤懑，继续解释："超新星的残余。当恒星质量太大无法形成白矮星，而质量又不足以形成黑洞时，就会坍缩形成极为致密的星核。还要我继续说吗，还是差不多够了？这下总不会认为我们是一帮前哥白尼时代食古不化的老农民了吧？"

井野城和亚蒂玛通过红外线相互商讨了下，决定冒险一试。弗朗西斯卡很像奥兰多和利安娜，应该能理解他们。如果佗俩坚持等老朋友来，反而会招致更多敌意，白白浪费时间。

井野城有条不紊地解释了来龙去脉——亚蒂玛拒绝在中间插入附文和技术细节——但佗可以看出弗朗西斯卡变得越来越怀疑。这条推论链非常长，开头是 TERAGO 拾取的微弱引力波，最后一直导向地球被紫外线轰炸，变成冰冻星球的结论。利用小行星和彗星，肉身人也能用自己的光学望远镜得出结论，但问题是他们没有引力波探测器。所以，一切都取决于他们相不相信别人传来的消息。

最终，弗朗西斯卡承认："我对中子星的理解不够深，不知道该提什么问题才好。你们会进城召集大家宣布消息吗？"

井野城说："当然。"

亚蒂玛问："你是不是说我们让翻译帮忙，直接和所有搭桥人的代表对话？"

"不是。我说的召集，指的是召集所有能联系上的肉身人。不单单只是亚特兰大，是全世界。"

#

---

①食莲者出自古希腊史诗《奥德赛》，现通常用来比喻那些把时间花在享乐上，而不处理实际问题的人。

穿越丛林的过程中，弗朗西斯卡表示她也认识利安娜和奥兰多，不过利安娜身体抱恙，所以没人告诉他们小西城邦的使者又回来了，免得打扰到他们。

亚特兰大出现在前方的视野中，周围环绕着大片绿色和金色的田野。广阔的土壤，无尽的水源还有成吨的作物，展现出搭桥人即将面对的问题规模有多么重大。原则上来说，在蝎虎座G-1号爆发后形成的新环境中，幸存下来的有机生命还是有机会东山再起的。农作物可以采用更为强健的色素，以利用紫外线中的光子，根系可以分泌乙二醇来融化坚硬的苔原，并促使自己的生化特性适应酸性的、含氮的水和土壤。至于其他对生物圈的中期化学稳定性至关重要的物种，可以进行保护性的优化，肉身人自己则可以设计出新的皮肤，以便在阳光直射下也能避免细胞死亡或基因损伤。

然而实践起来，任何一种转变都要与时间赛跑，每迈出一步都要受到现实中质量、距离、增熵以及惯性的重重束缚。人们无法简单地给现实世界下达指令让其改变，只能一步步煞费苦心地去操纵它，与其说像景界，不如说更像数学上的证明。

走近后，城市上空翻滚着低沉的乌云。主干道上，人们纷纷驻足看着两个机器人在他人的护送下走来，但天空阴沉，人群显得异常昏沉。亚蒂玛发现他们的衣服湿漉漉的，脸上汗涔涔的。拟形人的皮肤向佗报告环境的温度和湿度：45℃，93%。佗查看了一下数据库，通常这种环境不会让人很舒适，还会导致一系列新陈代谢和行为上的后果，具体取决于改造人进行了哪些升级。

几个人跟佗俩打招呼，一个女人甚至直接问他们为什么回来。亚蒂玛陷入踌躇，弗朗西斯卡连忙解围道："特使们很快就要召开集会，所有人都能听到他们带来的消息。"

他们被领入一幢靠近市中心的低矮圆柱形建筑中。穿过门厅，他们沿着走廊进入一个房间，里面摆着一张张长条木桌。弗朗西斯卡把他们交给三个守卫——除了守卫，两人实在不知道还能怎么称呼他们——交代说她一两小时后就回来。亚蒂玛很想抗议，但是佗想起奥兰多曾说过将所有搭桥人聚集起来就要花上好几天。试想，在一小时内召集全球的人，一起讨论所有地球生物即将面临的灭顶之灾，而带来消息的是两个搞不清是不是骗子的自称小西城邦公民的家伙——能做到的话就是一场外交奇迹。

佗俩坐到长桌的一侧，守卫还站着，气氛安静得有些令人紧张。这些人听到了关于蝎虎座 G-1 号的事，但亚蒂玛不确定他们对此作何理解。

过了一阵，有个男人不安地问道："你们刚才说什么太空来的辐射，是不是有人要来打我们？"

井野城坚定地说："不是，只是自然现象。地球很可能以前也经历过，几亿年前吧。没准有过好多次。"亚蒂玛抑制住了插嘴的冲动：但这次距离最近，强度最大。

"可是两颗星星相撞的速度比正常速度要快，你们怎么知道不是有人在拿它们当武器呢？"

"它们相撞的速度远超天文学家的推算，所以是天文学家们错了，他们弄错了一些物理参数。就是这样。"

男人似乎不愿相信。亚蒂玛脑海中浮现出一种外星生命：品德低劣，嗜血好战，还具有能操控中子星的技术力量。这种画面十分令人不快，但是其可能性就跟用流感病毒发明出氢弹一样低。

三名搭桥人都在低声交谈，但那个男人仍一脸亢奋。亚蒂玛安慰他道："无论发生什么，都欢迎你们进入小西城邦，谁都可以来。"

男人笑了，似乎不买佗的账。亚蒂玛抬起右手，伸出食指。"是真的，我们带了足够用的迁入纳米件——"

井野城没等男人脸色变化，急忙发出警告标签。只见男人倾身向前，一把抓住亚蒂玛的手腕，重重摔在桌子上。他大叫："给我拿喷枪来！拿切割工具来！"一名女性守卫转身离开房间，另一名则警惕地靠上前。

井野城冷静地说："我们绝不会未经允许就执行迁入。我们只是想如果局面难以挽回，至少做好迁入的准备。"

男人另一只手握拳举起，对着佗说："退后！"他脸上有汗滴下。亚蒂玛没有反抗，但拟形人的皮肤报告男人正在紧紧地控制着佗，好像在和某个可怕的对手搏斗。

他的眼神锁定着井野城的同时，对亚蒂玛说："到底会发生什么事？告诉我！拟形人是不是要在太空里引爆炸弹，这样就能把我们都赶进你们的机器里？"

"拟形人哪来的炸弹？他们尊重你们，比对我们还尊重。他们最不想看到的就是强迫肉身人进入城邦。"他们曾遭遇过莫名其妙的误解，可从未遇到过像此刻这样的无端妄想。

女守卫回来了，手里拿着一台小型机器，机器一端伸出一根弯成半圆形的金属棒。她触摸了一个控制键，出现了一道蓝色的等离子弧，将金属棒的两端相连。亚蒂玛命令迁入纳米件从佗手臂的维修系统管道自上爬行，回到躯干。男人急忙俯下身子，女人走过来，开始切割亚蒂玛手肘以上的手臂。

亚蒂玛没有把纳米件的能量浪费在无休无止的询问上，只是等待着这股陌生感受的结束。对于拟形人硬件出现的损坏报告，接口不知该如何反应——它拒绝进入亚蒂玛的自我符号中执行相应的手术。当等离子弧完全穿透后，男人将手臂一把拽下。心理上，亚蒂玛的图标中对应被切手臂的那部分仍然吊在残肢处——

不过是种幻觉上的存在，部分脱离了具身的反馈回路。

等佗鼓起勇气去检查时，十五剂迁入纳米件已经安全了。其他的全部丢失，要不就是因加热损坏，已无法修复。

亚蒂玛看向男人，愤怒地说："我们为和平而来，绝不会侵犯你们的自主权，可你们反倒限制别人选择的权利。"

等离子锯放在桌边，男人一言不发地将那截手臂在弧上来回切割，把精密的机械切得支离破碎。

#

回来后的弗朗西斯卡感到怒不可遏，一方面是因为他们将纳米件带入了聚居地，另一方面则是因为守卫们采用了不那么文明的临时应对手段。

依照《2190年条约》，亚蒂玛和井野城应被立即驱逐出亚特兰大，但弗朗西斯卡决定通融一次，让他们继续召开集会，而且出乎亚蒂玛意料的是，守卫们也同意了。显然，他们相信让一群肉身人对他们进行公开审讯才是揭露拟形人和小西城邦共划阴谋的最佳途径。

他们沿着走廊向着集会厅走去。路上，井野城用红外线说："他们不都是这样的，想想奥兰多和利安娜。"

"我记得奥兰多曾经大声斥责拟形人多么邪恶，斥责拟形人的计划多么卑鄙。"

"我也记得利安娜当时就纠正了他。"

集会厅是个巨大的圆柱形空间，与建筑物本身的形态大抵相同。一排排同心圆的座位汇聚在一个圆形的讲台上，厅中坐了约一千名搭桥人。在座位的前后方，在圆柱体的墙壁上，巨大的屏幕展示着来自其他聚居地代表的图像。亚蒂玛很快就辨认出了其中哪些是鸟类的改造人，哪些是两栖类的改造人，但佗确信，剩下那些外表平平无奇的人有着更加诡异的变异。

梦猿们没有代表。

守卫停下脚步,弗朗西斯卡带领他们走上讲台。讲台共三层,最外层站着九位搭桥人,面向听众,第二层站着三人。

"他们是你们的翻译。"弗朗西斯卡解释称,"每句话停顿一下,等他们先翻译完。"她指了指讲台中央一处轻微的凹痕,"站在这里别人才能听见,要是站在其他地方,别人就听不清你们说的话了。"亚蒂玛已经留意到了大厅里不同寻常的音响效果——走过来时,有的地方背景噪声震耳欲聋,有的地方却鸦雀无声,而且弗朗西斯卡的声音强度也在无故地上下波动。天花板上悬挂着结构复杂的声镜和挡板,拟形人的皮肤报告称突然出现气压梯度,估计也是某种形式的屏障或透镜所致。

弗朗西斯卡走上中心的讲台,开始发表讲话。"我是来自亚特兰大的弗朗西斯卡·卡内蒂。我现在向各位介绍:这两位是自称来自小西城邦的亚蒂玛和井野城,他们称有要紧的消息要告诉我们。如果这个消息是真的,将关系到所有人的安危。烦请各位认真听,仔细询问。"

说完,她走到一边。井野城用红外线喃喃道:"她让大家对我们有了信心,太好了。"

井野城将佗在丛林向弗朗西斯卡所描述的蝎虎座G-1号的事情又重复了一遍,时不时为译员停顿,并针对译员的询问澄清了部分术语。位于内层的三位译员先翻译,接着外层的九位译员再提供他们翻译的版本。虽然这里有着巧妙的声学结构,可以让部分人同时说话,但整个过程仍然非常缓慢。亚蒂玛可以理解,将过程自动化有悖于搭桥人的整个文化,可他们为什么不准备一些简化的程序用于紧急情况的沟通呢?或许他们有吧,但仅仅针对可预想到的各种自然灾害。

伴随着井野城开始描述地球将遭受何种影响,亚蒂玛尝试判断听众的情绪。肉身人受限于其身体结构,能够表达出的格式塔比城邦版本要克制得多。不过如果大部分人的面孔表现出惊愕,佗自认为能看出来。大厅尚未出现剧烈的情绪变化,亚蒂玛对此的解读偏乐观——毕竟好过陷入恐慌。

弗朗西斯卡负责处理听众的回应。第一个发言的是一个来自原生人聚居地的代表,他说的是某种英语方言,因此接口直接将语言输入亚蒂玛的大脑。

"你们太不要脸了。一帮死人的灵魂模拟,我们也没指望你们能多尊重我们,但是拜托能不能不要一天到晚想着把地球上最后一丝人气也抹掉?"原生人冷酷地笑道,"讲这种天降'夸克'或是'伽马射线'的滑稽童话,就以为能吓到我们,然后我们就会乖乖地进入你们那个死气沉沉的虚拟天堂吗?你们当真认为甩两句唬人的胡话就能让我们抛弃真实世界里的酸甜苦辣,进入你们那个完美无缺的噩梦之中吗?"他用一种极为厌恶的眼光俯视着他们,"你们好好待在自己的温柔乡,别来烦我们行吗?我们人类是堕落的生物,我们永远不会爬进你们的人造伊甸园。告诉你们:肉身永不灭,罪恶永不灭,梦想与疯魔永不灭,战争与饥荒永不灭,酷刑与奴役永不灭。"

虽说有语言移植功能,但亚蒂玛也基本听不明白,翻译成的现代罗马语同样语义含糊。佗翻遍了数据库,想要理解其含义,库中超半数的文字似乎都提到了一个来自巴勒斯坦有神论复制者的家庭[①]。

佗沮丧地对弗朗西斯卡耳语道:"我以为即便是原生人也早就不信宗教了。"

"上帝早死了,但那些老生常谈的话还在。"亚蒂玛不禁想问

---

① 此处指的是耶稣。

酷刑和奴役是否也还存在，但弗朗西斯卡仿佛看透了佗的心思，点了点头。"还有不少关于自由意志的聱牙诘屈之语。大多数原生人并不暴力，但他们认为暴行存在的可能性对美德而言至关重要——哲学家称之为'发条橙谬误'①。所以在他们眼里，城邦的自治使之成为某种非道德的，伪装成伊甸园的地狱。"

井野城尽力使用英语回答："只要你们拒绝，我们绝不强迫任何人进入城邦。另外，我们绝不是想撒谎吓唬人，只想让大家做好准备。"

原生人冷静地笑道："我们时刻准备着。这是我们的世界，不是你们的。我们对危险了如指掌。"

井野城开始煞费苦心地谈论住所、淡水和可行的食物供应等问题。原生人打断佗，放声大笑："没想到你的撒手锏是千禧年说②，骗三岁小孩的把戏。"

井野城一脸茫然："可只有一吉陶③的时间了！"

"足够让人看清你们对我们的蔑视了。"原生人讽刺地鞠了个躬，然后图像不见了。

亚蒂玛看着空白的屏幕，不愿意接受现状。佗问弗朗西斯卡："那个人的聚居地里还有人能听到井野城说的话吗？"

"会有一些，肯定有的。"

"他们能选择继续听吗？"

"当然，没有人过滤网络信息。"

那就还有希望。原生人不像梦猿那样，完全沟通不了。

下一个回应的人是一个改造人女性，外表根本看不出改造痕

---

①发条橙谬误（Clockwork Orange Fallacy），哲学与伦理学概念，源自美国作家安东尼·伯吉斯纳小说《发条橙》。通俗说来就是错误地认为"如果强行阻止一个人干坏事，就等于彻底剥夺了其自由意志"。
②千禧年说，又叫锡利亚说，认为世界末日之时，耶稣重临世界为王一千年。
③一吉陶约等于真实世界里的 11 天 14 小时。

迹，她说的是一种对数据库而言很陌生的语言。根据翻译后的内容，原来她问的是中子双星丢失角动量这一过程的细节。

井野城早已将科祖克理论移植进了自己的意识，所以可以轻松回答。亚蒂玛对理论的理解稍次，因为佗想让自己保持对矿井的新鲜感。不过佗清楚中子星力学分析所用到的科祖克公式的计算过程极为困难，而且主要用到的就是排除法，最后只剩下极化成为最合理的理论解释。

改造人安静地听着，亚蒂玛不确定她只是出于礼貌，还是表明总算有人严肃地对待这个问题了。等外层译者翻译完后，改造人再次发表评论。

"潮汐力如此之低，如果要让失控的极化状态突破能主导禁闭状态的能量屏障，需要的时间恐怕比宇宙寿命还要长好几倍。所以成因绝不是极化。"亚蒂玛哑口无言，这么自信的断言是不是放错了地方，还是翻译有误？或者这位改造人有着不可推翻的数学证据？"不过，观察结果是明确的，我对此认可。两颗中子星<u>将会</u>相撞，伽马射线爆发将会发生，我们会做好应对的。"

亚蒂玛希望她能再说一点，可是现场有十二名翻译，一场冗长的话题讨论只怕要花上好几天。至少他们取得了一次小小的胜利，先品尝下滋味吧，关于中子星死亡后会出现什么情况的物理学讨论可以先搁到一旁。

弗朗西斯卡选择了下一位发言者，此时听众中有人站起来走了出去。亚蒂玛认为这是一个好现象：就算他们没有完全相信，至少可以采取一些预防措施，拯救成百上千条生命。

井野城移植了大量的知识，再加上可以随时读取数据库，佗应对起技术问题来可谓游刃有余。当一名两栖类改造人问到紫外线对浮游生物有何破坏，以及对海洋表层水的 pH 值变化有何影响时，佗就直接引用了现成的卡特－齐默曼模型。听众中一名搭桥人质疑 TERAGO 的可靠性，井野城解释了为什么其他来源的串扰不可能是中子星引力波不断加速的原因。从平流层会发生的微妙的光化学变化，到蝎虎座 G-1 号即将诞生的黑洞无法拯救地球于危难（因为它无法吞噬掉所有的伽马射线），只要有任何看法试图证明情势并没有那么紧急，几乎都被井野城一一驳斥。

亚蒂玛心中满是矛盾的钦佩之情。井野城很务实地变成应对危机所需的样子，毫不犹豫地将他人的知识植入自己的意识中，置自身人格是否会受影响于不顾。此事过后，佗应该会将大部分内容移除，在亚蒂玛看来，这么做更像是在肢解自己，但是井野城好像并不认为这样做会留下什么创伤——还不及进出拟形人躯体带来的危害大。

越来越多的聚居地代表下线，有些显然是信了，有些则明显不买账，还有些人的信号亚蒂玛无法破解。越来越多的搭桥人离开了大厅，有新的人进来取代他们的位置，还有一些亚特兰大的居民从家中远程提问。

三名守卫坐在观众席中，一直任由大会讨论。可现在，那个砍下亚蒂玛手臂的女人终于失去了耐性，从座位上跳起。"他们带了迁入纳米件进来！要不是我们一刀把他们的武器从他们的身上砍了下来，他们早就用了！"她指着亚蒂玛，"你还想狡辩吗？"

搭桥人听到后做出的反应恰恰是亚蒂玛期待他们听到伽马射线爆发后的反应：高声发出强烈的抗议，身体动作剧烈，有人站了起来，开始对着讲台大声辱骂。

亚蒂玛走上井野城所在的声学焦点位置："没错，我的确带来了纳米件，但只有得到允许后我才会使用。最近的传送站离这里有一千公里。我们只想让愿意迁入的各位无须冒险跋涉那么远的距离。"

没有人好好说话，只有越来越多的怒吼。亚蒂玛环视身边数百名恼怒的肉身人，却怎么也理解不了他们为什么有这么大的敌意，不可能每个人都像那几个守卫那么偏执吧。蝎虎座G-1号事件确实会毁天灭地，即使乐观来看，也有几十年的苦日子要过……但或许与之相比，提及"选择迁入"这一话题更加不合时宜。除非相信蝎虎座G-1号会把他们全部碾碎，否则根本没法说服他们进入城邦。或许他们认为迁入并不是能免于一死的救命稻草，反而更像是一种极具侮辱性的、让肉身人目睹自身灭绝的方式。

亚蒂玛提高嗓音，以便译员能听到自己的声音："我们带纳米件这件事的确不对——可所谓不知者无罪。我们没有恶意。我们尊重你们的勇气、坚韧不拔，也由衷钦佩你们的技能——我们只求能和你们并肩同行，帮助你们继续以你们选择的方式生活下去——肉身人的方式。"

听众似乎产生了分歧。有的人回以讥笑嘲弄，有的人恢复冷静，甚至变得热情。亚蒂玛觉得这个游戏佗根本理解不了，几乎不敢乱下定论。佗俩本来就不适合这种工作。在小西城邦，即使犯下最荒唐的错误也损伤不了公民同胞的自尊心。但此时此刻，几句判断不当的话就可能要了数千条人命。

一位搭桥人发问，译员翻译道："你保证没有剩的迁入纳米件了吗——也不会再继续造了吗？"

全场顿时鸦雀无声。这么多搭桥人，会不会有一两个了解拟形人身体构造的呢？守卫怒视着亚蒂玛，似乎就是因为佗没有承认上述问题存在的可能性才误导了他们。

"没有剩的，也不会再造了。"佗张开双臂，仿佛在向人们展示从断肢处伸出的无辜幻肢，早已没了触碰他们世界的能力。

#

集会持续了整整一夜。参会的人来来去去,有人分成了小组,商议应对爆发的办法,有人则带来了新的疑问。凌晨时分,三名守卫召集会议,要求即刻将亚蒂玛和井野城从亚特兰大驱逐出去,可投票失败了,他们只能离开。

拂晓时分,大部分搭桥人和许多聚居地的代表都被说服了,从概率上说,只要他们接受该事件发生的可能性较高,那么即便为不必要的预防措施白费力气也是值得的。七点钟,弗朗西斯卡让第二班的译者去躺一会儿。大厅里还有一些人,不过这些人都忙着讨论各自的紧急事项,墙上的屏幕一片空白。

一位搭桥人建议,可以想办法将TERAGO的数据传输到肉身人的通信网络上。于是,弗朗西斯卡将众人带至位于同一栋楼的一个大房间中,这里是亚特兰大的通信中心,然后和当值的工程师一起通过无人机建立了和联盟的连接。其中将格式塔标签翻译成恰当的视听符号似乎是最困难的部分,但其实数据库中有一个拥有数百年历史的工具,就是专门处理这种事的。

等设备全部运转起来后,工程师调出了一幅蝎虎座G-1号引力波图和一幅中子星轨道的注释图,分别显示在控制台上方的两块大屏幕上:和内容丰富的城邦景界相比,屏幕就是扁平、带框的精简版本。和历史基线相比,引力波的频率翻了一番,强度更是暴涨十倍以上。蝎虎座G-1号a星和G-1号b星此时仍然相距三十多万公里,可是更高导数的趋势表明:在协调世界时20:00左右,也就是当地时间下午两点时分,两者将会突然相向坠落。此时,就算是地球上计算资源最匮乏的肉身人,也能获取到原始数据确认这点。当然,数据本身也可能是捏造的,但亚蒂玛觉得它比自己和井野城的空口无凭还是更有信服力一些。

"我需要休息几小时。"弗朗西斯卡的眼神不再飘忽,语调也无起伏。她早已不再怀疑爆发的真实性，但她未曾表露出任何情绪，一直主持着集会，直至结束。亚蒂玛希望自己能给她一些安慰，可佗唯一能献出的礼物只有那份绝不能提的毒药。"我不清楚你们现在有什么打算。"

亚蒂玛也没有头绪，但井野城开口道："你能带我们去利安娜和奥兰多的家吗？"

#

户外，人们在给楼房之间的人行道搭设遮盖，他们将一袋袋食物推入仓库，并开始挖渠、铺设管道，给新造的走道盖上防水油布遮阴。亚蒂玛需要让人们明白：即便是反射的紫外线也有灼烧或致盲的可能。有些在高温下工作的搭桥人赤裸着四肢或躯干，身体的每一寸肌肤都显得那么不堪一击。天空从未如此阴暗，然而，即便是滚滚黑云也只能当作一时的脆弱屏障。

地里的庄稼已是半死不活。只有在现有粮食供应耗尽之前设计制造出可行的新型作物，并播种收获，才能保障中期长度的存活。此外，能源也是一个问题。亚特兰大主要靠的是光伏电站供电，而电站是依据大气层的现有频谱窗打造的。卡特－齐默曼的植物学家提出了一些初步建议，井野城在集会上描述过相关细节，现在他们能直接在线获取所有相关资料。当然，肉身人肯定会将这些建议视作一帮只会纸上谈兵的半吊子理论家的想法，但作为实验的起点，聊胜于无。

他们抵达了二人的家。奥兰多看上去身心俱疲，不过还是热情地招呼佗俩。弗朗西斯卡离开了，留下三人坐在客厅。

奥兰多说："利安娜在睡觉。她的肾脏被感染了，病毒性的。"他看着与佗俩之间的空当，"RNA病毒让人防不胜防。不过她会好的。我跟她说过你们回来了，她很开心。"

"也许利安娜会给你设计新的皮肤和角膜。"亚蒂玛说道，奥兰多礼貌地表示赞同。

井野城说:"跟我们走吧。"

"什么意思?"奥兰多揉了揉布满血丝的双眼。

"回小西城邦去。"话毕,亚蒂玛不可思议地转向佗。亚蒂玛跟佗提过还留着一些纳米件,但根据到目前为止的经历来看,佗简直就是在玩火。

井野城面不改色:"你们完全可以避开这场灾祸,不用再恐惧,不用再心慌。要是情势急转直下……利安娜还病着呢!要是你赶不到传送站呢?你有责任让她好好想想。"

奥兰多没有看佗,也没作声。片刻,亚蒂玛看见有泪水流入他的胡须,在汗水的映照下几乎难以察觉。他双手抱住头,然后说道:"我们会处理好的。"

井野城站起身。"我认为你应该问问利安娜的意愿。"

奥兰多缓缓抬起头,脸上更多的是惊讶而非气愤。"她睡了!"

"难道你觉得这事还没叫醒她重要吗?难道你觉得她没有选择的权利吗?"

"她病了,而且在睡觉,我不想让她再遭罪了,懂吗?你明白吗?"奥兰多打量着井野城的脸,井野城也紧紧地盯着他。亚蒂玛感到了前所未有的不知所措,甚至比他们在丛林中苏醒时有过之而无不及。

井野城说:"妈的,她还被蒙在鼓里呢!"说到最后几个字时,佗的语气突然变了。奥兰多攥紧拳头,愤怒地说:"你想干什么?为什么非得这样?"

他瞪着井野城惨灰色的脸,突然笑出了声。他坐着,面孔扭曲,发出愤怒的笑声,用一只手的手背擦了擦眼睛,想要让自己冷静下来。井野城没有说话。

奥兰多从椅子上站起来。"好吧,上来吧。我们去问利安娜,让她做选择。"他开始上楼,"要来吗?"

井野城跟上前去,亚蒂玛仍留在原地。

佗听出了三个人的声音,但听不清说的什么。没人大喊大叫,只是有着好几次长时间的沉默。十五分钟后,井野城走下楼,径直走到了街上。

亚蒂玛等到奥兰多现身。

亚蒂玛说:"对不起。"

奥兰多举起双手,又由它们落下,没有理会佗的话。他看上去比之前的态度更坚定了。

"我还是出去找一下井野城吧。"

"好的。"奥兰多突然向前,亚蒂玛急忙后撤,以为他会诉诸暴力。佗不明白<u>自己是怎么学会如此反应的。</u>不过奥兰多只是碰了碰佗的肩膀,说:"祝我们好运吧。"

亚蒂玛点点头,退了出去:"祝好运。"

#

亚蒂玛在市郊附近见到了井野城。

"慢点!"

井野城转身看着佗,但脚步没停:"我们已经完成了来这里的目的,我要回家了。"

其实返回小西城邦和地点无关,甚至无须离开聚居地。亚蒂玛让自己的视线加速向前,同时接口切换身体的步态。佗很快就在田间的路上追上了井野城。

"你在怕什么?怕被困在这里吗?"伽马射线来袭时,部分高层大气会变成等离子体,卫星通信会因此中断一段时间。"TERAGO 会提前警告我们的,到时我们再把心智快照发回去就好了。"然后呢?等到蝎虎座 G-1 号让家园遭灾已成现实,那些敌意很大的搭桥人说不定会杀了城邦来使,不论怎样,他们也可以在杀戮开始前擦除掉本地的自我。

井野城蹙着眉:"我不是怕。我们已经发出警告了,也和所有愿意倾听的人说过话了。如果还继续留在这儿就有些过分了。"

亚蒂玛认真地想了想。

"不对。的确,我们手脚笨拙,帮人干体力活儿是指望不上了,但爆发之后,我们是这里唯一对紫外线免疫的人。当然,他们也能遮蔽自己,护住眼睛,只要细心防护,一切都是有可能的。但两个能直接进入未过滤阳光中的机器人留下来一定有用武之地。"

井野城没有作声。头顶流过低压压的黑色丝云,在田野上投下边缘柔和的阴影。亚蒂玛回头瞥了一眼城市,黑云压城。来一场大雨还是不错的,能让这地方凉下来,人也能留在室内,降低第一波紫外线的伤害。只要这场雨别过于遮云蔽日,使得搭桥人们滋生懈怠。

"我以为利安娜会理解的,"井野城苦涩地笑了笑,"也许她确实理解吧。"

"理解什么?"

井野城摇摇头。亚蒂玛见佗再次进入拟形人的身体后,感觉很奇怪,相对于井野城此时位于小西的图标模样,这具身体更像是佗对于井野城长久以来的精神意象。

"留下来帮忙吧,井野城。拜托了,你心里挂念着搭桥人,也是你说服我,让我和你来到这里的。"

井野城斜眼看着佗:"知道我为什么给你迁入纳米件吗?我们本来可以交换角色,也可以由你来制造无人机。"

亚蒂玛无所谓地问道:"为什么?"

"因为如果是我,这会儿迁入纳米件肯定早就用完了。我会给所有搭桥人都来一剂,还会把他们全聚在一块儿,管他们愿不愿意，统统带走。"

井野城继续沿着平坦的土路向前走。亚蒂玛站在原地，看了佗一会儿，然后朝着城市走去。

#

亚蒂玛游荡在亚特兰大的街道和公园里，在佗认为安全的领域向人提供信息，遇见没有在工作的人就上前接近他们，除非他们看上去有明显的敌意。虽然没有正式的译员，佗还是发现自己能够和一小部分人沟通，所有人都在努力填补沟通上的沟壑。

问题原本是："纯度的边界在哪里？"后来变成了：

"现在我们还能信任天空吗？"——随着说话人的目光看向乌云，这句话又成了：

"如果今天下雨，会烧到我们吗？"

"不会。几个月内酸度都不会上升。一氧化氮要过很长一段时间才能从平流层扩散而下。"

有时候，翻译后的答案听上去就像穿越了莫比乌斯带后又倒着回来了。但亚蒂玛坚持认为翻译后的含义不会尽失，"黑的"不可能被翻译成"白的"。

中午时分，亚特兰大俨然已是一座弃城，或者说像被围困住了，所有人都藏身城内。接着，佗注意到有人想把两栋建筑连起来。此时气温已有 40℃，他们还身着长袖，戴着手套和电焊面罩。看到他们如此谨慎，亚蒂玛深受鼓舞，可穿上笨重又不透气的防护服有多碍手碍脚，佗几乎能感同身受。看得出，搭桥人保持了对于具身限制的复杂看法，但似乎身为肉身人的乐趣一半来自将自己逼向生理极限，另一半则来自将所有其他累赘的影响降到最小。也许原生人中会有癫狂的受虐爱好者尽情享受蝎虎座 G-1 号带来的所有困难与不适，在紫外线剥掉他们皮肤的同时，高声吟诵着关于"疼痛与极乐的真实世界"的赞歌，但对于绝大多数肉身人而言，这场灾难只会剥夺他们的自由——选择身为肉身人的自由。

在一个公园里，亚蒂玛看到一个座位被绳索悬挂在一个架子上。佗想起很久以前曾见过人们坐在上面前后摆动。佗想要顺利坐下，避免摔倒，便用仅剩的一只手紧紧抓住绳子，可当佗命令接口让其摆动起来时，却什么也没发生。接口软件不会这项操作。

#

一点钟时，蝎虎座引力波的强度已增至先前的一百倍。此刻，已没必要等待剩余的两三个 TERAGO 探测器发回的数据了，继续判断是否存在其他波源的干扰已毫无意义。布利奥站点直接传来实时信息，蝎虎座 G-1 号的剧烈脉冲湮没了宇宙中的一切。很明显，引力波在收缩，每条波都比上一条更窄，最近的两个波峰间距仅有十五分钟，就是说两颗中子星的距离已经突破了二十万公里的阈值。一小时后，这个距离会减半，几分钟后距离将归零。亚蒂玛一直抱有小小的期待，或许数据会变，然而拟形人的推断却在不断证明着自身的正确无误。

座位晃了一下，原来是一个光膀子的小孩在一旁扯它，想要引起佗的注意。亚蒂玛看着佗，无言以对，只想用自己坚不可摧的聚合物身体包裹住孩子裸露的皮肤。亚蒂玛四处张望，想看看操场里有没有成年人，却一个也没见着。

亚蒂玛站起，孩子突然开始大哭大闹。佗连忙坐下，又站起，想用单臂将孩子抱起，却总是不行。孩子一拳狠狠砸在无人的座位上，亚蒂玛顺从地坐下。

孩子爬到佗的膝盖上，亚蒂玛紧张地看了一眼 TERAGO 的景界。孩子伸出手臂，握住绳子，接着轻轻后仰。亚蒂玛也模仿起来，座位随之做出反应。孩子倾身向前，亚蒂玛也跟着向前。

他们荡了起来，越荡越高，小孩开心地尖叫，亚蒂玛的心情则在恐惧和愉悦间徘徊。几滴稀稀落落的雨滴落下，太阳四周的云层随之变薄、散开。

突如其来的光亮令人惊慌失措。阳光下的操场四周亮堂堂，亚蒂玛终于能清楚地看清周遭的环境了，强烈的希望感蔓延全身。佗的小西心智种似乎仍然在给本能编码，随着时间流逝，层层叠叠的黑云终将散去，无穷无尽的黑夜终将破晓，寒风刺骨的凛冬终将迎春。地球上的生灵虽然历经无数灾祸，但终有界限，循环往复，自有活路可循。每一个以血肉之躯存活于世的生命，体内都留存有某位曾熬过世上最残酷天谴的祖先所传下来的基因。

但这次不同。阳光穿破云层只是一个谎言，倘若还有人本能地认为史上最惨烈的灾难已是后无来者，那简直是痴人说梦。亚蒂玛早已参透：城邦之外的宇宙中，万事无常且不公。只是佗从未在意过，也从未被触动过。

佗判定自己不能安全地让摆动停下，所以干脆停止动作，不去理会孩子的哭闹，让摆动自己慢慢停止。然后，佗带着尖叫的孩子来到最近的一栋建筑，这里好像有人知道孩子是谁家的，于是气愤地把孩子从佗手中抱走了。

暴雨云再次逼近。亚蒂玛回到操场，一动不动地站着，仰望天空，想知道天空究竟还能暗到哪种程度。

#

中子双星在不到五分钟的时间内完成了它们最后一次完整的轨道运行，相隔距离为十万公里，并以螺旋状急剧靠近。亚蒂玛明白，佗见证的是五十亿年前诞生的恒星的落幕，但从宇宙尺度而言，这和一只蜉蝣的死亡一样不足挂齿。伽马射线观测台每天都能从其他星系中捕捉到五次相同事件的踪迹。

话虽如此，蝎虎座 G-1 号的高龄意味着中子双星的前身——两颗超新星的出现早于太阳系的诞生。超新双星发出的冲击波席卷周围的星云和尘埃，触发了恒星的形成。因此，太阳、地球和其他行星诞生自蝎虎座 G-1 号 a 星或者 G-1 号 b 星也不一定。亚蒂玛真希望井野城当时和原生人对话时能想到这点，将两颗中子星重新命名为"梵天"或"湿婆"[①]，这样或许能从他们的神话传说的角度唤起一些共鸣——利用这个空洞的比喻来拯救一些性命也是好的。可是，就算地球生命来自蝎虎座 G-1 号的恩赐，如今却又将被它索回；又或者蝎虎座 G-1 号只是纯粹让伽马射线落在了另一颗死星意外创造出的孩子们身上，两者所造成的伤痛是同样的，也没有意义。

布利奥站点的信号爬升，攀至之前水平的一万倍位置，随后下跌。在展示轨道的景界中，向内螺旋的两条旋臂扭曲成完美的径向对齐状态，代表不确定性的窄椎体从轨道的每个分支向外展开，合并成一条半透明的隧道。对于双星而言，它们相互成为对方眼中一个细小的靶子，如果连续几次打偏，或许能给对方五到十分钟的喘息时间，这并非不可能。但结论是，所有横向运动都几近于无，不可测量。中子双星将在第一次接触时就合体。

还有二十一秒。

亚蒂玛听到有人在痛哭。佗将视线从景界上挪开，用拟形人的眼界扫过操场，一瞬间佗好像看到刚才那个肉身儿童从父母身边逃脱回来了，危险的天空下，搜查队还在工作，但那个声音是那么遥远、低沉，也不见任何人影。

十秒。

五秒。

[①] 梵天和湿婆均是印度教主神。

<u>但愿所有模型都是错的，但愿会有事件视界吞噬掉爆发，但愿拟形人是在扯谎、伪造数据，但愿那些肉身人偏执狂是对的。</u>

一道极光照亮了苍穹，出现一张由粉色和蓝色放电构成的精致绚丽的光幕。一时间，亚蒂玛怀疑云层是不是已经被烧尽了，但是当佗降低眼睛饱和度，调整反应后，仍可看见光线直射而过。云层形成了一层脆弱的覆膜，如同窗玻璃上的污迹，背后是以亮白和绿色为边的空灵图案，电离气体分成一缕缕细束和旋涡，跟随高达十亿安培的电流流动。

天空暗了下来，接着开始闪烁，频率约一千赫兹。亚蒂玛本能地想要访问城邦数据库，可连接已经中断。电离化的平流层是不透射线的。<u>为什么会出现振荡？</u>黑洞外面是不是存在一个中子壳？当它脱离人们的视线后，就会像闹钟一样响起，让剩余的伽马射线来回进行多普勒移动，是这样吗？

闪烁仍在持续，时间太长了，原因不可能是伽马射线。如果振动的不是蝎虎座 G-1 号的残余，那是什么呢？伽马射线已将所有的能量沉积在地表上方，把氮分子和氧分子炸开，变成过热的等离子体，此时等离子体中的电子和阳离子的能量高达数十亿太焦耳，释放后粒子才会重组。其中大部分能量将会产生化学变化，另一部分能量当然是以阳光的形式抵达地表，但等离子体中涌动的强大电流将产生低频无线电波，在地球表面和此时已电离化的平流层之间来回弹跳——这才是闪烁的原因。亚蒂玛此时想起来，卡特-齐默曼的分析中曾指出，这种低频电波在特定条件下将造成实质性的破坏，不过和紫外线以及全球变冷比起来，这种破坏只限于局部，而且微不足道。

云层后的极光逐渐退去，一道蓝白闪光划过天空。亚蒂玛刚注意到时，云层和地表间紧接着经历了第二轮撕破天际的放电。雷声太大了，拟形人的声学传感器为了自我保护已经关闭，所以佗听不到雷声。

天忽然黑了，似乎藏起来的太阳被遮挡住了。此时，等离子体应该已经冷却到了一定程度，可以形成一氧化氮了。亚蒂玛查看了自己皮肤的标签，温度刚刚从41℃降到39℃，而且仍在下降。闪电再次袭来，这次很近，透过电光，佗看见一层被风吹乱的黑云在头顶移动。

草丛出现涟漪，起初只是草叶被吹平，随后亚蒂玛看见草丛中扬起灰尘。风力非常大，伴随气压上升，气温也会上升。亚蒂玛举起手伸到热风中，想要感受热风从指间流过，想要了解被这场诡异风暴触碰的后果。

闪电击中了操场远处的一栋建筑：闪电炸开，电光光亮的余烬洒向四周。亚蒂玛犹豫了片刻，然后迅速朝着炸开的楼房移动。附近的草丛在燃烧，佗看不清里面是否有人在动，只见每次闪电的间隙，周围一片漆黑，仿佛没有星辰的夜晚，而随着被闪电点燃的草在噼里啪啦声中化作灰烬，有那么一瞬间，一切似乎都被盖上了一层窒息的黑暗。亚蒂玛将拟形人的视觉延伸到红外，废墟之中存在有人体温度带热辐射的物体，但很难辨认出形状。

远处传来撕心裂肺的喊叫声，不过应该不是从这栋楼里传出的。被风声裹挟的人声变得难以辨认，听不出任何能用于判断距离和方向的线索，再加上空无一人的街道，看上去就像一个只有无形背景音的景界。

风呼呼地刮着，亚蒂玛凑近楼房，发现里面是空的。所谓人体温度的区域不过是一些烧焦的木头。接着，佗的听力再次被切断，接口失去了平衡。佗面朝下重重倒地，视网膜上残留着这样一幅画面：佗的影子在草地上拉长，在一片蓝光中格外醒目。当佗爬着站起来转过身时，只见三栋烧焦冒烟的建筑墙体突然裂开,天花板顷刻塌落。佗连忙跑过操场。

人们跌跌撞撞地从废墟中跑出来,衣衫破烂,身上流着血。还有人在残垣断壁里发了疯地搜寻。亚蒂玛注意到有个男人半截身子被埋在瓦砾中,他双眼睁开,但面无表情,一根不知从哪断下的黑色木梁横挡在他大腿到肩膀位置的前面。佗伸手抓住木梁的一头,想把它抬起甩开。

佗在男人旁边蹲下,有人开始拍打佗的后脑勺和肩膀。佗转过身想看看怎么回事,然后肉身人开始语无伦次地大喊大叫,并击打佗的脸部。亚蒂玛还是蹲着,局促地从受伤的男人身边往后退,这时有人过来想把刚才攻击佗的人拖走。亚蒂玛站起来走开,那男人还在佗背后大吼:"你们这帮秃鹫!离我们远点儿!"

亚蒂玛只觉得不解又沮丧,于是离开了。

暴风雨变得越发猛烈,将搭桥人仓促建成的设施打得七零八落:皱巴巴的防水油布被吹到了街上,有些步道松垮的天花板塌了下来。亚蒂玛抬头望着黑漆漆的天,切换至紫外线模式。现在,佗只能看出太阳的圆盘形状,紫外线的波长可以轻易穿透平流层的氮氧化物,但太阳仍被厚厚的云层遮蔽着。

井野城说得对,佗无能为力。搭桥人会埋葬死者,照顾伤者,在废墟上重建城市。纵使灾后的世界连正午也见不着一丝日光,人们仍旧能摸索出生存之道。佗没有什么可以帮忙的地方。

和小西的链接还是断开的,不过佗也不想再等了。亚蒂玛静静地站在街上,耳边回荡着人们痛苦的哀号,准备迎接自身的消亡。待这一切记忆抹去,佗就能迎来美好的解脱,在小西城邦中的自己可以随心选择和搭桥人一起的快乐回忆。

天空发出咆哮声,闪电像雨点般坠落。

街道沐浴在蓝光与白光之中,好似一连串令人目不暇接的断断续续的画面,每出现一道新的锯齿弧形光,各种影子就会疯狂乱跳。建筑一栋接一栋地爆炸，一串橙色闪光突然出现，毫不留情地喷射出火花和拳头大小的燃烧木块。人们惊慌失措地从脆弱的庇护所里跑出，尖叫着避开危险。亚蒂玛看着，无能为力地呆立在原地。即将消散的平流层等离子体终于找到了通往地表的道路，其射频脉冲将大量离子灌入低层大气，在风暴云和地面间产生巨大的电压差。但此时，对于底下充满灰尘的大气而言，电压值早已超过了其击穿阈值，整个体系正在以迅速而剧烈的方式短路，而亚特兰大恰好挡住了路。因而这只是局部破坏，对全球而言微不足道。

亚蒂玛在光化引发的火光中缓缓行走，心里有些期待能有闪电劈中佗，让佗失忆，可佗不能就这样选择放弃肉身人。人们从家里跑出来后，却又因猛烈的天灾只能蜷缩起来，许许多多的人被烧伤，身体破损，浑身是血。一个女人大步走过，双臂展开，脸朝着天，挑衅地大叫："就这点本事吗？就只有这样？"

一个半大的女孩坐在大街中央，她的一边脸和暴露的一只手臂上渗出粉红色的淋巴液。亚蒂玛走过去，她在发抖。

"去城邦吧，一切都会好的。你想去吗？"她回看佗，表情懵懂。她的一只耳朵在流血，雷声可能把她震聋了。亚蒂玛在说明中翻找关于拟形人修复纳米件的内容，然后重建了佗左手食指里的传送系统。接着，佗命令剩余的迁入药剂进入指定位置。

佗抬起手臂，将传送系统对准女孩，高喊道："迁入？你想不想迁入？"女孩大叫一声，捂住了脸。这究竟是不想的意思，还是为接下来的震撼做准备呢？

女孩开始抽泣。亚蒂玛往后退去，佗放弃了。佗本可以挽救十五条生命，将十五个人从可怕的炼狱中救出，可佗又怎知谁真正清楚佗做的是什么呢？

只有弗朗西斯卡、奥兰多和利安娜。

不远处就是奥兰多和利安娜的家。亚蒂玛振作起来，在一片混乱中向前行进，经过破碎的楼房和惊恐的肉身人。闪电总算要完结了——建筑都是防火的，只有被直接劈到才会烧起来——可是在从天而降的炸弹攻击下，整座城市早已退回了蛮荒时代。

房子有部分没塌，但早已认不出来了。亚蒂玛只能完全凭借拟形人的导航系统才能确认这是正确的地址。顶层已经被毁，一楼的天花板和墙壁上有洞。

黑暗中，有人跪在地上，正在一堆瓦砾旁捡拾碎片，顶层大部分的灰烬似乎都掉在了那块儿。"利安娜？"亚蒂玛跑进去，人影转向佗。

是井野城。

井野城拿着一具半露在外的尸体，全是被烧干的黑肉和白色的骨头。亚蒂玛低头看了一眼，觉得头晕目眩，连忙后退两步。此刻，烧焦的头骨不是某些用玉制成的城邦艺术品，而是一个活生生的意识被强行抹去的证据。在真实世界里，它会发生；宇宙尺度下，哪怕一只蜉蝣的死亡，也会让它发生。

井野城说："是利安娜。"

亚蒂玛还没完全消化这则消息，但佗毫无感觉，就连听到后也毫无感觉。

"那你找到了——"

"还没。"井野城的声音里不带一丝表情。

亚蒂玛走开，开始用红外线扫描废墟，佗不清楚尸体比周围环境更热的状态能保持多久。接着，佗听见房子前面传出一声微弱的声音。

奥兰多被碎裂的天花板埋住了。亚蒂玛呼叫井野城，两人很快把他拉了出来。他伤势很重，双腿和一只胳膊都断了，大腿上有个很大的裂口在喷血。对于这些伤，亚蒂玛根本不知从何下手，佗看了看和小西城邦的链接，还是断的。可能平流层还处于电离态，或者有无人机在风暴中坠毁了。

奥兰多抬头看着他们，脸色苍白但意识清醒，眼神似乎渴望着什么。井野城语气平淡地说："她死了。"奥兰多的脸陷入无声的扭曲。

亚蒂玛挪开视线，用红外线同井野城交谈。"怎么办？带他去可以疗伤的地方吗？找人？我不知道具体怎么操作。"

"这里有成千上万的伤员，没人有空治他，他也活不了那么久。"

亚蒂玛生气地说："那也不能让他等死啊！"

井野城耸耸肩。"你要不找找看有没有通信链接，叫个医生来？"佗透过破墙向外张望，"还是你带他去医院，看他能不能撑到那儿？"

亚蒂玛跪在奥兰多身边："怎么办？好多人都受伤了，不知道要等多久才有人来。"

奥兰多痛苦地嘶吼着。一缕微弱的阳光透过天花板上一个洞口射出，照亮了他被压断右臂的皮肤。亚蒂玛抬起头：暴风雨已去，云开始变薄，逐渐飘散。

佗移动身子挡住阳光，井野城则蹲在奥兰多身后，从他腋下将他半抬起，从瓦砾处拖到阴凉处。他大腿上的伤口留下一道厚厚的血迹。

亚蒂玛再次跪到他身旁："我还剩有一些迁入纳米件。只要你愿意，我就将你迁入。"

奥兰多清醒地说："我想和利安娜说话，带我去见她。"

"利安娜死了。"

"我不信。带我去见她。"他喘不上气，但还是强撑着把话说出了口。

亚蒂玛退后到天花板的洞下方。以前，藏在平流层棕色薄雾后的太阳看上去很像是个温柔的橙色圆盘,但现在,太阳就是一团猛烈燃烧的火焰,散发出强烈的辐射。

佗离开房间,一只手抓住利安娜的锁骨位置,将她的尸体带了过来。奥兰多用完好的那只手臂遮住脸,放声痛哭。

井野城将尸体带走。亚蒂玛又一次跪在奥兰多身旁,笨拙地将手放在他肩膀上:"很抱歉她死了,我们不是故意伤害你的。"奥兰多每次抽泣,佗都能感觉到他的身体在颤抖,"你想怎么办?想死吗?"

井野城用红外线说:"你早就该走的,现在没机会了。"

"是吗?那你回来干什么?"

井野城没有回答。亚蒂玛转向佗:"你知道暴风雨要来,对吗?你知道局面会有多糟!"

"是的,"井野城做出无奈的手势,"我们刚到的时候我不是说了嘛,我们可能连和其他肉身人对话的机会都没有。集会之后,一切都太晚了,只会引发恐慌。"

前墙吱吱作响地前倾,伴随一阵黑色灰尘,脱离了天花板而塌下。亚蒂玛往后跳,然后将迁入剂射向奥兰多。

佗愣在原地。墙撞上了一个障碍,有些倾斜,摇摇晃晃的,但没倒下来。一波波的纳米件瞬时袭遍奥兰多全身,关停了他的神经系统,封闭掉血管,以最大限度减少纳米件侵入带来的冲击,在瓦砾上留下一片潮湿的粉红色残余。与此同时,纳米件开始读取身体信息,并吞噬肉体以获取能量。几秒钟后,所有的纳米件汇聚在一起,在他面部形成一个灰色的面具,接着往下吞噬,露出头骨,直至最后全部吃完。纳米件的核心不断收缩,并吐出液体和蒸汽,同时读取和解码关键的突触特性,将大脑压缩成紧密的自我描述文件,然后将冗余当作废物丢弃。

井野城弯腰拾起最后的产物:一个水晶球,这是一个分子存储器，存放着一张包含奥兰多肉身存活时所经历一切的快照。

"现在呢？你还剩多少剂？"

亚蒂玛茫然地紧盯着心智快照。佗已经侵犯了奥兰多的自主权。就像一道闪电，一道紫外线，撕裂了别人的皮肤。

"还剩多少？"

"十四剂。"

"那就趁现在赶紧用吧。"

井野城领佗走出废墟。亚蒂玛向一路遇到的看上去像无人照料的濒死之人通通发射了药剂——迅速读取他们的快照，将数据以红外线形式存储在拟形人身体内。他们陆续送走了十二名搭桥人，然后遇到了一群由边界守卫率领的暴徒。

他们率先劈砍亚蒂玛，佗连忙将快照数据传送给井野城，后者随即也成为攻击目标。

就在暴徒几近将井野城的旧身躯破坏殆尽之时，小西城邦的链接恢复了——无人机在风暴中幸存了下来。

第六章　分道扬镳

地球，小西城邦
联盟标准时 24 667 272 518 451
协调世界时 3015 年 12 月 10 日 3:21:55.605

透过观察室的窗户，亚蒂玛俯瞰着地球。行星表面没有被氮氧化物彻底遮蔽，不过大部分区域看上去是一团团暗沉的灰色，辨认不出层次。只有云和冰盖较为醒目，从底下反光照亮了部分平流层，展现出其鲜亮的红褐色。平流层盖住了云，盖住了冰雪，很像腐臭的血液混杂着酸液和粪便：脏兮兮的，散发出一股腐烂破败的气息。近二十年前，蝎虎座 G-1 号又快又狠地给地球劈开了一条切口，从此便溃烂至今。

这个轨道中转站的景界是佗和井野城共同建造的，难民在这里苏醒后，还可以看一眼自己所逃离的行星，能切身体会到自己确实飞出了下着酸雪、让人致盲的大气层。而事实上，他们身处一片废土中央底下一百米的深处。当然，没必要用事实和他们对峙，这会让人因幽闭而恐惧，也毫无必要。这处站点已经被废弃，最后一批难民早已离开，也不会再有人过来了。饥荒已经摧毁了最后幸存下来的几个聚居地，即使他们能再撑几年，迅速死亡的浮游生物和陆地植被也会让地球变得缺氧——这将是致命的。肉身人的时代已经结束。

有人曾谈及要"回去"：先借住在安全的城邦，在此期间设计一个稳固的新生物圈，然后逐个分子、逐个物种地合成。该想法虽可行，支持的声音却早已式微。人们可以在熟悉的环境中承受苦难，继续生存下去，但仅仅为了拥有肉身，就让自己转生成为异世界中的异形生命，则是另一回事。目前来说，让难民们重建过往生活最简便的办法就是留在城邦，模拟失去的家园，而且亚蒂玛认为，到最后大多数人会发现自己更珍视的其实是熟悉感，而非真实或虚拟肉身这一抽象概念之争。

井野城来了，看上去前所未有地安详。最近他们参与的一次行动十分艰辛，亚蒂玛还记得当时找到了一处地下避难所，里面的肉身人骨瘦如柴，身上长满疮和寄生虫，饿得神志不清。他们亲吻着两位拟形救命恩人的手脚，本该用于治疗胃壁溃疡并应直接进入血液的营养液被他们吐了出来。以前，井野城对这种场景的反应很大，不过在最近几周的救援行动中，佗早已面不改色，也许佗清楚这场惨剧总算要到头了吧。

亚蒂玛说："加百列告诉我说，卡特－齐默曼准备追随拟形人了。"十五年前，拟形人发射了第一支载人星际舰队，共计六十三艘飞船，飞往二十一个不同的恒星系。

井野城一脸茫然："追随他们？为什么？重复一次他们道路的意义何在？"

亚蒂玛弄不懂佗到底是在开玩笑，还是真的没明白。"他们去的地方不同。他们会发起第二波探索，目标不一样。而且他们不打算像拟形人那样用核聚变驱动，他们更时髦，准备直接搭建虫洞。"

井野城的脸做出"佩服"的格式塔表情，佗一反常态地表示出纯粹的钦佩之情，丝毫不存在任何嘲讽的意思。

"这项技术还需要几个世纪的时间才能被开发出来，"亚蒂玛坦承道，"但是从长远来看，他们会在速度上占优势，而且比拟形人的方式优雅得多。"

井野城耸耸肩，似乎对一切并不在意，然后转身凝视着眼前的景象。

亚蒂玛大感不解，佗原以为井野城会兴高采烈地赞同这个计划，甚至会反过来将亚蒂玛的谨慎映衬得消极。但既然佗非得唱反调，那就随佗吧。"像蝎虎座G-1号这种离地球这么近的地方再次发生类似事件不太可能，几十亿年一遇，但在我们找到原因之前，只能靠猜。我们甚至没法判断其他中子双星会不会以一样的方式运行，更不能假设其他双星在超过同样阈值后就一定会相撞。蝎虎座G-1号或许只是一场荒诞的意外，不会重演——甚至这已经是最好的结局，换作其他中子双星没准撞得更早，<u>谁知道呢</u>。"陈旧的介子射流假说很快就被证伪，人们从未找到任何介子穿越星际介质后留下的迹象，严格来说，精确模拟直至最终确认星核出现颜色极化的可能性虽然存在，但极小。

井野城静静地看着死气沉沉的地球："就算再来一次蝎虎座G-1号伽马射线爆发又能怎样？有人能阻止得了吗？"

"那就不提蝎虎座G-1号，也不提伽马射线爆发！二十年前，我们认为地球面临的最大危险是小行星撞击！我们不能因为肉身人遭了罪，自己幸存了下来就自鸣得意。<u>我们根本不明白宇宙的运作原理，蝎虎座G-1号就是证明</u>——越是不了解的东西越危险。难道留在城邦就万事大吉了吗？"

井野城轻声笑道："当然不是！再过几十亿年，太阳将膨胀，吞噬掉地球。当然，那时我们肯定早就搬到其他恒星去了……可无论我们了解与否，头上总会悬着新的威胁。就算一路平平安安，难道能逃得过宇宙最后的大挤压吗？"佗面向亚蒂玛，笑着说道，"你觉得卡特-齐默曼能从其他恒星带来什么有价值的知识吗？让文明从一百亿年延寿到一千亿年的秘诀？"

亚蒂玛向景界发送了一个标签：窗户外的地球转离，动态模糊的星星突然变成了蝎虎座 G-1 号的景象。黑洞在任何波长下都无法探测到，它和曾经在此的中子双星一样，在这片高度真空的区域中保持着沉寂。不过，亚蒂玛仍然在霍夫 187 号和蝎虎座 10 号之间脑补出了这个扭曲的黑点。"你为什么就不想去弄清楚呢？爆发仅仅跨越了一百光年的距离，就让五十万人丢了性命。"

"拟形人已经向蝎虎座 G-1 号的残骸发送了一个探测器。"

"可能什么也探测不到。黑洞会把自己的历史也吞噬，所以根本不要指望有何发现。我们要把目光放远点。也许那里存在某种古老的物种呢？谁也说不好到底是什么触发了双星相撞。也许这就是为什么没有外星人能穿越银河系的原因：伽马射线爆发会直接弄死他们，完全来不及自我保护。假如蝎虎座 G-1 号的事发生在一千年前，地球上根本没人能幸存下来。可如果人类真的是唯一一个可以进入太空的文明的话，我们就应该出去警告其他文明要保护他们，而不是畏畏缩缩地躲在自己的星球上——"

亚蒂玛的声音逐渐减弱，井野城礼貌地倾听着，脸上挂着淡淡的微笑，看得出佗被亚蒂玛的话逗乐了。佗说："亚蒂玛，我们谁都救不了，谁也帮不了。"

"是吗？那你过去二十年都在干什么？吃饱了撑的吗？"

井野城摇了摇头，似乎这个问题过于荒谬。

亚蒂玛不解。"是你一直要把我从真理矿井里拉出来，拉到外面的世界去的！现在卡特－齐默曼要出去，想要避免发生在肉身人身上的惨剧发生在我们身上。即便你觉得外星文明是无稽之谈，至少也关心关心联盟的存亡吧！"

井野城说："我对所有有意识的生命都心怀慈悲。但真的没什么可做的，苦难无法消除，死亡也是。"

"你听听自己说的话吧。无法消除！无法消除！跟我们在亚特兰大外面见到的那个磷酸复制器一样！"亚蒂玛转过身，想要冷静一下。佗知道肉身人的死亡对井野城的冲击比对自己的冲击要大。或许佗应该等井野城自己提起这个话题，或许这么早就提起离开地球对死者有些不尊重。

不过，现在为时不算晚。佗还是得把自己要说的话说完："我要搬到卡特－齐默曼去了。他们做的是有意义的事，我想要加入。"

井野城漫不经心地点点头："那祝你顺利。"

"就这？祝我好运，一路顺风？"亚蒂玛尝试解读佗的面部，但井野城只是用一种精神病患者般的无知面容回以目光。"你怎么回事？你对自己做了什么？"

井野城用祝福的神情笑了笑，伸出双手。手掌心各自开出一朵白莲花，呈现出一样的参考标签。亚蒂玛迟疑了一下，然后顺着气味跟了过去。

这是个很古老的眼界程序，深藏在阿什顿－拉瓦尔的数据库中，是九个世纪前从某个感染了肉身人的古代迷因复制器中拷贝来的。该眼界秘密强加了一个封住的信仰包，是关于自我本质和努力无用论的……并明确放弃了所有能够阐明核心信仰崩塌的推理模式。

使用标准工具分析后证实，该眼界在任何情况下都是自我肯定的。一旦开始运行，你就不能再改变主意。一旦开始运行，就无法把它关掉。

亚蒂玛漠然道："你曾经很聪明，很坚强。"但井野城被蝎虎座 G-1 号事件伤到了，佗事事尽心尽力，却依旧没能挽回败局。如果结局不同，或许佗就不会用这个眼界来麻醉自己，让过去的佗消失得无影无踪。

井野城笑了。"那我现在呢？太聪明了，所以软弱？太坚强了，所以愚蠢？"

"你现在——"亚蒂玛说不出口。

<u>你现在已经不是井野城了。</u>

亚蒂玛一动不动地站在佗身边，佗感到悲痛、愤怒，无助。此时佗早已不在肉身人的世界，也没有纳米件子弹可以射进佗的虚拟身体里。井野城做出了自己的选择，毁掉过去的自我，创造了全新的自我，遵循古老迷因的指令：没人有权质疑，更没人有能力扭转。

亚蒂玛把手伸向景界，将卫星揉成一团金属麻花，飘浮在两人之间，只留下地球和群星。接着，佗再次伸手抓住天空，反过来压缩成一个发光的球体，放在佗手中。

"你还是可以离开小西城邦的。"亚蒂玛让球体发送出前往卡特-齐默曼城邦的传送站地址，递给井野城，"无论你做过什么，你还是有选择的权利。"

井野城轻声说："不用给我，孤儿。我已经看够了，祝你顺利。"

佗消失了。

亚蒂玛在黑暗中飘浮了很久，为蝎虎座G-1号的最后一名受害者默哀。

随后，佗让几颗星星在虚空中飞驰而去，自己紧随其后。

#

孵化器观察到孤儿穿过传送门，离开了小西城邦。通过访问公共数据，它得知了孤儿最近的经历，也得知另一个小西公民有着同样的经历，但没有做出同样的选择。孵化器并不想将小西塑造器分散到四处，像复制基因那样。它的目标只是有效利用城邦资源，以充裕城邦本身。

没有办法能证明其中的因果，也不能确认问题是否出在该孤儿的突变塑造器上。但是按照设定，孵化器必须行事谨慎。于是它将孤儿更改字段中的旧的、未突变的值标记为唯一有效的代码，将所有其他值视作危险与无用而摒弃掉，并不再尝试这些值。

第三部分

保罗果断说道:"接下来该讲到锻造器了。是你帮忙设计的,对吗?"

"不至于,我在其中就扮演了一个小角色。"

保罗咧嘴一笑:"成功有父母千千万,但失败只是孤儿一个。"

亚蒂玛翻了个白眼:"锻造器的设计不算失败。不过换质者应该不想听到我对相对论电子等离子体建模的分析方法做出了重大贡献的消息。"

"是吗?我一直都是个局外人,所以不管我们要跟他们说什么,最好你来说。"

亚蒂玛想了想:"我知道有两个很重要的人,"佗笑了,"也是一段美好的爱情故事。"

"布兰卡和加百列吗?"

"应该说是段'三角恋'。"

保罗一头雾水:"还有谁?"

"我从未见过她,但我觉得你猜得出是谁。"

第七章　科祖克的遗产

地球，卡特-齐默曼城邦
联盟标准时 24 667 274 153 236
协调世界时 3015 年 12 月 10 日 3:49:10.390

加百列请求卡特-齐默曼数据库展示所有记录在案的关于建造可穿越虫洞的方案。很早以前，人们就开始研究这个领域了，那时必要的技术手段甚至连一个影子都看不到，所以虫洞研究一般属于理论物理的范畴，用来描绘可能的未来文明形式。如果加百列从头开始，跳过祖先积累的研究成果，既显得太不知恩，也是在浪费资源，所以加百列主动对过去人们提出的方法和设备进行梳理，并选出其中十个他最为看好的方案开展进一步的可行性研究。

数据库迅速构建出一个索引景界，内含 3017 种不同的设计方案，并以概念演化树状图的形式展现，树状图在景界的虚拟真空中横跨数百千德①的距离。加百列有些诧异，他虽知数量庞大，但将这一领域的历史图形化后看上去依然很难让人内心平静。近一千年来，人们一直在思考虫洞旅行一事，若算上更早些时候基于经典广义相对论的设计的话，这段历史还会更悠久，但

---

①千德（kilodelta），即一千德尔塔。

是直到科祖克理论横空出世后，虫洞研究才迎来真正的蓬勃发展时期。

按照科祖克理论，一切皆为虫洞。从十的负三十五次幂的普朗克-惠勒长度上来看，就连真空都是一团短命的虫洞泡沫。早在1955年，约翰·惠勒就提出，在广义相对论中，光滑时空在微观尺度下会变成缠结的量子虫洞迷宫，但真正在一百年后被雷娜塔·科祖克发扬光大的其实是惠勒提出的另一个理论——这个理论揭开了虫洞这一曾经无法探测的概念的神秘面纱，使之成为物理学中最重要的结构：<u>基本粒子本身即虫洞之口</u>。相对于真空中转瞬即逝的虫洞，电子、夸克、中子、光子、W及Z玻色子、引力子以及胶子，它们是寿命更长的虫洞口。

科祖克耗费了二十多年来完善自己的假说：借助十来个其他专业所获得的杰出研究结果，她从中汲取精华——既涉及彭罗斯的自旋网络，也有弦理论提出的被压缩的其他维度的假设。然后，她将六个亚微观维度与时空中常见的四个维度相结合，成功推导出不同拓扑结构的虫洞刚好可以表现出所有已知粒子的属性。尚未有人直接观察到过科祖克-惠勒虫洞，但经过一千年的实验测试，该模型依旧牢不可破，因而被广泛接受，虽然对于大多数实际计算来说，它算不上最好用的工具，但是它能明确表达出物理学的基本秩序。

加百列在子宫里时就已经学过科祖克理论，他一直觉得这套理论对现实有着最深刻、最清晰的描绘。所谓粒子质量，即粒子破坏某类两端均有虚引力子的真空虫洞后所产生的后果。当虫洞间常见的连接模式被扰乱后，时空会发生有效弯曲，就如同篮子的编条产生变化，使平行的线条聚拢，从而使表面出现弯曲。此外，还会产生个别散开的线条：在时空弯曲之处，变得紧凑的"编织线条"，会将其他虫洞挤出去，从而引发黑洞的霍金辐射，甚至让普通物体产生更微弱的安鲁辐射。

电荷、色荷和味荷也来自类似的效应，但此时虚引力子、胶子和 W 及 Z 玻色子（它们是相关真空虫洞的开口），以及六个收起的维度（且引力子无法穿透），均扮演着至关重要的角色。自旋用于测量虫洞口中的某种超维扭转：每半个扭转促成半个单位的自旋。费米子[①]和电子等半扭转数为奇数的粒子，其虫洞自身会扭转成丝带状。若一个电子旋转 360 度，它的虫洞就会获得或失去一个明确的扭转，并产生可测量的后果。玻色子，例如光子，它们的虫洞口中存在全扭转，但它们旋转 360 度后也不会有变化，因为其虫洞中的扭结会将其抵消。单独的玻色子能实现"自我链接"——唯一一种进入虫洞后又会绕回自身的入口。费米子总是呈现为偶数，最简单的情形就是在虫洞一端有一个粒子，另一端是它的反粒子。

宇宙早期的时空曲率很极端，无数真空虫洞从"编织中被挤压出来"，以更加有形的形式存在。大多数已形成了粒子-反粒子对，如正负电子，而不太对称的粒子对尤为罕见，如虫洞一端是一个电子，以三叉结构分成三个夸克，在另一端组成一个质子。

这就是一切物质的起源。纯属偶然地，真空中释放的电子-质子虫洞比正电子-反质子虫洞要稍多一些，随后真空膨胀，然后冷却下来，停止生成粒子。如果不是因为前者恰好比后者数量稍稍多了那么一些，所有的电子和质子都会与其对应的反粒子相互湮灭，那样的话宇宙中就会空无一物，只剩下微波辐射背景在虚空中回荡。

2059 年时，科祖克本人曾指出，假如她这个版本的大爆炸宇宙学观点正确，就表示每一个现存的电子都与某处的一颗质子

---

① 见《术语表》第 13 条"费米子"。

相连。只需将正负电子搭对，就能随意制造末端已知的全新虫洞，但已有虫洞早已散布在星际空间之中。这些虫洞在不断演化膨胀的宇宙空间流浪了二百亿年，当初从真空中被并排撕扯下的粒子如今可能已在数千光年之外。换句话说，地球上的每一粒沙，每一滴水，都蕴藏着通往银河系数千亿颗恒星的通道，甚至还能通向更加遥远的恒星。

问题在于：宇宙中没有任何物体能通过基本粒子构成的虫洞口。所有已知粒子都具有单一的量子表面积单位，一个粒子穿过另一个粒子所构成虫洞的概率完全是零。

该困难并非不能逾越。当一个负电子和一个正电子相撞后，它们的虫洞变得首尾相接，相撞的两个虫洞口消失。此时，会出现两个伽马射线光子，若是虫洞也可以拼接，用电子端配电子端，而非电子端配正电子端，就能困住通常以伽马射线形式丢失的能量，然后用来制作出更宽的全新拼接虫洞。

如要实现上述结合，需将两千兆焦耳的能量（足以融化六吨重的冰块）聚焦在极小的体积中，该体积与冰块间的差距不亚于一颗原子和整个可观测宇宙的大小之差。电子－电子拼接所生成的虫洞只可供基本粒子穿越，但将数十亿虫洞拼在一起后，就能进一步拓宽虫洞，而不是延长，使得较为复杂的纳米机器能从中通过。

加百列听过一些传言，说拟形人也考虑过使用虫洞，但最后还是决定把虫洞研究先搁置个几千年再说。在他们看来，和撕裂脚下的粒子以激活通往群星之门所需的技术相比，建造传统的星际飞船简单多了。

不过，要从三千一百零七个设计中选择，而且必须要选择一个在卡特－齐默曼城邦中能实现的才行——虽然要花上足足一千年才能取得成果。其实加百列并不惧怕时间，他一直希望能有类似虫洞研究这样宏大的项目来打发他无穷无尽的寿命。要是没有能横跨数世纪的目标,他就只能不断换着兴趣和审美,结交一个又一个朋友和恋人,迎来一次次胜利与失落。每过一两个吉陶,他又能过上一段全新的生活,但长此以往,每一段生活将变得越来越雷同,他也将变得越来越可有可无。

因此,他怀揣希望,跃过景界前往第一个设计图。

第八章 捷径

地球，卡特-齐默曼城邦
联盟标准时 51 479 998 754 659
协调世界时 3865 年 8 月 7 日 14:52:31.813

布兰卡飘浮在佗最新培植的世界中，该世界由一个罕见的对称群与少量递归公式发展而来。倒立的巨大金字塔悬浮在佗的头顶，发光的枝条垂落，好似洛可可式的枝状吊灯。佗身边如羽毛般轻盈的平面晶体围着佗旋转、生长，然后相互碰撞融合成陌生的新物体，就像是在用钻石膜和翡翠膜玩随机的折纸游戏。在佗下方，是一片被快速侵蚀的山脉和峡谷，在暴风雪般的扩散法则的雕琢下，它们形成了闪闪发光的绿色和蓝色山丘、难以逾越的悬崖、高耸入云的地层雕塑，上面布满了化学成分未知的矿物质。

在小西，佗只会将其称为"数学"。但在卡齐，则务必称其为"艺术"，因为若换作其他称呼，都有暗示虚拟世界和真实世界直接竞争的意思。其他城邦在第一波肉身人逃难潮后再次陷入了自满情绪，布兰卡对此失望至极，可卡齐中的正统主义思想在日益僵化，并宣称对无法阐明现实的物理学规则体系进行探索无异于一种恶性的唯我主义，该论调让布兰卡怒火中烧。物质世界的美与其造成危害的能力毫无关系——那只是已灭绝的原生人所固守教条的另一种表现形式——它只与规则的简洁、一致相关。

人们宣称卡齐的物理学家和工程师辛勤工作的唯一目标就是保护联盟免受第二次宇宙灾难的威胁，布兰卡却不以为然。他们之所以坚持工作，只是为了欣赏优雅的科祖克理论以及宏大的虫洞锻造器。如果指导理论或设计稍微难看一点，他们只怕早就收拾东西走人了。

加百列出现在佗身边，他的皮毛立刻结满细小的晶体。布兰卡伸手亲昵地掸了掸他的肩膀。作为回应，加百列也将一只手放入佗胸口的黑暗中，让整个侵入空间弥漫起一股轻柔的暖意。目前为止，布兰卡的图标中那些似乎没有明显边界的部位是佗最敏感之处，因为这些部位可以从三个维度被触摸。

"我们已经在一台存储环中实现了一次中和。"加百列似乎很开心，可无论是他的声音还是格式塔表情，都没有任何忽略以下事实的意思：整个虫洞锻造团队为了这一刻的到来，已经奋斗了整整八个世纪。布兰卡轻轻点头，只有佗的爱人才能洞察其中的情愫。

加百列问："要不要和我加速①，去往确认的时刻？"他听上去好像有些羞于发问。

六十五小时前，地球收到消息，称锻造团队的一台磁性存储环中有一个正电子丢失了其电荷，电荷逃逸进周围的激光陷阱中。但要确认加速器另一端的第二台存储环中是否能出现关键的匹配结果，差不多还要三小时，相当于十兆陶的时间。此前，每一次遇到类似的延迟，加百列都是一陶一陶熬过去的，因为在上百太米尺度上操控物质的速度慢如移动的冰川，他对此能欣然接受，而布兰卡显然从未将耐心当作某种高尚的品性。

"好呀。"在钴蓝色的雪花中，他们两手相牵，两人的外在自

---

① 见《术语表》第47条"（时间）加速"。

我同步并减速;景界直接与布兰卡的心智同步,所以时间看上去在以同样的速率流逝。

佗看着加百列的脸,两人一起等待着,他们只是将时间体验压缩成了百万分之一,并非直接略过。即便耐心等待与否并非道德问题,和现实世界产生关系也是一种微妙的平衡行为。你是否应该省略掉生活中的一切繁杂,直接从一个重要事件跳到下一个重要事件呢?或许不应该吧——但说实话,一个人在两个重要时刻之间究竟应感受多长的主观时间,用来心急如焚地等待呢?加百列的时感完全按照标准的联盟速率执行,大部分时候他会让自己沉浸在虫洞搭建的精心规划之中,偶尔会接触锻造的机械,通常是在机械的建造和测试阶段。可是,加百列早已将自己的未来规划得满满当当了,布兰卡上次听说,他已经制订好了一套探索整个宇宙的方案细节,既深谋远虑,又不急于求成。我们身边的虫洞估计无法连通太远的地方,因为这些虫洞口自形成以来还没有走太远的距离,但对于一个封闭、有限的宇宙来说,彼此间相连的区域可拼接成一张大网,最终覆盖整个宇宙。即使太阳系的虫洞只能连接几亿光年的距离,但在几亿光年外的河外星系内肯定也存在能连通更远处几亿光年范围的虫洞。

加百列原本略显心事重重的神情此时已变成满足的表情,不过远没有他放松时的表情浮夸:"另一台存储环也确认了,我们把两头都搞定了。"

布兰卡甩动他的手臂,从他的皮毛上甩出一团蓝色晶体:"恭喜。"如果第二个中和后的正电子逃逸进入太空,将不可能再找得到。运气好的话,他们很快就能确认光子可以穿越虫洞,可不论往哪头的小口里塞进多少东西,另一头都只能挤出一小股涓涓细流。

加百列思忖道:"我一直在思考,我们会不会失败。嗯……

我们在几个世纪后才发觉,设计里出了一些纰漏。然后,那些模拟失败的电子束展现出混沌的模式,因此我们不得不凭经验绘制出整个状态空间,并通过再三试验找到解决办法。我们犯了数不清的小错,白白浪费了时间,把任务变得越来越难。但我们究竟有没有可能彻底失败?到一败涂地,一蹶不振的程度?"

"这个问题是不是提得有些为时尚早?"布兰卡怀疑地歪着头,"假设这并非一场虚惊,你们确实把锻造器的两头连了起来。这算是一个进步,但离搭建通往南河三的隧道还远着呢。"

加百列轻松地笑了笑:"我们已经证明了基本原理,剩下的只是能不能坚持下去的问题。要不是实现了正电子的中和,科祖克－惠勒虫洞或许只是一个有点用的幻想:用作比喻,在低能状态下得出正确的预测,但只要仔细检查,预测结果还是会分崩离析。"他停顿了一下,似乎对自己刚说的话感到有些羞愧,虫洞锻造团队很少提及这个风险,"不过,现在我们已经证明了其真实性,也了解操作的方法,还可能在哪里出错呢?"

"不清楚。但要找到一个不会把人直接带入恒星中央或是行星核心的星际虫洞,所需要的时间可能远超你们的估计。"

"确实。但是每个恒星系中的物质有相当一部分是以小行星或行星之间的尘埃的形式存在的,这些地方挡不住我们。即使我们的估算差之千里,也只消一两年的时间就能再找到并拓宽一个新的可用虫洞。你会管这种情况叫失败吗?要知道,拟形人每个世纪才能探索一个恒星系,他们还将其称为成功呢!"

"有道理,"布兰卡还想证明自己的观点,"那我换个说法吧,你刚刚证明可以将两个一模一样的正负电子虫洞在电子端拼接起来。如果将其中一个正电子换成质子后,拼接失败了呢?"只有最原初的电子－质子虫洞能实现瞬时通往其他恒星的通道,目前的实验使用新鲜出炉的正负电子对纯粹是为了能让每个虫洞的两端更易使用。理论上，只使用电子－质子虫洞也许会更简单，却无法以有效的速度制造出带有已知末端的新虫洞，除非实验条件能与宇宙大爆炸相仿。

加百列犹豫了，布兰卡突然想知道他是不是在铭记此刻的场景。"那确实会是一个挫折。"他承认道，"但如果你使用一个与正电子相连的电子去撞击一个与质子相连的电子的话，按照科祖克理论的阐述，质子将会衰变成中子，正电子中和……最后的虫洞甚至要比我们刚刚造出来的那个还宽敞。至于现在，就不要再对科祖克理论的对错做无谓的猜测了。就这样吧……"他有些轻蔑地看着佗，然后跃进了锻造景界。

布兰卡紧随其后。他们前方有一张示意图，上面是一根细线状的圆柱体，厚度有些不成比例，但是长度描绘得很精准，宽度比冥王星的轨道宽十倍以上。里面画了所有的行星轨道，不过最内侧的四条，即从水星到火星，完全被小小太阳的光耀遮住了。

锻造器是一个庞大的粒子加速器，由14万多亿个自由飞行的组件构成。每个组件使用一个小光帆来平衡太阳施加的微弱引力，保持自身锁定在一条长达一千四百亿公里的刚性直线上。光帆利用太阳能紫外线激光器网络发出的光束进行工作。这些激光器以比水星更近的轨道绕太阳运行；它们还为加速器提供所需的能量。

大部分组件是单独的PASER[①]单元，以十米一个的间隔排列。它们将电子束重新聚焦，然后将通过自身的每个粒子能量提升约140微焦耳。听上去微不足道，但对于一个电子来说，等同于900万亿伏特的能量。PASER基于夏希特效应：将合适的材料浸入激光中，将其原子能提升至高能状态，此时当一个带电粒

---

① PASER 全称是"受激辐射式粒子加速"（Particle Acceleration by Stimulated Emission of Radiation），详情请参见《参考文献》。

144

子穿过从该材料中钻出的狭窄通道时,粒子的电场会触发周围原子丢弃能量。就好像激光提前安装了无数细小的电子弹射器,等粒子进来后,所有弹射器就会启动,每个弹射器都会提供一个向前的小小动力。

每个PASER内维持的能量密度都十分巨大,布兰卡曾看过一次早期测试模型因辐射压力爆开的记录——算不上一次很大的爆炸,毕竟PASER是石榴状的微小晶体,每个重量不到一克。人们已经从大量数百米宽的小行星上开采了数千万吨原材料,用来制造锻造器,即便是卡特－齐默曼里最激进的天体物理工程师也不会采纳将谷神星、灶神星或智神星[①]掏空的方案。

布兰卡跳到锻造器的另一头,景界在此处展示出真实设备的"实时"图像,实际上信号传到地球需要六十五小时。这台线性加速器的两端有小型回旋加速器,正负电子对在其中生成,随后正电子被保存在存储环中,电子则直接被送入主加速器。两条相向而行的光束在锻造器中心相遇,如果是两个电子迎头相撞,且速度足以抵消静电排斥的话,按照科祖克理论,它们各自的虫洞就能实现拼接。电子本身会消失得无影无踪——局部违反电荷与能量守恒原理——但新虫洞所连的远端处的正电子中和过程可以抵消所损失的负电荷,而所损失电子的能量将表现为正电子变成的两个中和粒子的质量,被锻造团队的理论学家称作"飞米嘴",或简称为"飞嘴",因为其宽度只有约一飞米。

布兰卡仍持谨慎的怀疑态度,不过预测的一系列事件终于开始发生了。锻造器中心没有仪器见证到发生的消失现象,因为根本不可能追踪汹涌的电子洪流,并在众多起脱靶中定位到一起完美的碰撞。话虽如此,两端存储环周围的激光陷阱在同一时间捕

---

①均为主小行星带中的主要小行星。

获了质量刚刚好的中和粒子（重如尘埃，却比原子核还小）。

加百列跟着佗，两人一道穿过存储环设施的舱体，悬浮在激光陷阱的上空。景界在相机视角的设备景象上叠加了仪器读数生成的示意图。最让人感到不真实的是，他们能直接看见推测中的飞嘴——是一个黑色的点，向外呈现出骄矜的标签。飞嘴沿着光度变化的梯度方向被轻轻拖过陷阱，散射出足够的紫外光子，让激光轻轻地推它前行。

飞嘴从陷阱去到下一步须耗费一个多小时。两人再次加速，不过没有之前那么快。

"锻造团队的其他人没有在看吗？"他俩是私下进入景界的，因此其他用户看不见也注意不到他们——加百列特意将地址设置成了这种模式。

"也许吧。"

"难道你不想和他们一起见证证实的那一刻吗？"

"当然不想。"加百列再次把手伸进佗体内，这次更深了。一波波暖意从佗的躯体中心散开。布兰卡转向他，轻抚他的背，触碰他皮毛深处那块让他敏感到几乎无法承受的区域（前提是他自己自愿如此设置）。尽管卡齐文化自有其弊病，不过在小西，双方以这种形式相互制造快感简直就是大忌。两人的具身没有任何被奴役的特征，不存在伤害行为，更没有强制行为，可是小西却以极其荒谬的方式将自主权神圣化，就和原生人将困住他们的肉体神圣化一样。

飞嘴抵达了伽马射线室，开始了一系列强烈的脉冲轰炸。伽马射线光子的波长约为十的负十五次幂米，大概等同于飞嘴的直径。光子的波长与其虫洞口的大小无关，但波长值可用作限制光子位置以及将光子对准某选定目标的精确度参考。

布兰卡半严肃地抗议道："为什么你不把锻造器放置在时滞

相等的位置呢？"伽马射线本应瞬间从虫洞的另一个口中出现，但加速器另一端与地球的距离比近端要远三十亿公里，因此要想知道另一边的情况，在原本的时间上还要再加三小时，总共六十八小时。

加百列心不在焉地辩解道："这是一种妥协。既要避开彗星，又要平衡引力效应……"布兰卡顺着他的目光注视着闪烁的伽马射线，立刻猜到了他心里在想什么。他们眼前所发生的一切，预示着某些非常诡异的可能性。假设有一个观察者沿着锻造器的轴线朝远端飞去，在佗看来，这些以超光速被传送的光子将在它们进入虫洞之前就已经从虫洞出来了。在很大程度上，以上离奇的事件顺序仅限于学术讨论，因为旅行者根本就无从得知发生了什么，除非两端的光子都能抵达佗身边。不过，假如佗恰好也携带了一个虫洞口，且与另一名乘坐在另一艘飞船中的同伴手中的虫洞口相连，而该同伴跟在佗身后，那么当旅行者飞越锻造器远端时，佗可以指示同伴摧毁另一端的伽马射线源——那么佗适才所见到的出来的光子，其实在另一头根本未被发射出来。

一旦他们拥有第二个虫洞后，锻造团队就能让上述古老的思想实验成为现实。最有希望解决该悖论的方案要用到虚粒子，即真空虫洞的口，让它们在一个将锻造器虫洞以及观测者飞船上的虫洞均囊括在内的循环中移动。虚粒子时刻不停地沿着每一条可用路径在时空中穿行，虽然穿过两个虫洞口之间的普通空间需要一定的时间，可是虚粒子穿过飞船上的虫洞后会穿越回过去，从而减少完成一个循环所需的总时间。两艘飞船越接近回到过去事件发生的点，完成循环所需的时间就越接近于零，每一个虚粒子也将发现自己的分身数量在呈指数增长：因为它的未来版本早已穿越了虫洞。当它们彼此滑入完美相位后，迅速提升的能量密度将会使虫洞口崩溃成微型黑洞，然后随着霍金辐射而消散。

此时,不仅时间旅行不再可行,还会产生更严重的实际后果:若银河系中四处都是纵横交错的虫洞的话,就会有虚粒子将不同虫洞串起,一旦对虫洞口操作不当,就可能导致整个虫洞体系被毁。

加百列说:"时间差不多了,要不要先去……?"两人一起跳到了锻造器的另一头,景界在此处展示的是最新获得的数据:距离伽马射线爆发还有几分钟。第二个飞嘴已进入观察室,圆柱形的伽马射线探测器阵列正在对它进行严密检查,偶尔会有紫外线激光轻轻推动它,确保它始终位于正中心。激光发出的微弱散射是唯一证明飞嘴存在于此处的迹象。如果没有电荷或磁矩,飞嘴简直比单个原子还要虚无缥缈。

"我们是不是该和其他人一起见证这一刻?"为了等锻造器给个结果,布兰卡已经忍受了太久,因而现在看到的第一个微观尺度上的证据已经很难激起佗对于即将发生事件的期待了。不过,如果他们真的已经站在了将改变联盟未来一万年历史的门槛前,倒不失为一个绝佳的公开庆祝的理由。

"我以为你愿意和我一起呢。"加百列草率地笑了笑,有些神伤,"等了八个世纪,我们两个相聚在这一刻,难道这对你而言没有任何意义吗?"

布兰卡抚摸着他的背:"我非常感动。只是,是不是也应该陪陪你的同事——"

加百列恼火地走开:"那行,就听你的。去加入他们吧。"

他跳走了,布兰卡跟在他身后。两人以公共模式再次进入景界,一切似乎膨胀了许多:半数的卡特－齐默曼公民都悬浮在观察室的上方,景界只得调整图像尺寸才能装下所有人。

人们立刻认出了加百列,蜂拥到他的身边道贺。布兰卡退到一旁,听着人们激动地献上祝福。

"成功了！想象一下，拟形人好不容易抵达下一颗恒星，却发现我们早就快人一步时，会是怎样的反应呢？"说话公民的图标是个猿人形态的笼子，里面装满了飞个不停的黄色小鸟。

加百列的回答很官方。"我们会避开他们的目的地，计划向来都是如此。"

"我不是说要和他们竞争，去探索同一个恒星系，只要留下个明确无误的记号就行。"布兰卡有点想插话，说他们拓宽的第一批的几千个虫洞几乎肯定能将拟形人最近的目标覆盖在内，不过佗觉得还是不说为妙。

跳入景界时，他们已经默认和景界居民的平均时感速率同步了，加速速率约为十万倍。但速率一直在波动，有些人变得不耐烦，另一些人则想要把悬念留得更久。布兰卡让自己跟随平均值走，享受着被他人推来挤去的感觉。佗在景界中漫步，和陌生人寒暄，而且发现自己很难认真看待观察室的庞大机械结构，因为佗早已在一个连双臂都无法展开的尺度上见过这一切了。布兰卡注意到远处的亚蒂玛，佗正沉浸在和锻造团队成员的交谈之中。布兰卡心中油然生出一股可笑的类似父母为孩子骄傲的感觉——即使佗教授给孤儿的绝大部分技能更适用于小西真理矿工，而非卡齐物理学家。

随着那一时刻的临近，人群开始高声倒计时。布兰卡四处找寻加百列：他被一群兴奋的陌生人围在中间，等他看到布兰卡走过来时，他已经摆脱了人群。

"五！"

加百列握住佗的手。"对不起。"

"四！"

他说："我不想和别人在一起。我只愿和你一起。"

"三！"

他眼中闪过恐惧。"我的眼界设定了缓冲程序,但我不知道要怎么接受这一切。"

"二!"

"有了第一个可穿越的虫洞,接下来就是大规模生产了。我这辈子都致力于这一目标。我所有的目标都已实现了。"

"一!"

"我可以寻找另一个目标,选择另一个目标……但那样的话,我又会变成谁呢?"

布兰卡伸手触摸他的脸颊,不知该说些什么。佗自己的眼界从未如此目标明确,佗也从未面临过如此剧烈的转变。

"零!"

人群陷入了沉默。布兰卡等待着喧嚣、欢呼和胜利的尖叫。

什么也没发生。

加百列低头看,布兰卡也跟着一起看。飞嘴依旧在散射着激光的紫外线,却唯独没有出现伽马射线。

布兰卡说:"另一个飞嘴肯定偏离了焦点。"

加百列紧张地笑了起来:"不会的。我们当时在现场,仪器读数无误。"他们身边的人群纷纷窃窃私语起来,但他们的格式塔似乎更多的是宽容,而非嘲弄。经历了八个世纪的挫折,要是锻造器真的在头次实验中就给出了确凿的证据,反倒显得运气好得有些过头了。

"那绝对是校准出了问题。飞嘴偏离了,但仪器认为它还是对准焦点的,所以整套系统都得重新校准。"

"是的。"加百列双手摸着自己脸上的皮毛,然后笑了,"你瞧,刚才我还以为自己马上就要失去人生目标了,结果出了个错,反而救了我。"

"最后一步砸了,但你的心情更平静了,就不要苛求太多了吧。"

"好吧。"

"接下来呢？"

他无奈地耸耸肩，突然对这个问题感到一阵尴尬："你自己说了：和锻造器连接只是一个开始。我们还没有用虫洞串联起整个宇宙，而且照现在的速度，还会有更多的失误来让我心情平静，兴许还要再经历八百年呢。"

#

布兰卡花了半个吉陶的时间探索全新的想象世界，佗微调数据后重来，开始第一千次的探索，但佗从未直接干涉和塑造景界。那样不道德，会让它丧失美感，变得更像是真实的模拟，不过别人反正也不知道。当佗让景界向公众开放时，人们只会惊叹于景界的一致性与自发性的结合是那么地完美。

佗坐在一处幽谷之上，俯瞰叶绿色的尘埃云在身边流动，好似一道鲜活而空灵的瀑布。

这时，加百列出现了。

布兰卡有一段时间很担心锻造器的问题，不过在不到一个兆陶的时间里，佗的愁思早就彻底溜走了。佗相信他们肯定早就解决了，毕竟之前那么多困难他们都克服了。只要坚持就能获得胜利。

加百列语气平淡地说："伽马射线已经从远端出来了。"

"太棒了！之前是什么毛病？激光没对准吗？"

"没有任何毛病。我们根本没有检修，哪儿都没动。"

"什么？所以说飞嘴自己又飘回焦点了吗？难道它是在陷阱里来回振荡吗？"

加百列将手泡入绿色的云流中："它一直在焦点上，位置精准。现在出来的伽马射线其实就是最初进去的那些。我们当时给所有脉冲都加了一个时间戳，记得吗？第一批现身的脉冲的时间戳，对应的恰好是五天半前发出的伽马射线。它们花了这么久才出来，就好像它们走的是虫洞两端之间的正常空间。而且耗时精确到了皮秒。这个虫洞的确可以穿越，但它没有提供一条近道，它的长度有一千四百亿公里。"

布兰卡静静地消化着这些消息。佗想问他确不确定，又觉得不妥。过去的几兆陶里，锻造团队肯定一直在紧张地搜寻另一个更能令人满意的结论。

最后佗问："为什么呢？你有什么思路吗？"

他有些无奈。"我们唯一能想到的解释就是：虫洞的总能量基本取决于虫洞口的大小和形状，因为与虚引力子相互作用的是虫洞口。虫洞隧道长短无关紧要，虫洞口的质量也不会发生任何变化。"

"没错，但虫洞口在外部空间分开解释不了隧道变长一事。"

"等一下。总能量里确实有一个小变动，是跟长度有关的。假如虫洞比外部空间的路径短，那么通过其中的虚粒子的能量会比正常真空能量略高。所以说，如果虫洞可以自由调整自身长度以最大限度地降低能量的话，两端间的内部距离最后会变得和外部距离一样长。"

"问题是，虫洞<u>不能</u>这样随意调整啊！按照科祖克理论，虫洞的长度不会超过十的负三十五次幂。否则即便算上六个额外的额度，<u>整个宇宙都装不下</u>！"

加百列干巴巴地说："看来科祖克理论本身也有漏洞。首先是蝎虎座G-1号事件到现在都没有一个解释，现在又是这件事。"拟形人已经在蝎虎座黑洞轨道上放了一台非感知探测器，但仍未找到任何能揭示中子双星相撞的原因。

两人无言地坐了一会儿，把腿悬在峡谷之上，看着绿色的云雾倾泻而下。若把这件事单纯当作智力挑战，对加百列来说简直就是一件天大的好事：必须对科祖克理论进行重新评估，该理论甚至会被彻底推翻，而过去八百年来他一直协助建造的仪器将成为这场转变的重中之重。

看来，想要让锻造器打通通往群星的近道，完全是在浪费时间。

布兰卡说："你们让我们更进一步接近真相了，从这点上说绝不能算是失败。"

加百列苦笑："不算？已经有人提议克隆一千份卡特－齐默曼城邦，派往不同方向来帮我们追上拟形人了。如果虫洞可以立即穿越而出，它们就能将整个银河系联系在一起，我们就能像在各种景界间切换一样从一颗恒星轻松跳去另一颗。可现在，我们注定要分裂了。派出一部分卡齐城邦副本飞向深空，好几个世纪就过去了……等到消息传回之时，其他城邦早已意兴阑珊，届时我们就会渐行渐远。"他舀起一把灰尘撒向前方，让它们更快地从绝壁上落下，"我原本打算建造一个横跨宇宙的网络，那才是我——让一切尽在掌握之中的人。可现在呢？我是谁？"

"下一次科学革命的策动人。"

"不。"他慢慢摇着头，"我过不去这个坎。我能承受失败，能承受羞辱，能低声下气地跟随拟形人探索太空，也能接受低于光速的速度是最好且仅有的途径这回事。但不要指望我能接受自己的梦想被打碎，却还要装作自己从中获得了某种未来胜利的启示的样子。"

布兰卡看着他目光忧郁地凝视着远方。几个世纪以来，佗一直都错了：科祖克理论的优雅性对加百列来说远远不够。所以发现并剔除该理论缺陷一事于他而言并非慰藉。

布兰卡站起身："来吧。"

"干吗？"

佗伸出手，抓住他的手。"我们走吧。"

"去哪儿？"

"不是去其他景界。而是这儿，从边缘跳下去。"

加百列狐疑地看着佗，但还是站起了身："为什么？"

"会让你感觉好受些的。"

"我不信。"

"就当为了我吧。"

他苦涩地笑了笑："好吧。"

他们站在巨石的边缘，感受脚边的尘土旋下。加百列有些吃惊。"当我感觉自己准备放弃对我图标的控制时，顿时觉得心神不宁。这肯定是什么祖先残余的情感在作祟。即便是给自己安了翅膀的改造人也对自由落体有着强烈的抵触——你知道吗？他们通常会采用俯冲的方式，很有效果，但他们依旧从本能中渴望尽快结束落体过程。"

"那就别惊慌，然后一个人飞走，否则我永远都不会原谅你。准备好了吗？"

"没有，"加百列向前伸出脖子，"我真的不喜欢这样。"

布兰卡捏住他的手，向前迈步，虚拟世界中的物理规则让他们从崖边跌落。

第九章　自由度

星际空间，卡特-齐默曼城邦
联盟标准时 58 315 855 965 866
协调世界时 4082 年 3 月 21 日 8:06:03.020

布兰卡认为自己每年至少要造访一次船体。卡特-齐默曼城邦里众人皆知：在前往北落师门[①]的旅途中，尽管加百列决定一路冻结，布兰卡却仍选择体验一部分主观时间，而佗之所以这么做，说得出口的理由却只有一个。

"布兰卡！你醒了！"飞马（Enif）早早地就看见了佗，他四肢着地，跨过被微陨石砸得坑坑洼洼的陶瓷船体，向佗爬去，步伐一如既往地稳健。牛角（Alnath）和美拉（Marek）紧随其后，速度稍显谨慎。大部分欧士华们使用具身软件来模拟可在真空中生存的虚拟肉身人，长有气密、隔热的皮肤，可进行红外通信，手脚掌附着力程度可调节，甚至针对模拟的辐射损伤模拟出相应的修复。这套设计的功能性相当强，不过每艘克隆的卡特-齐默曼城邦飞船比这些"太空狗仔"本身还要小，所以根本不可能搭载真实的乘客。船体本身只是一个貌似合理的虚拟形象，一个合成景观：将真实太空背景与想象的长达数百米的飞船贴在一起。

[①]南鱼座最明亮的恒星，距离地球二十五光年左右。

虚拟飞船比城邦重数千倍，如果真要派遣这种飞船，他们只能将大流散计划推迟几千年，才能生产出足够的反氢燃料推动它。

飞马差点撞到佗，还好他及时侧身，勉强稳住了身躯。他总是喜欢炫耀自己苦练而成的船体行走绝技，但布兰卡想知道要是他哪天误判了附着力而被甩进太空的话，别人会怎么想。他们会不顾精心模拟的物理规则，用作弊的方式救他回来，还是会严格执行艰巨的救援？

"你醒了！一年了！"

"没错。我决定做你们的春分点，让你们和老家保持步调一致。"布兰卡情不自禁地说道。欧士华们在其眼界作用下，每次听到刚才佗话里用到的古老天文词汇时，总是一副快活热情的模样。自从发现这点后，布兰卡就一直试图弄清一个问题：既然欧士华们能完美适应星际旅行所带来的严酷的精神压力，他们心中是否还残存着祖先遗留下的听出他人话中讽刺意味的能力呢？

飞马开心地吐了口气："你就是我们冉冉升起的太阳，是我们所有人视网膜上一个勾人思乡的残影！"其他人也赶了上来，三个人开始认真讨论起与地球的古老节气保持同步的重要性。他们都是第五代出生于卡齐的公民，从未感受过季节变换，但这点似乎并不要紧。

卡特 - 齐默曼城邦被复制了一千份，复制的城邦朝着一千个目的地驶去，绝大多数参与大流散计划的公民都理智地选择冻结自身的心智快照，等到达目的地后再解冻，以规避一路上的乏味和风险。即使快照文件在复制后从未运行就在途中遭到毁坏，也不会造成任何伤亡损失。另外，许多公民还调整了自己的外在自我：仅在抵达足够有趣的目标恒星后才会重启意识，这样就连失望的风险都剔除了。

还有九十二位公民选择的是另一个极端，他们将亲自体验全部一千条路线,虽然有些人将旅程时间加速,因此总共耗时也不过几兆陶,但剩下的人则秉持着同一种令人费解的信念:肉身人的主观时感才是真实世界中唯一"真实"的时间流速。为此,他们启用了威力最强大的眼界程序,以免自己精神失常。

"最近怎么样?有什么新鲜事吗?"布兰卡一年出现在船体上的次数不过一两回,欧士华们以为其余时间佗都是冻结的。佗每次都只在北落师门这趟航程上苏醒,这是最短的路线——佗的大部分同行旅伴们也赞同,甚至可以说推崇对大流散计划的体验只需浅尝辄止。

美拉用后腿站起身,友好地皱起眉,在她紫罗兰色的皮肤下,喉咙里的血管因刚才的冲刺在醒目地跳动。"你真没看出来吗?和你上次来时相比,南河三的位置移动了差不多六分之一度!半人马座阿尔法星的移动更是两倍还多!"她闭上眼睛,因过于快乐而几乎无法说下去,"你没感觉到吗,布兰卡?你肯定发现了!这种在三维空间中穿越星辰的细腻视察感真是太妙了……"

私下里,布兰卡将大部分使用这类眼界的公民戏称为"欧士华",这名称源自易卜生《群鬼》中的一名角色,该角色在剧尾不停地重复着无意义的话语:"给我太阳!给我太阳!"给我星星!给我星星! 欧士华们要么被视差变化惊得哑口无言,要么被变星或是一些易分离的双星缓慢的轨道迷得神魂颠倒。城邦体积太小,容不下正儿八经的天文设备。即便是有,这帮"太空狗仔"也要誓死坚持使用范围有限的模拟生物学视野。他们沐浴在星光之下,沉醉于星际旅程无垠的距离和时间尺度之中:因为他们重塑了自己的心智,让体验的每一处细节都能带来无穷的愉悦、无穷的魅力和无穷的意义。

布兰卡停留了几千陶,让飞马、牛角和美拉领着佗绕着假想的飞船走了一圈,他们指出太空中好几百处细微的变化,并解释这些变化所代表的意义，还时不时停下脚步向他们的朋友炫耀布兰卡。最后，佗暗示自己的时间差不多到了，于是他们带着佗来到船首，虔诚地凝视着目的地的方向。一年以来，北落师门并未明显变亮，也看不到近处的恒星从它身边溜走，就连美拉也不得不承认没什么值得拎出来聊的地方。

布兰卡不忍心指出来，是他们故意让自己对城邦旅途中最壮观的迹象视而不见的：速度达到 8% 的光速，此时以北落师门为中心的多普勒频移产生的星弧效应太细微，难以察觉。但这个景界是基于摄像头的数据，而摄像头具备单光子灵敏度和亚埃波长分辨率，所以只要他们想，随时都能观看想要的景象，不过要直接吸收景象信息，他们就得瞒着自己的具身，或者干脆创制一个假色的太空，将多普勒效应夸大到可见的程度，而一想到这里他们就十分惶恐。除了能够在太空生存这点，他们想要尽可能模拟肉身人的原始感官来体验这趟旅行。任何作弊都只会让真实性降低，还可能导致他们陷入抽象主义的疯狂。

佗向众人告别。他们围着佗嬉闹，嚷嚷着求佗留下，但布兰卡清楚，他们用不了多久就不会思念自己了。

#

回到家景后，布兰卡不得不承认佗蛮享受这次船体之旅的。"太空狗仔"燃烧不尽的热情总能让佗对自己的执念有所动摇。

佗目前的家景是一片深橙色的天空，映照着底下皲裂的玻璃平原。水银构成的银云的上升气流从距离地面仅数德尔塔的高度升起，升华成无形的蒸汽，继而突然重新凝结，再次下沉。云层的力量在地面诱发一次又一次地震，在真实世界的物理规则里没有类似的例子。布兰卡逐渐领悟了空中那些预示着巨大震动的规律，但对于具体的规则、低层次的确定性法则所具有的复杂突变性质，佗仍摸不着头脑。

只是，这个世界中的地震现象不过是装饰和消遣而已。佗选择体验这条长达上千德尔塔距离的横跨景界的曲折航路——以及被舍弃的科祖克图形的小径（想解决虫洞"距离问题"的失败尝试）上的时间——其背后的原因才是这片平原上最显著的特征，甚至连最猛烈的地震所留下的裂缝都无法与之媲美。

布兰卡在小径乍现的尽头踌躇，复盘最近数次的惨淡收场。佗已经花了好几兆陶的时间，想要在科祖克的原始模型上补一个丑陋的"高阶校正"系统，佗希望虫洞套虫洞的无穷回归能得到任意大的、但终归有限的长度——能将几千亿公里的分形全部挤入一个比质子还小二十个数量级的空间中。在此之前，佗已经修补了真空产生和湮灭的过程，企图让虫洞中的时空跟随虫洞口的复位而扩张收缩。佗的方法没有奏效，现在回顾起来，佗反倒挺庆幸，因为这种临时拼凑的修补太难看了，根本不值得一用。

锻造器给大流散计划制造完所需的反氢燃料后，就被地球卡齐城邦里的一小簇粒子物理学家回收，这帮人并未因为锻造器最初的设计目的遭遇败北就自暴自弃。如今，他们已通过实验探测了所有已知种类的普朗克－惠勒长度的粒子，但凡没产生可穿越的虫洞，实验结果就完美符合科祖克理论的描述。在布兰卡看来，这表明科祖克最初对于粒子类型和虫洞口的识别是正确的，无论理论哪些地方需要推翻重建，其基本思想是保持不变的，也应作为理论修正的核心。

不过，地球上越来越多的人开始达成这样一种共识：必须舍弃整个科祖克模型。允许虫洞口具备多样性的六个额外维度已被描述成"误导物理学家长达两千年的数学幻想"，理论家们一个个犹如挥舞着天谴之鞭的忏悔者，携带着清教徒般拘谨的态度相互敦促，搜寻更加"现实"的方式。

布兰卡承认，科祖克理论做出的所有成功预测都可能只是虫洞拓扑的逻辑结构在另一个体系中的"镜像"。比如，物体在引力作用下，被扔进一个从小行星正中央穿过的孔中所做的运动；以及物体与理想化的固定弹簧的活动端相连后，物体所做的运动——两者所遵循的数学原理基本一致，可若将任一模型直接比拟为另一个，就是在胡来了。科祖克模型之所以大获成功，或许就是因为它作为其他事物的比拟在绝大多数情况下都无懈可击，但对于更深层次的物理过程，其本质与超维虫洞大相径庭，就如同弹簧和小行星之间的差异。

问题在于，上述共识与卡齐城邦的主流情绪太吻合了：对于虫洞旅行失败的责难，对其他城邦持续撤离真实世界的强烈批判，以及越来越流行的如下观点：唯一能避免走上其他城邦道路的方法就是将卡齐文化牢牢地锚定在最直接的先祖体验基石之上，并将其他一切视作形而上的纵欲。在如此氛围下，科祖克的六个额外维度的说法永远都只是对<u>真相</u>的暂时性误解。

布兰卡原本打算花不超过二十到三十兆陶的时间来思考这个问题，然后心满意足地发现虽然自己已经拼尽全力，但找到解决之道仍难如登天，所以余下的航程全部拿来睡觉。尽管令加百列万念俱灰的"失败"仍然有着光明的前景——在他苏醒之际成为打开未来两千年物理学大门的钥匙——但对于能否帮助加百列走出锻造器失败阴影一事，布兰卡仍怕自己期待过高。不过以下事实是不会变的：雷娜塔·科祖克打造了一个前无古人后无来者的优雅宇宙，由一套简练、和谐的法则所管理——而地球却发出公告，将如此美妙绝伦的造物描绘成丑恶的错误，就像托勒密[①]的

[①] 古天文学家，完善了"地心说"。

本轮一样不忍直视,像燃素和以太[①]一样大谬不然。布兰卡自觉欠科祖克本人一个积极反击的机会。

佗启动自己的科祖克具身:佗身旁的景界中出现了一名死去已久的肉身人形象。科祖克是一个黑发的女性,身材矮小,她发表惊世杰作时才六十二岁——在当时,在这样的年纪取得惊人的科学成就很罕见。具身是没有感知的,也并非对科祖克心智的忠实重现:她在大迁入开始几年后就去世了,无人知晓她为何拒绝扫描意识。不过,软件可以读取她在大量论坛上发表的观点,在一定程度上通过解读她的文字提取出数量有限的隐藏信息。

布兰卡第三十七次提出问题:"一个虫洞能有多长?"

"标准纤维周长的一半。"具身用科祖克的嗓音回答道,语气里有一丝情理之中的不耐烦。虽然它的表述颇有新意,可答案永远都是一样:约五乘以十的负三十五次幂米长。

"标准纤维?"具身投来愠怒的眼神,布兰卡固执地恳求道:"复习一下吧。"这意味着佗需要从最基础开始,重新过一遍模型的基本假设,寻找改善方法,以求既能解释虫洞距离问题,也能确保虫洞两口的基本对称性不会被破坏。

具身还是同意了,无论科祖克本人会不会,具身最后总是会让步。"我们先从一片穿过闵可夫斯基宇宙[②]的二维类空间切片开始吧。它是平坦的,而且是静态的,所以是一个最直观的简化模型。"语毕,具身创建出一个半透明的长方形,约一德尔塔长,半德尔塔宽,它将其弯曲,使两半相互平行,相距一手宽的距离,一半叠在另一半上方。"当然,曲率在这里毫无意义,只

[①]燃素,旧时解释物质燃烧会释放出的一种成分,已被推翻。以太,旧时人们认为的电磁波的传播介质,已被推翻。
[②]闵可夫斯基空间,在数学物理学中是指由三维欧几里得空间与时间组成的四维流形。

是出于构建本图形的目的不得已而为之,但在物理上没有意义。"布兰卡点点头,有些尴尬:感觉就像卡尔·弗里德里希·高斯①在背诵乘法口诀似的。

具身从图形中切割出两个小圆盘,一个从顶面切出,另一个从其正下方切出:"如果我们想用虫洞连接这两个圆,有两种方法。"它在图形中贴上一根细长的矩形条,将顶圈边缘的一小部分和底圈边缘相对应的部分连接起来。然后,它将这座临时搭建的桥一直沿着两个圈的边缘延长,转出一条完整的隧道。隧道呈沙漏形状,越接近腰部越细,但没有闭合。"根据广义相对论,这种解决方法从某些参考系来看可能存在负能量,特别是在虫洞可穿越的情况下。不过,两个口仍然具备正质量,所以有一段时间,我尝试过一些临时性的该方案的量子引力版本,但最后都无法得到有用的稳定粒子模型。"

具身擦除掉沙漏状的隧道,两个圈再次断开连接,然后它在顶圈的左侧和底圈的右侧之间贴上一根窄条。和刚才一样,它让长条沿着两个圈转,并确保两个圈相对的两侧处于连接状态,然后得到了一对锥体,锥体在虫洞两口之间的一个点相接。"这个方案拥有正质量。事实上,如果广义相对论在这种尺度下仍然有效,二者即为共享一个奇点的两个黑洞。当然,哪怕是最重的基本粒子,其史瓦西半径也远小于普朗克-惠勒长度,因此量子不确定性会破坏掉任何潜在的事件视界,甚至会让奇点消失。但是我想找一个简单的几何模型构建不确定性的基础。"

"所以你想利用额外的维度来表达。如果爱因斯坦的理论在四维中的方程不能确定最小尺度上的时空结构,那么经典模型中的每个'不动点'都必然具有额外的自由度。"

---

① 即前文提到的数学家高斯。

"没错。"具身指了指图形,后者产生微妙的变化:半透明的薄片变成了一团细小的气泡,每一个都是完全相同的完美球形。这是一幅高度风格化的场景,就像将圆柱体表现为一长串贴在一起的圆圈的形式,不过布兰卡理解为什么要这么做:虽然图形中的每个点都固定在薄片的二维结构中,但它们现在能够在其小球的表面任意移动。"每个点可占据的额外空间被称作模型的'标准纤维';只不过,它既不是长条,也不像纤维,但数学史上一直都这么称呼,所以只好将错就错。我首先用的是标准纤维的二维球面,只有明确需要六个维度才能使用所有粒子后才将其改成了六维。"

具身制造出一个拳头大的球体,飘浮在主图上方,并用一组平滑渐变的颜色将其全部罩住。"给每个点一个二维球面后,怎么绕过奇点呢?假设我们从某个特定角度接近虫洞的中心,并让额外的维度按以下形式变化。"说着,具身从球的北极出发,朝着赤道开始画一条白线,主图上同时出现了一条彩色的线:这条线径直向着虫洞顶部的锥体走去。线条的颜色来自球形上画的那条,象征着两个额外维度被分配给每个点的值。

球面上的线穿过赤道后,主图上的线也跨过了两个锥体。"那里本该是奇点的,等会儿我就给你看看那里变成什么了。"说着,具身将球面上的经线朝着南极延伸,而穿过虫洞的那条线则继续穿过底部锥体,出现在正常空间的底部区域。

"嗯,这是一条测地线。在经典版本中,所有从一个虫洞口出发到另一个口的测地线都会在奇点汇集。但现在……"它在球面上画了第二条经线,又是从北极出发,不过朝的是赤道上180度外的另一点。这次,出现在虫洞图形上的彩色线从另一侧接近顶部的虫洞口。

和上次一样,经线穿过球面赤道后,穿过虫洞的线也跨过了两个锥体。由于两个锥尖接触处只是一个单独的点,所以第二条线不得不和第一条一样从这里经过——不过具身创建了一个放大镜,举起后对准该点的标准纤维,让布兰卡观察。小球赤道相对的两侧分别有两个彩色的圆点,说明两条线并未相撞。正是多余的维度给了两条线相互避让的空间,但是它们在正常空间中仍然会汇聚到同一点。

具身对着图形做了个手势,刹那间,整个表面都被标上了不同颜色,标记出额外的维度。远离虫洞口的空间呈均匀的白色——表示额外维度是不受限的,也无从得知标准纤维上任意点的位置。不过,在锥体中的空间则逐渐呈现出明确的色调——顶锥是红色,底锥是紫色——然后,接近交汇点的位置,颜色伴随接近角度发生惊人的变化:顶锥的一侧是鲜绿色,而转过180度后又呈现为洋红色——这种变色在底锥上是反过来的,最后颜色丝滑地融入周边的紫色之中,然后又褪为白色。就好像每一条穿过虫洞的径向线都从这个二维空间的平面里被"抬升",并随着线条接近被放到了一个略微不同的"高处",所以就能放心大胆地"跨过"中心,而无须担心相撞。唯一的区别是:在额外维度中对等"高于平面的高处"只能出现在自回环的空间中,如此一条旋转360度的线条就能够全程平滑地修改"高度",并最终重新回到最开始的地方。

布兰卡盯着图形,虽然早已对这些概念烂熟于心,但佗仍试图从一个全新的视角来解读它。"一个六维球面可生成全部粒子,因为有足够的空间以不同方式规避奇点。但是你说你最初用的是一个二维球面。你的意思是后来在三维空间中操作的时候用的吗?"

"不是。"具身似乎对佗的问题感到不解,"我最开始的做法就是你刚才看到的:在二维空间中,给标准纤维使用一个二维球面。"

"可为什么是二维球面呢？"布兰卡将图形复制，但没有使用球面，而是使用圆来作为标准纤维。同样，两条穿越虫洞的路径在交叉点处的颜色仍是各异的。主要区别在于，这次它们是从周边空间的白色中直接获取的不同颜色，因为此时路径已无法将"北极""南极"区分开了。"在二维空间中，只需一个额外的维度就可以避开奇点。"

"的确如此。"具身承认道，"但我之所以用二维的标准纤维，是因为这个虫洞有两种自由度：一种防止测地线在虫洞中心聚合，另一种将虫洞的两个口分开。假设我使用圆作为标准纤维，那么虫洞两口间的距离将被固定为零——模型的全部意义就是模拟量子不确定性，而这种约束会显得极度荒谬。"

布兰卡感觉自己的信息解读仪在"嗡嗡"作响，沮丧但仍充满希望。他们已触及"距离问题"的核心。图形中夸张的椎体尺寸有误导性：基本粒子周围正常空间的引力曲率微不足道，对虫洞长度的影响微乎其微。关键在于——虫洞路径在标准纤维的额外维度上缠绕的方式，才使得其长度略长于直接将两个洞口边缘黏合时的情形。

而反映到现实中，可不止"略长"。

"两种自由度。"布兰卡若有所思，"一种是虫洞的宽度，一种是虫洞的长度。但在你的模型中，每个维度从一开始就共享两个度——而且要是维度之间共享的长宽度不平等的话，就会产生荒谬的结果。"布兰卡曾试图扭曲标准纤维以便让虫洞变得更长，但结果是灾难性的。将六维球面拉伸成六维椭圆面，且达到天文尺寸的比例，允许类似锻造器制造出的上千亿公里长的虫洞存在，但这也同样意味着存在形似一条条绳子的天文长度的"电子"束。若改变标准纤维的拓扑，而非其形状，则会破坏虫洞口和粒子间的对应关系。

具身似乎有些提防地回应道:"或许我可以按你说的来,从一个圆开始,保持测地线分离。但是接下来我就不得不引入第二个圆圈保持洞口间距——此时标准纤维便成了二维环面。如果这么做,待我完成粒子对称性匹配时,我就会发现手上攒了十二个维度:每个自由度需要六个维度。当然,那也没什么问题,但维度数目实在太夸张了。在超弦理论崩溃后,能接受六个维度的人都已经不多了。"

"可以想象。"布兰卡机械地回答,佗还没来得及彻底消化具身方才所讲的话。片刻之后,才醍醐灌顶。

<u>十二维?</u>佗觉得自己仿佛被现实主义者强烈的抗议包围——因为当初科祖克的六维理论被指控为"抽象主义"时,佗甚至从未考虑过为她辩护——过于不切实际?在二十一世纪时这样说肯定没问题,因为那会儿根本没人知道虫洞究竟有多长。

可现在呢?

布兰卡关闭了具身形象,开始新一轮的计算。科祖克本人从未明确谈论过更高维度的替代方案,不过她的具身做出的有根据的猜测被证明是完全正确的。就如同将圆中的每个点拓展成与其垂直的另一个圆之后,会得到一个二维环面一样,将六维球面中每个点变成独立的六维球面后,就得到了一个十二维环面,而将十二维环面作为标准纤维后,就能解决所有问题。粒子对称性、虫洞口的普朗克-惠勒尺寸都可以来自其中六个维度:也就是说虫洞可能从剩余的六个维度中自由获取天文尺度的长度。

如果十二维环面在六个"长度"维度上比其在六个"宽度"维度上大得多,那么两个尺度就会完全独立,使得长度和宽度彻底分离。事实上,描绘新模型最简单的办法就是将整个四加十二维的宇宙拆分,拆分方式基本类似最初的科祖克理论中的十维宇宙——但前者有三层，而非两层。最小的六个维度担任的还是之前的角色：四维时空中的每个点都获得了六个亚微观尺度上的自由度。可如果长宽度互换的话，六个更大的维度反而更有意义：在一个单独的、巨大的六维宏观球面中，每个点都有一个单独的四维宇宙……而不是四维宇宙中的每个点都对应一个单独的六维"宏观球"。

　　布兰卡回到具身创建的虫洞图形上。将空间展开平放后更容易解读：此时可以认为图形是穿过宏观球中一小部分（因此空间大抵平坦）的众多切片之一，即一张切片穿过多个宇宙。布兰卡用一长串微观球（以弧形从一个口延伸到另一个口）替换掉位于虫洞中心的单个微观球，将来自相邻宇宙真空中的虚虫洞全部串联起来。基本粒子会被固定在恒定的虫洞长度之上，这是从基本粒子被创造那一刻起便确定了的。但是一个可穿越的虫洞能够自由遂穿进入任意尺寸的弯路中，因此对于锻造器制造出的飞嘴而言，结论很明确：虫洞从其他宇宙中窃取了足够的真空——因为它们迂回进入宏观球额外维度中的距离已足够远——因此它们的长度能够变得与两个虫洞口之间的外部距离一致。

　　当然，卡齐城邦中不会有人相信的：这无非是抽象主义者的胡闹。这些假设的"相邻宇宙"根本就无法被观察到，更别提它们共同构成的"宏观球"了。即使虫洞足够宽，能够让微型机器人穿过，但虫洞的两侧除了能看到机器人自身扭曲的图像，其他什么也看不见，因为光线只会绕着虫洞的横截面球形路径传播。至于其他宇宙，仍会与所有观察或移动方向维持90度角。

　　不论怎样，虫洞距离问题总算得到了解决，虽说这套模型只是对雷娜塔·科祖克工作的拓展，却丝毫未舍弃她所取得的成就。余下的，就让地球上的卡齐城邦人进一步完善吧！佗和加百列都没在地球卡齐中留下运行中的副本，仅仅留下了心智快照，且只有当整个大流散计划遭遇灭顶之灾这种概率极小的事件发生后才会运行。布兰卡思考了片刻，还是不情愿地向家园发送了一封公告，在公告中总结了佗的研究成果——毕竟，按规定就得这么做。无论别人对佗的研究成果是嘲笑还是置之脑后，只要有佗觉得值得与之争论的人醒过来，佗就能在抵达北落师门后的卡齐城邦中继续辩个痛快。

布兰卡注视着翻滚流转的银云：一场大地震即将来临，可佗对地震学早已失去了兴致。虽说在拓展后的科祖克模型中，尚有上千个亟待探索的问题——如，作为宏观球中的"标准纤维"，四维宇宙是如何确定其自身奇怪的粒子物理规律的——不过，佗想留一些问题给加百列。他们可以和物理学家、景界艺术家以及数学家们携手，共同绘制出那个真实存在却又无法企及的世界。

布兰卡将玻璃平原、橙色天空和云朵统统关闭。一片黑暗中，佗创建出一个发光的球体，让它在身边旋转。随后，佗让外在自我冻结了自己，等待抵达北落师门那一刻的到来。

佗凝视着球体的光，期待着看到加百列听到消息之后脸上露出的表情。

第四部分

亚蒂玛满怀希望地瞥了一眼被他们称作"韦尔"的星星。即使它不是链中最后的环节，也必定很接近了。"八个半世纪后，大流散舰队抵达了斯威夫特星。从那之后，你知道的就不比我少了。"

保罗说："别提斯威夫特了。俄耳甫斯呢？"

"俄耳甫斯？"

"难道就因为你的副本没在那儿苏醒——"

亚蒂玛笑了："与此无关。你认为一个古老的航行于星际的文明愿意听我们啰唆，把旅途中遇到的每件稀奇古怪的事都说一遍吗？"

保罗不为所动："要不是俄耳甫斯，我们就不会在这里。俄耳甫斯改变了一切。"

第十章　大流散计划

地球，卡特–齐默曼城邦

联盟标准时 55 721 234 801 846

协调世界时 3999 年 12 月 31 日 23:59:59.000

保罗·维内蒂放松地躺在他最爱的"仪式浴缸"中，等待着被复制一千次，然后被散播在方圆一千万立方光年的空间里。这个浴缸是一个分层的六边形水池，坐落在一个点缀有黄金的黑色大理石庭院内。保罗身着全套的传统人体结构，起初他深感不适，不过当温暖的水流从他背部和肩膀流过后，他慢慢地沉浸于一种愉悦的松弛感中。其实，他只需下一个指令，就能瞬间进入这样的状态，但此时的场合似乎更需要拟真的完整仪式感，模拟真实的因果关系就如同给普通的文字饰以华丽的花体。

庭院上方是一片蔚蓝的暖空，万里无云，也见不着太阳，各个方向都是均匀的。大流散计划的启动时刻不断临近。一只灰色的小蜥蜴从院子跑过，四爪乱扒。它在水池远边停下，它的一呼一吸是那么精妙，让保罗甚是惊叹。他与蜥蜴就这样相互观察着对方，直至蜥蜴再次动身，消失在周围的葡萄园中。这个景界中有许许多多的鸟类昆虫，啮齿动物以及小型爬行动物——一方面为了装饰，另一方面也能满足更为抽象的审美需求：柔化孤独观察者过于严苛的径向对称性，通过多角度的感受进一步锚定模拟效果。这是绷紧本体论的拉绳,可没人会询问蜥蜴们是否愿意被复制——无所谓愿不愿意,它们只是搭车兜风的。

保罗平静地等待着,无论前方命运如何,他都已做好了准备。

第十一章　王氏地毯

俄耳甫斯星轨道，卡特－齐默曼城邦
联盟标准时 65 494 173 543 415
协调世界时 4309 年 9 月 10 日 17：12：20.569

无形的钟轻轻响了三声。保罗笑了，他很开心。

若只响一声，代表他还在地球上：确实有些扫兴——但要是回过神想想，也是一件好事。首先，虽然所有他在乎的人都居住在卡特－齐默曼，但不同的人选择参与大流散计划的程度不一，所以留在地球的话，就不会失去任何人。他还可以协助一千艘出行的飞船安全启航，这也是一个会让人感到满足的活儿。况且，作为城邦联盟的一分子，他还能继续与全球文化保持实时同步，这件事本身就很有吸引力。

若响两声，则代表他所在的这艘卡特－齐默曼飞船抵达了一个没有生命存在的行星系统。保罗在选择于何种情形下唤醒自己之前，曾运行过一个复杂但无感知的自我预测模型。在探索了数个外星球后，无论星球多么贫瘠，于他而言似乎都是一次丰富的体验，而且由于没有外星生物的存在，所以无须采取烦琐却必要的预防措施，整个探险过程不受限——这是最大的优势。虽然这艘卡齐副本的人口不到全部的一半，许多最亲密无间的朋友都会缺席，但即便如此，他也确信自己一定能结交到新的好友。

四声，代表他们发现了智慧生物。五声，代表发现了科技型文明。六声，代表发现了星际文明。

不过，现在是三声，代表侦察机已检测到确切的生命迹象，光这点就值得庆祝。因为直到临出发复制程序启动的前一刻（主观上就是上个瞬间的事），拟形人仍未向地球传来任何发现生命的消息，甚至最简单的生命体也未遇见。当时，没有人能担保卡齐的大流散舰队一定能找到外星生命。

保罗示意城邦数据库向他介绍一下情况：数据库迅速将他模拟的传统大脑中的陈述性记忆与他可能需要的所有信息重新连接，以满足他当下的好奇心。这艘卡齐克隆船抵达了织女星，是一千颗目标恒星中第二近的，距地球二十七光年。他们是第一艘抵达目的地的飞船，另一艘目标为北落师门的船在途中被太空碎片击中，全军覆没。保罗很难为毁灭时处于苏醒状态的九十二个公民感到悲伤：一是因为他在复制前就跟这些人都不熟；二是因为虽然这群公民的副本在星际空间中被无情地毁灭，但这已是两个世纪前的旧闻，就和当年蝎虎座G-1号灾难的受害者一样，实在太遥远了。

他透过前方某个侦察机上的摄像头——以及祖先的视觉系统中奇怪的过滤机制——看了一眼自己新家园的恒星。肉眼看去，织女星是一颗散发出猛烈蓝白色火焰的圆球，边缘可见日珥。它的质量是太阳的三倍，大小及温度是太阳的两倍，亮度是太阳的六十倍。它的氢气被快速燃烧，已经走过了其长度为五亿年的主序带的一半。

俄耳甫斯是织女星唯一的行星，用太阳系中性能最好的干涉仪去看，也不过是屏幕上一个平淡无奇的小光点。而此刻，它就在距离卡特-齐默曼下方一万公里的位置，保罗凝视着它月牙形的蓝绿色球体。俄耳甫斯是一颗类地行星，一个由镍铁和硅酸盐构成的世界：比地球略大，气温略高——它距离织女星十亿公里，因此抵达该行星的热量已所剩无几——行星表面几乎全部覆盖着液态水。保罗将时间加速到肉身人的一千倍，让卡齐以主观时间每二十陶[①]绕行星一周。每公转一次，日光都展示出一片广袤的新天地。两条细长的带有山脊的赭色大陆包围住占据了半个星球的大洋，两极覆盖有让人眼花缭乱的、辽阔无垠的浮冰——特别是在北极的位置，此刻处于仲冬极夜的极圈中，可见到锯齿状的白色半岛探出头来。

俄耳甫斯的大气成分主要是氮，含量为地球的六倍，此外还有微量水蒸气和二氧化碳，但二者均不足以产生显著的温室效应。高气压意味着蒸发量偏低，因此保罗见不到一丝云彩，深海则锁住了二氧化碳。蝎虎座G-1号爆发的伽马射线在这里的强度比地球上的强度高，但是因为行星原本就没有臭氧层，而且大气层经常会被织女星自身的强紫外线电离，所以化学环境或低空辐射水平产生的变化均相对更小。

按地球标准衡量，这个恒星系尚年轻，仍充满原始尘埃。不过由于织女星质量更大，原恒星星云密度更高，所以恒星系诞生时需经历的种种磨难在这里的间隔期更短：恒星聚变的引发，早期光度的波动，行星合并以及相互碰撞的时期。按照数据库估计，在过去的一亿年里，俄耳甫斯的气候相对稳定，未受重大影响。

如此长的和平足以孕育出原始生命——

猛地，一只手牢牢抓住保罗的脚踝，将他一把拖进水中。他没做反抗，任凭行星从视野中溜走。算上他，整个卡齐只有三个人能自由进入这个景观——他的父亲绝对没兴致和他如今已

[①] 二十陶在真实世界中是二十毫秒，主观感受是二十秒。

一千二百岁的儿子玩这种游戏。

埃琳娜一路将他拖到水池底,然后松开他的双脚,漂在他上方,头顶明亮的水面映衬出一个得意扬扬的身影。她也是肉身人外形,却明显不够真实:因为她说话时吐字清晰,嘴里却根本没有冒出气泡。

"懒虫!我等你都等了五兆陶①了!"

保罗故意摆出漠不关心的样子,却很快喘不过气了。他让外在自我将自己打造成一个两栖的改造人——无论是从生物学还是从历史角度来看,这类人是真实存在的,不过保罗的祖先并非其中的一员。水很快涌入他改造后的肺部,改造后的大脑很快接受了这种状态。

他说:"我为什么要傻坐着等侦察机发来进一步的观察结果呢?这不浪费精力吗?一旦数据明确后,我就会苏醒了。"

她连续敲打他的胸,保罗本能地降低浮力作用,伸出手把她往下拽,两人热吻着从池底滚过。

埃琳娜说:"你知道我们是所有卡齐中第一艘抵达目的地的吗?去往北落师门的飞船被摧毁了。所以现在咱们俩只剩地球上的那对副本了。"

"所以呢?"说完,他想起来埃琳娜的设置是如果其他版本的她先遭遇外星生命的话,就不用再唤醒剩余的她。所以,无论其他飞船的命运如何,剩余的每一个版本的保罗都将不会再有埃琳娜的陪伴。

他严肃地点点头,再次亲吻她。"我该说什么好呢?现在的你对我来说比以前还要宝贵一千倍,是吗?"

"是的。"

---

①五兆陶在真实世界中是一小时二十三分钟二十秒,主观感受是 50 天。

"哦，那在地球上的我俩呢？是不是说五百倍会更准确一点儿？"

"谁会在诗里写五百这种数字。"

"别那么失败主义嘛，重新连接下你的语言中心吧。"

她的双手抚过保罗的胸腔两侧，一直摸到他的臀部。两具几近原生的躯体（及大脑）开始做爱。当保罗的大脑边缘系统进入过载状态后，他被逗乐到差点分心，不过他回忆起了上次做爱的场景，于是他将自我意识抛开，向这奇异的温柔乡缴械投降。二人做爱的方式并不怎么文质彬彬，比如他们之间信息交流的速度堪称微乎其微，却充满了大部分祖先快感中那种绝不妥协的劲儿。

随后，两人浮上水池表面，躺在没有太阳的灿烂天空之下。

保罗心想：我在一瞬间跨越了二十七光年的距离，此刻正围绕着第一颗发现存在外星生命的行星运行。而我却没有为此付出牺牲——没有舍弃任何我所珍视的东西。事情进展得未免也太顺利了。他为其他版本的自己感到一阵遗憾——很难想象他们的境遇，没有埃琳娜，也没有俄耳甫斯——可他对此无能为力。虽说他现在还能趁其他飞船抵达目的地之前先和地球沟通，但他在克隆之前就已决定无论自己的心意有何变化，都不能对各个自己未来的多样性造成影响。不管地球上的他同意与否，他们两个均不得修改唤醒的标准。那个可以为一千个自己做选择的自我早已一去不复返了。

没关系的，保罗想。他们自会找到，或者说想出让自己幸福的理由来的，而且说不定其中的某个保罗会被四声钟声唤醒。

埃琳娜说："要是你再睡得久点，就要错过投票了。"

投票？低轨道上的侦察机已经尽其所能收集到了所有关于俄耳甫斯生物圈的数据。为推进下一步，需要向海洋中放入微型探测器,而在接触升级前,需要得到占城邦总人数三分之二公民的同意。几百万个微型机器人能造成什么伤害呢?不大可能,它们顶多在水中留下几千焦的废热。然而,城邦中出现了一个主张万事谨慎为妙的派系,他们认为卡特－齐默曼的公民应当继续在适当的距离观察个百十年,甚至一千年,完善观察和假设之后,再进入行星……若是有人不愿意等待,那他们可选择睡觉,或者找其他爱好打发时间。

保罗深入钻研了一番数据库中记录的关于"地毯"的最新信息,这是到目前为止在俄耳甫斯上发现的唯一生命形式。它们是自由漂浮在赤道海洋深处的生物,如果它们离洋面太近,就会被紫外线杀死,正因为它们在正常栖息地里得到了良好的防御,所以完全没有留意到蝎虎座G-1号事件。它们能长到数百米大小,随后裂变成数十个分身,每个分身还会继续长大。人们很容易认为它们属于单细胞生物群落,类似放大版的海带,但目前还没有确凿的证据支撑这一结论。侦察机很难隔着一公里深的水辨认出"地毯"大致的外观与行为,即便有来自织女星阳光中丰富的中微子的帮助,也同样无济于事;微观尺度上的遥感观察,乃至生化分析,更是完全不可能。光谱显示,表层水中充满了各种很有意思的分子碎片,不过很难猜测这些碎片与"地毯"之间的关系,这就如同试图研究肉身人的骨灰,想重建其生化结构特征一样荒诞。

保罗转向埃琳娜:"你怎么看?"

她浮夸地抱怨起来,在他没醒时,人们就这个话题估计已经吵得不可开交了。"微型探测器是无害的,只有这样我们才能在不伤害'地毯'一根毫毛的前提下得知它们的构造。这能有什么风险呢?文化冲击吗?"

保罗宠溺地朝她脸上弹了点水花:这种冲动似乎来自这副两

栖的躯体。"它们可能是智慧生物，谁也说不准。"

"你知道自地球形成以后的两亿年间，出现过什么生物吗？"

"蓝藻？或许根本没有生物。当然，这里不是地球。"

"没错。即便概率很低，但我们先假设地毯确为智慧生物，你认为它们会不会注意到只有它们百万分之一大小的机器人的存在呢？若它们是统一的生物体，看上去似乎不会对环境做出任何反应——因为它们既没天敌，也无须捕食，只是随波逐流——因此，它们毫无必要发展出精密的感觉器官，亚毫米尺度上的物体就更察觉不到了。而若它们是单细胞生物群落，然后其中一员不小心撞到了一个微型探测器，它的表面接受器意识到了机器人的存在……这又能造成多大的伤害呢？"

保罗无所谓道："不知道，但我的无知不能确保安全。"

埃琳娜回敬了一捧水。"那就投票支持发送微型探测器，这是破解你无知的唯一办法。我同意，小心点没什么不好，可如果我们此时不去弄清楚海洋里究竟是什么情况，千里迢迢过来的意义在哪里？难道非得等到进化出聪明的种族，主动把它们的生化信息传给太空中的我们才行？要是我们一丁点风险都不愿意冒，哪怕织女星变成了红巨星，我们也还是一事无成。"

虽说她只是随口一说，但保罗脑中还是浮现出她所描述的场景。二点五亿年后，卡特－齐默曼的公民们是不是还会纠结于是否应对危难中的俄耳甫斯生物出手相救？或者他们早已失去了兴趣，转身去了其他恒星？又或者将自己改造成对有机体一丝惺惺相惜的同情心也没有了的物种？

对于仅有一千二百岁的他来说，这似乎有些想得太远了。前往北落师门的他被一块太空碎石抹去了踪迹，而与星际空间比起来，织女星系中的垃圾更是比比皆是：就算有着重重防御，就算他在遍布远方的探测器中备份了数据，也并不能因为这艘卡齐安全抵达目的地就判断它未来会一直平安。埃琳娜说得对：他们无比珍惜此刻——否则他们还不如回到自己的一方井底，忘掉自己曾踏上过这样一段旅程。

"我们别老待在这儿，大伙儿都等着见你呢。"

"去哪里？"保罗第一次尝到乡愁的滋味。在地球上，他和朋友总会在一幅皮纳图博火山口的实时图像中相见，图像直接来自观测卫星——要是录像的话，便没有了那种感觉。

"我带你去。"

保罗伸出手，握住她的手，随她起跳。水池、天空和后院顿时消失得无影无踪——他发现脚下再次出现了俄耳甫斯……是背阳面，但不至于漆黑一片，因为他完整的意识调色板会将来自地面的长波信号解码成彩色的同位素伽马射线，和散布在背景中的宇宙射线的韧致辐射。数据库中关于行星的那些抽象知识，现在近一半已一目了然。海洋逐渐减少的热辉光在一瞬间释放出<u>三百开尔文</u>的温度，以逆光照亮了大气层的红外轮廓。

他站在长长的金属状纵梁上，位于一个庞大的测地球形边缘，向着炙热的太空殿堂敞开着。他抬头瞥见繁星点点、星尘飞扬的银河，从天顶到天底将他环绕。保罗感知着每一团气体云散发出的光芒，辨识着每一条吸收线和发射线，他几乎能感觉到银河盘面将他横着切开。部分星座有些变形，但景象与其说陌生，反不如说是熟悉。通过颜色，他认出了绝大多数古老的星象标记。当他掌握方位后，就能从邻近星星的明暗变化确认他们所走的方向。曾经耀眼的小天狼星此刻黯淡不少，因此保罗对其周边星空进行检索。通过粗算地球的位置，在五度以外的南边可以看到一颗微弱但明确无误的星星：太阳。

埃琳娜站在他身边，表面看上去毫无变化，不过两人均已祛除了生理上的束缚。该景界中的惯例仿照的是真实宏观物体在自由落体与真空中呈现出的物理特性，不过没有设置化学方面的模拟，更不用说与血肉相关的生命化学了。他们的躯体仅仅只是常见的卡齐图标，看得见、摸得着，但是不存在精细的微观结构——而且他们的心智根本没有嵌入景界，而是在各自的外在自我程序中以塑造器的形式运行。

回归常态后，保罗松了一口气。虽然偶尔仪式性地退回祖态能让他的父亲开心，而且身为肉身人，能带来很大程度上的自我价值认同，但也仅限于该状态的持续期间。不过，每次他退出肉身体验之后，都有一种摆脱十亿年枷锁的感受。也许其他城邦中会有公民觉得他目前的结构太过时了，但保罗自觉平衡即可，虽说肌肤的触觉和本体感受的反馈所营造出的具身感令他沉醉，但话说回来，能坚持模拟出数公斤重却无意义的脏器，并且仅使用可悲的肉身感官去感受景界，还让自己的心智任凭肉身人神经生物学上所有让人不悦的怪癖现象折磨，能接受以上全部的，恐怕只有肉身狂热者们了。

朋友们聚拢过来，炫耀着毫不费力的自由落体杂技，向保罗打招呼，责问他为什么不早点醒来——他是这群人中最晚从冬眠中醒过来的。

"不知这种简陋的聚会地您瞧得上吗？"赫尔曼飘浮在保罗肩膀旁，他是一团由肢端和感觉器官凑起来的嵌合体，使用调节后的红外线在真空中说道，"我们管它叫皮纳图博卫星。没错，这地儿荒凉透了——但是如果我们假装在俄耳甫斯表面行走的话，担心会违背谨慎精神。"

保罗用意识看了一下侦察机拍摄的典型旱地特写镜头，那是一片贫瘠的红色岩地："只怕那里会更荒凉吧。"他很想站在地面上，让私有视觉变成触觉，但他还是忍住了。若在谈话间出现在别处是极没教养的行为。

"别理赫尔曼。他就想让我们的外星机器蜂拥而下,根本不会考虑这会给俄耳甫斯带来什么后果。"莉斯尔是一只绿色夹杂松石绿的蝴蝶,每只翅膀上都画有一张风格化的脸,点缀着金色。

保罗很惊讶,之前埃琳娜的口气让他以为朋友们早就达成了一致——支持派遣微型探测器——只有他这个睡懒觉的,因为还没来得及消化这些问题,所以才会花时间跟他们争辩。"什么后果?'地毯'——"

"先别提'地毯'了!就算它们就是看上去的那么简单,我们也不知道海底下还藏着些什么。"莉斯尔扇动翅膀,她的多张镜像脸似乎在相互对视,寻求支援。"通过中微子成像,我们才刚刚达到米级的空间分辨率和秒级的时间分辨率,对更小的生命体一概不知。"

"要是按你的意愿胡来,我们永远也无从得知了。"说话的是卡巴,他之前是拟形人,一直以来都以肉身人形象示人。上次保罗苏醒时,他还是莉斯尔的爱人。

"我们来这儿的时间连一个俄耳甫斯年的零头都不到!耐心点,还有海量数据仍能通过非侵入方式获取。没准会有罕见的海洋生物搁浅——"

埃琳娜冷淡地说:"的确罕见。俄耳甫斯的潮汐掀不起什么波澜,风暴很少。就算有东西搁浅了,也会直接被紫外线烧干,根本轮不到我们发掘出什么超出目前在表层水中已见到的玩意儿。"

保罗笑了。他确实没想到这一点——也许应该等一场海啸。

"那倒不一定。'地毯'虽然看上去不堪一击,但如果其他物种生活在更靠近地表的地方,它们的保护屏障会更好。俄耳甫斯的地震活跃,所以我们至少应等一场海啸,看看几立方公里的海水拍到海岸上后,能留下些什么。"

莉斯尔继续说:"再等几百个俄耳甫斯年又有什么关系呢?起码,我们能收集到关于季节性气候规律的基线数据——还能观察异象、风暴、地震,静候佳音就好了。"

几百俄耳甫斯年?那就是好几千个地球年?保罗似乎没那么纠结了。如果他想跨越地质研究的时间尺度,干脆搬到洛坎德城邦好了。那里有一个静思观察团,团员全部将时间加速到了最快,在几千陶内看尽地球山川移位腐蚀。俄耳甫斯现在就悬在他们下方的星空中,那是多么美丽的一个谜团,等待着人们去破译、去了解。

他说:"如果等不来'佳音'呢?我们究竟要等多久?我们完全不知道生命是多么罕见——无论是时间还是空间。如果这颗行星那么珍贵,那它所经历的时代也同样珍贵。我们不清楚俄耳甫斯上生物演化的速度:当我们忧心于怎样才能收集到重要数据时,也许已经有物种出现和消亡了。无论是'地毯',还是其他物种,没准在我们还未来得及尝试了解它们之前就已经灭绝了。那是何等地可惜呀!"

莉斯尔依旧固执己见。

"倘若我们急于求成,致使俄耳甫斯的生态或是文明被破坏,难道就不可惜吗?那才是灾难。"

#

保罗吸收了地球自我传来的全部存储信息——将近三百年的内容——然后开始撰写回信。双方较早的交流中附有详尽的心智移植段,分享激动人心的大流散舰队发射不失为一件美事:目睹一千艘纳米机器人用小行星雕刻成的飞船,在湮灭伽马射线的焰火中启航。而在那之后,一切就变得索然无味了:埃琳娜、其他朋友、无聊的八卦、卡特-齐默曼正在进行的各种研究、城邦之间因文化差异引发的争执、不会往复循环的艺术剧变(感性审美再次战胜了情绪审美……不过小西城邦中的巴利亚达们宣称已经创造出了两种审美的全新结合体)。

最初的五十年过去后,他的地球自我变得有所保留。当地球收到前往北落师门的克隆船覆灭的消息后,两人间的信息只剩下单纯的格式塔和线性独白。保罗理解,这才是正确的做法:两人已经分道扬镳,你不能向陌生人发送心智移植段。

大部分传输内容会不加甄别地发送给所有飞船。但四十三年前,他的地球自我向飞往织女星的飞船发送了一条特殊的信息。

"我们去年装配完成的全新月球光谱仪刚刚在俄耳甫斯星上发现了存在水的明确迹象。如果模型正确,那里应该有大片温度适宜的海洋。所以……祝好运吧。"信息画面中,月球背面的岩石中显露出光谱仪的圆顶;还有俄耳甫斯的光谱数据图,以及全系列的行星模型。"也许你会觉得莫名其妙,明明你们马上就能抵达现场了,我们却还要费尽心力只为一睹其貌。这事儿说来话长:但我觉得并不是因为嫉妒你们,或是等得不耐烦了,只是我们需要一种独立感。

"人们开始老调重弹:虫洞失败后,我们是否应该将意识重新设计,以容纳星际间的距离?不是通过复制,而是通过接受光速滞后下的自然时间尺度,让个体跨越群星。使主观事件的间隔拉长到千年之久,局部突发事件则交由无意识系统处理。"信息附有赞成和反对的论文,保罗读了读文章的摘要,"不过,我觉得这个想法不会获得太多支持——虽然我们还可以一如既往地眺望远方的星星,却必须接受自己选择留下来的事实。因此从某种程度上来说,这个新的天文项目实际是一副解药。

"但是,我一直在拷问自己:我们今后何去何从?历史不能回答,进化也不能回答。卡齐的宪章规定,要了解、尊重宇宙……但要以哪种形式?多大规模?使用哪种感官,哪种意识?

我们在虚拟世界里可以随心所欲,千变万化的生活远胜探索银河系。但我们在探索的同时,能保证不丢弃自己的生活方式吗?过去,肉身人常常幻想外星人意图'征服'地球,窃取他们'宝贵'的物质资源,或是出于害怕竞争因此要灭绝人类……难道一个能够千里迢迢过来的文明,却没有能力、智慧和想象力去挣脱肉身的桎梏吗?只有发明了飞船的细菌才会日夜想着<u>征服银河系</u>——它们想不出别的,也别无选择。

"我们的情况恰恰相反:我们有着无穷多的选择。所以我们才需要寻找另一个星际文明。诚然,了解蝎虎座事件的缘由,获得让种族延续的天体物理学知识很重要,但我们同样需要与面临相同抉择的文明对话,看看他们对于生活方式、演化方向的解答。我们需要了解居住在宇宙中到底意味着什么。"

#

在保罗的注视下,由粗糙的中微子成像构成的"地毯"形象围着他的十二面体家景在断断续续地蠕动。二十四个不规则的长方形飘浮在他上方,它们刚刚从另一个更大的母长方形中裂变而出。模型表明,洋流带来的剪切力可以解释整个分裂过程:因母体达到了临界尺寸而触发。如果推测无误的话,这属于纯粹的群落机械性分裂,可能与构成体的生命周期无关——颇令人感到沮丧。每当保罗对什么表现出兴趣,就会涌入大量数据,对此他早已见怪不怪:毕竟是大流散计划最伟大的发现,岂可只保留一系列粗糙的黑白快照?

他瞄了一眼侦察机上中微子探测仪的图形,目前还没有明显的改善范围。探测仪中的原子核被激发到不稳定的高能状态,随后借由微调后的伽马射线以更快的速度剔除低能本征态,避免原子核悄悄进入存在态,导致转变,从而达到保持其高能状态的目的。十的十五次幂的中微子流量中的一部分出现的变化也许会致使能量水平移动,继而干扰平衡行为。然而,地毯留下的身影是那么微弱,即使采用几近完美的视觉也很难看清楚。

奥兰多·韦内蒂说:"你醒了。"

保罗转过身。他父亲站在与之恰如其分的远处——一个衣着华丽,但年龄不详的肉身人形象。不过,绝对比保罗年长。奥兰多从不会在老幼尊卑上妥协——不过现在两人的年龄差已只有百分之二十五了,而且还在缩小。

保罗将"地毯"从房间移至一扇五角窗的背后,然后牵起父亲的手。奥兰多看到保罗从冬眠中苏醒后,他心智中与自己洋溢出的喜悦所啮合的部分开始深情地回顾起两人过去共同的经历,并希望和谐的父子情谊能继续下去。保罗的问候也很相似,他精心谋划了自己情绪状态中的"惊喜"。这种交流其实更像是一种仪式,但话说回来,即便对于埃琳娜,他也有所设防。没有人能真正做到完全以诚相待,除非他们自愿永久结为一体。

奥兰多对着"地毯"点点头。"但愿你能理解它们的意义有多重大。"

"当然了。"不过,他确实没有在向父亲的问候中表达这一点。"第一次发现外星生命。"按他父亲的观点,卡齐总算给了拟形人羞辱性的一击。拟形人率先抵达半人马座阿尔法星,第一个成功到达系外行星,但在发现外星生命的竞赛中,他们却败下阵来,正如阿波罗与苏俄卫星的重演,只是不知还有没有人懂这些历史词语。

奥兰多说:"这就是一个饵钩,能钩住边缘城邦的公民,他们还没有彻底陷入唯我论的怪圈。这起事件定会使他们动摇——你觉得呢?"

保罗耸耸肩。地球上的公民爱怎么样就怎么样,这是自由。何况卡特-齐默曼探索真实宇宙的计划并没有受到阻碍。只是,击败拟形人对奥兰多而言还不够。他和很多选择数字化的肉身难民一样，自带一股传教士的特征。他想让其他所有城邦对自己的错误追悔莫及，并最终跟随卡齐走入星辰大海。

保罗说："阿什顿－拉瓦尔城邦早就培育过智慧外星人。只怕发现巨型外星海带的消息根本轰动不了地球。"

奥兰多露出嫌恶的表情。"阿什顿－拉瓦尔好几次干预了他们所谓的'进化'模拟，那干吗不干脆用六天时间直接创造出最终成品①呢？想要会说话的爬行动物是吧？施个法念个咒，要什么有什么！要我说，我们城邦里有些自我改造的公民比阿什顿－拉瓦尔里的外星人看起来更像外星人。"

保罗笑了。"好吧，不提阿什顿－拉瓦尔了，也别提那些边缘城邦了。的确，我们选择珍惜真实的世界，这是我们的本质，但它和我们其他任何价值选择一样，只属于我们自己。你为什么不能接受这点呢？没有什么唯一的正道，不要强迫异教徒改邪归正。"他心里清楚，他争辩的原因有一半就是想还嘴罢了，但奥兰多总要逼他唱反调。

奥兰多招了招手，将"地毯"的图像拉回房间一半："你会支持派遣微型探测器吗？"

"当然。"

"一切就靠它们了。最初的惊鸿一瞥确实开了一个好头，但要是我们不赶紧跟进细节的话，地球上的人很快就会丧失兴趣。"

"丧失兴趣？还得等五十四年我们才能知道地球上的人究竟对这件事有没有兴趣。"

奥兰多失望地看着他。"就算你不关心其他城邦，至少替卡齐想想吧。这对我们是一件好事，能让我们变得更强，所以一定

---

①暗指《圣经》中上帝用六天时间创世。

要充分利用才行。"

保罗一头雾水。"变得更强？难道还有危险吗？"

"当然。如果一直找不到生命，会给我们造成什么样的影响？"

"但我们现在已经找到了呀。算了算了，我同意：的确可以让卡齐变得更强。我们很幸运。我也很高兴，很感激。你是不是就想听我这么说？"

奥兰多没好气地说："你就是总觉得一切理所当然。"

"而你总是太在乎我的想法了！我又不是你的……继承人。"有时，他的父亲好像无法接受生儿育女的概念早已失去了其古老的含义。"你不需要我代表你去保护卡特－齐默曼的未来，或是整个联盟的未来。你可以一直亲力亲为。"

奥兰多看上去像是被这句话伤到了——这是有意识的选择，但仍然有些信息编了码。保罗虽觉得遗憾，可自认为没有说错话。

他的父亲挽起金色和深红色长袍的袖子——在卡齐城邦，只有在父亲面前保罗才会感到不穿衣服有点奇怪——一边离开房间，一边念念有词："你总是觉得一切理所当然。"

#

朋友们聚在一起观看微型探测器的发射——就连莉斯尔也来了，不过她是来哀悼的，并化身为一只巨大的黑鸟；卡巴紧张兮兮地抚摸着她的羽毛。赫尔曼活像埃舍尔版画中的生物：一条分成几段的蠕虫，有六只肉身人的脚，与之相连的腿上是手肘——从而能卷曲成一个圆盘，在皮纳图博卫星的横梁上滚动。保罗和埃琳娜则一直异口同声地说，他们刚做完爱。

赫尔曼将卫星移入一条假象轨道，位于某侦察机下方，并更改了景界的尺度，使得侦察机底面遮蔽了一半的星空——其底面布满了精细的检测仪模块与高度控制喷嘴。大气层内的飞行舱由陶瓷制成，形似泪滴，三厘米宽。飞行舱从发射管中飞驰而出，如巨砾滚落般呼啸而去，消失在视野中，随后降落到俄耳甫斯十米远的位置。虽然一部分是实时成像，一部分是外推模拟，以及一些虚拟画面，但所有数据都极其精准。保罗心想：还不如全盘模拟得了……假装跟着飞行舱一同降落。埃琳娜投来责备的目光。是啊，既然如此，还发射探测器干什么？干脆直接模拟一个合理的俄耳甫斯海洋，让海洋中充满合理的俄耳甫斯生物不就行了？或者，整个大流散计划都可以模拟啊。卡齐城邦中没有异端罪，城邦宪章仅仅是创始人价值观的声明，而非教义，不遵循者也不会被驱逐。可话虽如此，每当他想将各式模拟行为分类时——如，第一类有助于理解真实宇宙（好的一类）；第二类是出于方便、娱乐或审美目的（尚可接受）……而最后一类，会否认真实性的首要地位（这一类就会让他考虑移民去其他城邦）——仍感到战战兢兢。

支持微型探测器的票数并不是压倒性的：72%赞成，刚刚过三分之二，弃权票占5%。抵达织女星后才被创造的公民不参与投票……雇人拉票这种荒唐事绝不可能出现在卡特-齐默曼。但差距如此之小的计票结果，的确让保罗吃了一惊：在所有他听到的关于微型探测器所造成伤害的描述中，还没有一条合理的。他在思考，是不是背后隐藏着其他原因，而非出于担心会对俄耳甫斯生态或假想中的文化造成破坏？是不是他们想让揭秘的乐趣持续得越久越好？对于持此观点之人，保罗其实略能共情。不过，他认为发射微型探测器并不会削弱长期观测俄耳甫斯生物演化所带来的乐趣。

莉斯尔用凄凉的语气说："海岸线侵蚀模型表明，兰布达的西北海岸平均每九十俄耳甫斯年会被海啸淹没一次。"她将数据提供给大家。保罗瞅了一眼，可信度颇高，但结论并未证实。

"我们应该再等等的。"

赫尔曼朝她挥了挥他的目茎[1]:"那么海滩上不是应该到处都是化石吗?"

"不是,海滩的条件很难——"

"别找借口啦!"他把身子缠在一根横梁上,欢快地踢起腿来。赫尔曼本人的扫描时间是在二十一世纪,那时卡特-齐默曼尚不存在,不过在之后的太陶里,他清除了大多数情节记忆,并十几次重写了自己的个性。他曾跟保罗说:"我将自己视作我本人的曾曾孙。一次又一次的死亡后,我发现死亡并不可怕。永生也是同理。"

埃琳娜说:"我一直在想,若另一艘卡齐飞船能偶获更棒的发现——比如能缩短虫洞距离的外星种族——而我们却在这里研究藻类,不知那会是什么样的感觉。"她的图标比以往更风格化:难辨性别、皮肤无毛光滑,面无表情,而且雌雄同体。

保罗耸肩道:"如果他们可以缩短虫洞,就有能力造访我们。或者分享技术,让整个大流散舰队的联系同步。但我懂你的意思:<u>首次发现外星生命</u>,结果只是一团海带?不过,这好歹也算开了个头吧。既然二十七光年外有海带,也许五十光年外就会有神经系统?一百光年外就能见着智慧生物了吧?"他忽地意识到了埃琳娜此刻的感受,于是连忙闭嘴:当初设定为首次发现外星生命之后就不再继续苏醒如今似乎成为错误的选择,白白浪费了大流散带来的机遇。保罗向她提供了一份心智移植段表达对她的共情和理解,但被她拒绝了。

她说:"现在我只想一个人静静。我自己来处理这件事。"

"我明白。"他们做爱时,保罗获得过一份埃琳娜的部分模

---

[1] 按照描述,赫尔曼图标的眼睛长在某种茎状物上。

型,他让它从自己意识中消失,只留下一份普通的、臆度的埃琳娜标志,与他认识的其他所有人的标志没什么不同。保罗向来认真遵循亲密关系中的责任。在埃琳娜之前的历任曾要求他删除关于她的所有信息,他也基本照做了——如今,他唯一留下的前任记忆只剩下她曾提出删除要求这一事。

赫尔曼宣布:"登陆了!"保罗看了一眼侦察机视角的回放,画面中头几个进入的飞行舱在大洋上方碎开,释放出微型探测器。纳米机器将陶瓷护罩(以及其本身)先后转换成二氧化碳和一些简单的矿物质——这些都是日常轰击俄耳甫斯表面的微陨石中常见的成分——随后,碎片击中水面。微型探测器不会进行广播。等待数据收集完成后,它们将浮回水面,然后调节自身的紫外线反射率供侦察机定位、读取信息,之后飞行舱的所有构件均会自毁。

赫尔曼说:"这不得庆祝庆祝?我要去城邦心脏了,谁跟我去?"

保罗看了一眼埃琳娜,她摇了摇头:"你去吧。"

"你确定吗?"

"确定,你去吧!"她的皮肤呈现出镜面的光泽,面无表情的脸映照出下方的行星,"我没事,只是需要些时间来厘清思绪。"

赫尔曼盘绕在卫星的框架上,一边动身一边舒展苍白的身体,添上更多的躯干和腿。"走吧,走吧!卡巴?莉斯尔?跟我去庆祝呗!"

埃琳娜已经走了。莉斯尔发出一声讥讽,扑扇翅膀飞向了远方,嘲弄着变得门可罗雀的景界。在保罗与卡巴的注视下,赫尔曼变得越来越长,速度越来越快——然后,他的身体以迅雷不及掩耳之势伸展开,将整个测地线框架都包裹住。保罗哈哈大笑着跳开，卡巴也跟着跳开。

紧接着，赫尔曼犹如一条蟒蛇收紧，将整颗卫星折断。

三人飘浮了片刻：一团旋转的金属碎片中，飘浮着两个人形的生物，和一条硕大无朋的蠕虫，宛若荒诞梦境的片段集合，在真实星星的光芒下熠熠生辉。

#

城邦心脏总是人头攒动，尽管这里其实比保罗见到的要大，但赫尔曼已经缩回了原本大小，以免引起关注。众人四处寻找能融入氛围的最佳位置，湿润的巨大心室在他们上方拱起，随着音乐的节奏规律地跳动。

他们找着了一处好位置，创建了一些家具、一张桌子和两把椅子（赫尔曼习惯站着），并将地板拓宽，好腾出地儿来。保罗环顾四周，朝认出的人高声打招呼，但没有细看他们的签章。没准他认识的所有人都到这儿来了，不过他可不想在接下来的几千陶里专门跟一些点头之交寒暄。

赫尔曼说：“我向来不喜欢人们把眼光局限在织女星，所以作为解药，我一直在监测我们城邦里那座小小恒星观测台的数据流。天狼星周围好像有些不太正常，我们在天狼星 B 上观察到了百万开尔文级别的 X 射线、引力波……还有其他很多无法解释的过热点。”他转向卡巴，认真地询问道，“你觉得拟形人到底在干什么？有传言说他们计划将那颗白矮星[①]拖出轨道，用来建设一艘超大的宇宙飞船。”

"我从没听过这种传言。"卡巴永远都是以他曾经的拟形人身体形象示人。当初他选择离开同胞进入卡齐一定鼓足了勇气：拟形人再也不会欢迎他回去了。

[①]天狼星 B 是目前已知质量最大的白矮星之一。

保罗说:"他们在干吗、他们去了哪里、怎么过去的,这些重要吗?宇宙里有的是地方。就算他们暗地里跟踪大流散舰队,哪怕他们也到达了织女星,我们还是可以一起研究俄耳甫斯,不是吗?"

赫尔曼卡通式的昆虫脸显露出模拟的惊恐之情,眼睛越睁越大,越来越宽。"拖着一颗白矮星过来吗?绝对不行!下一步他们是不是就该建造戴森球了?"他转向卡巴,"你现在还有没有抑制不住的好奇本能。天体物理学工程方面的?"

"卡齐不是在织女星系开采了好几百万吨的小行星材料吗?换谁都该心满意足了。"

保罗尝试转移话题。"有谁最近听到地球的消息吗?我感觉好像都失联了。"除去时差本身,他自己也有十年没收到地球的信息了。

卡巴说:"没什么新鲜事儿,他们都在谈论俄耳甫斯:新建的月球观测站显示上面存在水。对他们来说,有可能存在外星生命就已经足够兴奋了,甚至比我们在这儿已经确认外星生命存在后还兴奋。而且他们期待挺高的。"

保罗笑道:"确实。我的地球自我似乎指望大流散舰队能找到一个先进的文明,去解答联盟目前存在的所有问题。不过,只怕这些外星海带给不了他什么关于宇宙的启示吧。"

"自从发射探测器后,卡齐移民出去的人数大增,知道吗?有移民的,还有自杀的。"赫尔曼停止了扭动和旋转,几乎保持静止,表示他处于罕见的严肃状态。"我猜这就是他们开展天文项目的初衷。至少在短期内,人员流失的趋势似乎止住了。地球的卡齐城邦比大流散中所有卡齐飞船都要更早一步检测到水,所以当他们听到我们已经找到生命的消息后,一定会因此觉得这次发现离不开他们的配合。"

保罗感到一阵不安。移民？自杀？这就是奥兰多如此悲观的原因吗？锻造器失败后，人们又等待了三百年，期望究竟堆砌了多高？

房间里传出一阵兴奋的声音，对话的语气始料未及地发生了转变。赫尔曼假惺惺地用虔诚的口气低声说："第一个探测器已经浮上来了。数据正在传入中。"

城邦心脏虽然无感知，但是其智能也足以猜出人们的心思。尽管所有人都能私下利用数据库查询结果，不过大厅里的音乐还是关了，接着出现了一幅巨大的数据汇总的公共图像，高悬于心室中。保罗必须得伸长脖子才能看见，真是一种新奇的体验。

微型探测器用高分辨率描绘了一张"地毯"的形象。图像中，"地毯"的形态一如人们所猜测的——长方形，约几百米宽。不过，当初中微子层析成像中显示为两三米厚的板子，如今呈现为精密盘绕的模样——像是一张薄薄的皮，只是折叠成了复杂的空间填充曲面。保罗查看了全部数据：虽说外表病态，但"地毯"的拓扑结构是严格的平面。没有孔，没有连接，就是一个蜿蜒曲折的表面，因此远观上去的厚度比实际厚度厚多了。

一张插图显示出微观结构，从"地毯"边缘出发，缓慢地朝中心移动。保罗盯着流动的分子图看了好几秒，然后想明白了其中的原理。

"地毯"既不是单细胞生物的集合，也不是多细胞生物。它就是一个单独的细胞，一个二维聚合物，重达两万五千吨。一张巨大的折叠起来的多聚糖，一张复杂的网，相互连接的戊糖和己糖成分上面挂着烷基和酰胺侧链。它有点像植物的细胞壁，只不过这种聚合物强度远超植物细胞膜质，表面积也大上二十个数量级。

卡巴说："但愿飞行舱都是无菌的，否则地球细菌会以'地毯'为食。就像漂浮在水中的一顿碳水大餐，而且它们还没有任何防御力。"

赫尔曼想了想，说："也许吧，前提是细菌得有能消化'地毯'的酶才行，对此我很怀疑。不过我们也没机会知道了：虽然早期肉身人在探索小行星带时带去了一些细菌孢子，可是大流散舰队里每一艘飞船都已再三确认过没有在路上遭到污染。放心，天花被带进美洲的历史不会重演。"

保罗还是感到惶惑。"它是怎么组合起来的？怎么……生长的？"赫尔曼抢先保罗一步咨询了数据库，给了他答案。

"'地毯'的边缘会促进其生长。作为聚合物，'地毯'是不规则的、非周期性的——不存在可以简单复制的单一成分。不过有大约两万种基础结构单元，即两万种不同的多聚糖作为其基本构成要素。"保罗看见了：在"地毯"两百微米厚的身体中，运行着许多条交叉连接的长束，每条束都有一个大致正方的横截面，键合在相邻的四个单元的数千个点上。"即使在深海，海洋中也充满了由紫外线产生的自由基，它们是从水面向下渗透的。接触到水的结构单元会将自由基转化成更多的多聚糖——从而构建出另外的结构单元。"

保罗再次瞥了一眼数据库，看一看生长过程模拟。散布在每个单元两侧的催化位点将自由基在适当位置捕获，直至两者间形成新的键。部分单糖在形成时会直接与聚合物融为一体，其他单糖则会在溶液中自由游动一两微秒的时间，然后再被利用。在这个层次，仅需用到较少的化学办法……但是分子进化肯定是从最初偶然形成的几个较小的自我催化片段慢慢发展，直到现在的包含两万种相互间自我复制结构的精密系统。要是这种"结构单元"以独立分子的形式在海洋中随波逐流，它们所构成的"生命形式"将几乎不可见。但是由于它们的键合在了一起，就组成了有两万种颜色的巨幅马赛克画。

这太令人惊讶了。无论埃琳娜此刻在何方,保罗都希望她也在看数据库。群居的藻类会更加"先进"——但是眼前这种意想不到的原始生物极大地展现了生命起源的各种可能性。在它们身上,碳水化合物扮演着丰富的角色:信息载体、酶、能量源和构成物质。放在地球上,只要存在能捕食它们的生物,"地毯"就毫无生存的希望。就算今后出现了智慧的俄耳甫斯人,他们大概率也找不到这种怪异先祖的踪迹。

卡巴脸上带着神秘的微笑。

保罗问:"怎么了?"

"王氏砖。'地毯'是由王氏砖构成的。"

赫尔曼再次去了数据库。"王氏是指王浩[①],一位二十世纪的数学家。砖是指一种可覆盖平面的物体,可属任意形状。王氏砖是一种方形物,边呈各种形状,须与相邻方形物边的形状相匹配。只要每一块都选择正确,就可以使用一组王氏砖覆盖平面。对于地毯来说,就是每一块都长正确。"

卡巴说:"我们应该称其为'王氏地毯',以纪念王浩。两千三百年后,他的数学概念终现生机。"

保罗挺喜欢这个提议,但他还是有疑虑:"要拿到三分之二的多数票可能有困难,这个称呼还是有些晦涩。"

赫尔曼笑道:"要什么多数票?我们想叫王氏地毯,就叫好了。卡齐城邦里有九十二种语言,其中一半都是城邦建立之后才发明的。我们自创一个私下里叫的名字,难道还会被赶出去吗?"

保罗同意,且略有些尴尬。因为他完全没注意到赫尔曼和卡

[①]王浩(1921—1995),一个毕业于西南联大的美籍华裔哲学家、数理逻辑学家。

巴实际上根本没有使用现代罗马语。

三人指示各自的外在自我采用"王氏地毯"的称呼:从今以后,"地毯"一词在他们听来将自动转变成"王氏地毯"一词——但当他们和别人提及时,就会自动转换回去。

#

奥兰多名义上是庆祝探测器发射,但其实就是与肉身难民们的一场聚会。这是一处看不到尽头的洒满阳光的花园景界,摆满了桌子,桌子上尽是美食。邀请函上还礼貌地建议来宾以严格的祖先形态出席。保罗委婉地做了点假——他模拟了大部分生理机能,却以人形木偶的方式操控身躯,避免心智被束缚。

他从一张桌子转到另一张桌子,品尝美食以保持形象,只可惜埃琳娜没能来。席间很少有人谈到"王氏地毯"的生物机理,大部分人只是单纯地在庆祝战胜了反对派遣微型探测器的那帮人,尤其是反对派们即将遭受的羞辱,因为现在已经十分清楚,所谓的"侵入性"观察根本不会造成任何伤害。莉斯尔的担忧是杞人忧天,海洋里没有其他生物,只有大小不同的"王氏地毯"。然而,保罗如今却一反常态地摒弃了偏见,心中一直想提醒这帮自鸣得意的家伙:<u>海洋里什么都有可能存在。或许有陌生的生物,其复杂程度和脆弱程度超乎我们的预期。我们只是运气好,仅此而已。</u>

偶然地,他和奥兰多两人单独相处到了一起。当时,他们正各自逃离开一群素质低下的宾客,行走的路线刚好在草坪上相交。

保罗问:"你觉得地球上的人们听到消息后会是什么反应?"

"这可是首次发现生命,不是吗?不管原不原始,至少在发现第二个外星生态圈之前,能保证他们对大流散计划的兴趣还在。"奥兰多像是在抑制情绪:地球长久以来都在渴望惊天动地的大新闻，而他们的发现实在不够震撼。或许，他已经接受了这一事实吧。"而且化学反应也蛮新奇的，要是它们也是依靠DNA和蛋白质的话，估计地球卡齐城邦里的一半人会无聊死吧。事实上，我们对DNA组合可能性的模拟已经到头了。"

对于他的异端说法，保罗置之一笑。"你觉得大自然要是一点独创性都没有，就会削弱人们对宪章的信心吗？如果那些唯我论的城邦开始变得比宇宙本身都更有创造性的话……"

"正是如此。"

两人继续走着，没有说话。奥兰多停下脚步，转向保罗："我很早就想跟你说了，我的地球自我死了。"

"什么？"

"别大惊小怪的。"

"可……为什么呢？他干吗要死呢？"死因只会是自杀，没有其他原因。

"我不知道。究竟是因为他对大流散投了信任票"——奥兰多选择只有在外星生命存在的情况下才醒来——"还是因为他已经绝望，不相信我们能传回去好消息，因此承受不了等待和害怕失望的煎熬。总之，他没留下原因，只是让他的外在自我发了一条信息，表述他做了这件事。"

保罗很震惊。"什么时候的事？"

"舰队发射后的五十年左右吧。"

"我的地球自我什么都没讲。"

"要讲也该由我讲，轮不到他。"

"我不会这样看的。"

"你显然会的。"

保罗陷入困惑，没再说话。当他此刻站在他所认为的真实的奥兰多面前时，他该如何哀悼那个遥远版本的奥兰多呢？分身的死亡是一种奇特的半死亡状态,很难让人甘心忍受。他的地球自我失去了父亲,他的父亲失去了他的地球自我。而对保罗而言,这到底意味着什么呢?

奥兰多貌似最关心地球卡齐的文化。保罗小心翼翼地说:"赫尔曼告诉我,移民率和自杀率有所上升。不过自从光谱仪发现俄耳甫斯存在水的迹象,以及人们得知存在的不仅仅只是水那么简单后,城邦的士气提振了不少——"

奥兰多径直打断他的话:"没必要给我拣好听的说,我不会像他那样的。"

他俩站在草坪上,面对面。保罗组合了十来种不同的心情与父亲交流,哪种都感觉不对劲。他完全可以让父亲全面获得他此时一切感受的信息——但那样的信息又能传达出什么呢?最后,还是只剩下疑惑和代沟,再无其他。

奥兰多说:"难道我也去自杀——将联盟的命运交到你的手中?你脑子里在想些什么呢?"

说完,他们笑着继续走。

#

卡巴似乎很难集中思绪开口说话。保罗本可以从自己最近最为专注的时刻中提取出一份心智移植段给他,帮助他平静下来,集中精力,但是他确信卡巴不会接受的。他说:"你想从哪里开始讲就从哪里开始吧。听不明白的话我会说的。"

卡巴环视置身其中的这个白色十二面体,不可思议地问:"你就住这儿?"

"有时候。"

"这是你的家景吗?没树?没天空?没家具?"

保罗很想转述赫尔曼讲过的关于拟形人多么天真的笑话,但他忍住了。"想要的话,加上就好了。就跟……放音乐一样。对了,别把话题扯到我的家装品味上去——"

卡巴创建出一把椅子,重重地坐下。

他说:"两千三百年前,王浩证明了一个惊世定理。将一排王氏砖想象成一台图灵机的数据带。"保罗让数据库将相关背景传给他:所谓图灵机是广义计算设备最初的概念形式,一种假想的机器,它沿着一条无限长的一维数据带来回移动,根据指令读取和写入符号。

"只要使用恰当的砖数去形成恰当的模式,铺砖铺到下一行时,就会与图灵机执行完一步计算后的数据带是一样的。再铺到下一行,又与执行完两步计算后的图灵机数据带一样,依此类推。也就是说,任何图灵机,都能对应一组能够完全模仿它的王氏砖。"

保罗友善地点点头。他虽从未听过这类古怪的观点,但也不值得为此大惊小怪,他回应道:"那么'地毯'肯定每秒钟都在执行数十亿次的计算……不过,'地毯'周围的水分子也是一样啊。所有的物理过程都相当于在执行某种运算。"

"话是没错。但对'地毯'来说,它们可不是随机分子运动。"

"那可不一定。"

卡巴笑着,没有说下去。

"什么意思?你发现了规律?两万块多聚糖做的王氏砖恰好组装成一台能够计算出 π 值的图灵机?"

"不是,它们组装成的是一台通用图灵机。只要初始数据给得对,就能计算一切。每一个子块就是一个程序,被输入这台化学计算机中,通过生长发育来执行程序。"

"啊。"保罗一下子有了好奇心——但他很难想象这台假想的图灵机该把读写头放在哪,"你是说,任意两排中只有一块砖会变化,变化的砖就是这台'机器'在'数据带'上留下记号的地方……？"他曾见过马赛克般的"地毯",复杂度惊人,根本没有两排是完全一致的。

卡巴说:"不是的。王浩的最初示例中,工作原理完全就是一台标准的图灵机,以简化其论证……但是'地毯'则更像是携带重叠数据的任意数量的不同计算机,全部并行运行。它们是生物,不是机器——就跟哺乳动物的基因组一样乱七八糟。但事实上,在数学上仍有与基因调控类似的地方:从铺砖规则开始,我在每一层都鉴定出了考夫曼网络[1]。整个系统处在冻结与混乱行为的超适应边缘。"

在数据库的帮助下,保罗理解了他的表述。如同地球生命,"地毯"貌似已经演化至一种既刚性又灵活的状态,以最大限度地利用自然选择。俄耳甫斯成形后不久,想必出现过数千种各异的自催化学网络,不过由于织女星系早期几千年的阵痛期,海洋化学和气候发生了改变,具备对选择压力做出反应的能力者得以幸存,并最终演化出了"地毯"。历经一亿年的相对稳定期后,如今它们的复杂性显得颇为多余,因为既无掠食者,也无竞争者,但这毕竟是它们的遗产。

"所以,如果'地毯'已经演变成通用计算机……无须再对周围环境做出反应……它们要这么大的计算能力做什么?"

卡巴神情严肃道:"你看看就知道了。"

保罗跟着他进入另一个景界,两人飘浮在一张"地毯"的示意图上方,这幅抽象景观一直延伸到遥远的天边,展现出精细的褶皱纹路,十分逼真。至于其他部分则高度风格化,所有的多聚糖构件单元都以一块方形砖的形式展现,砖的四边有四种不同颜

---

[1] 即布尔网络(Boolean Network),一种广泛应用于包括细胞分化、生物进化、神经网络以及基因调控等领域的网络模型,最初由美国复杂系统研究者斯图亚特·阿兰·考夫曼(Stuart Alan Kauffman)于1969年提出。

色。相邻砖的边的颜色是互补的——代表的是真实构件单元之间互补、互锁的形态。

卡巴解释道:"有一组微型探测器成功地对一个子块进行了完整测序,不过具体是哪几条边开启的生命,我们只能大致加以猜测,因为探测器测绘时,它的边也一直在生长。"他不耐烦地做了个手势,将表面所有的沟沟壑壑抹干净,避免产生不必要的干扰。"地毯"的边缘十分毛躁,他们来到一条边界旁,然后卡巴开启了模拟。

在保罗的注视下,马赛克图一直在延伸,完美地遵循着铺砖规则——具体来说就是一套有序的数学过程:自由基和催化位点不会发生偶然的碰撞,新生相邻"砖块"的边界也绝无错配,进而引发双方崩解。一切不过是所有随机运动的高阶结果被萃聚后的呈现。

卡巴领着保罗来到一处高地,可以看见精妙的图案正在编织成形,与漂移在生长边缘的多重周期性交叠,它们时而交汇互动,时而彼此穿透。这些就是一维宇宙中的移动伪吸引子与准稳态波形。"地毯"的第二维度则更像是时间,而非空间,是对边缘历史的永久性记录。

卡巴似乎猜到了他的心思,说:"一维,还不如平面。没有连接性、复杂性。这种系统有什么可看的?简直无聊透顶,对吧?"

他拍拍手,保罗周围的景界便爆炸了。色彩的轨迹划过他的感官,缠绕着他,接着分解成发光的烟雾。

"但你错了。一切都发生在多维频率空间中。我已将边缘通过傅里叶变换转换成了一千多个组件,且所有组件均包含独立的信息。我们处在其中一个的狭窄横截面上,一张十六维的切片——但我调整后,它可以显示主要的组件,细节的最大值。"

保罗在一团没有意义的颜色中旋转，彻底迷失了方向，他根本无法理解周围的环境。"你可是个拟形的机器人，卡巴！还只有十六维？你怎么能做出这种事？"①

卡巴不知在何处，但听声音像是被冒犯到了。"你知道我为什么要来卡齐吗？就是因为我以为你们更容易接受新事物！"

"你这简直就是……"是什么？异端邪说吗？现在异端邪说早就不是罪过了。"你给其他人看过吗？"

"当然没有。能给谁看呢？莉斯尔？赫尔曼？"

"那就好，我的嘴还是靠得住的。"保罗跃回他的十二面体，卡巴跟了过来。"但我该怎么展示呢？真实宇宙只有三个空间维度，再加上时间。卡特－齐默曼的公民都居住在真实宇宙中。由于科祖克理论的错误，一千年里我们一直没能去往群星。严格来说，高维度的思维游戏只适合唯我论者。"他话还没说完，就已经意识到自己听上去有多么自负。

卡巴开口回答，听上去更多是困惑，而不是被冒犯。"这是了解真相的唯一途径，唯一能理解真相的理智之选。难道你不想知道'地毯'的真实模样吗？"

保罗觉得深受诱惑。进入一个一千维频率空间里的一张十六维切片之中？但他这么做的目的是理解一个真实存在的系统——与虚幻的新奇体验有着本质的不同。

而且，他怎么想别人也不知道。

他运行了一个快速自我预测模型。如果他花上一千陶的时间纠结，会有93%的可能让步。但让卡巴白白等那么久好像不太公平。

---

①按照文中三大种族的设定，肉身人和拟形人都是反对并鄙视公民的虚拟化的。因此此处保罗认为卡巴（曾经）身为拟形人，推测出"王氏地毯"是一种类似城邦的能模拟出景界的生物型计算机一事是反本能的。

他说:"把你的心智塑造算法借我用用。我的外在自我不知道从哪里入手。"

将卡巴的心智塑造算法借到手后,保罗振作起来,跃回了卡巴的景界。刚进去的一瞬,景界还与之前一样,是一团毫无意义的模糊景观。

接着,一切突然间变得具象化。

有生物在他们身边游来游去,无数分支出去的细管好似移动的珊瑚,展现出生动的色彩,囊括保罗意识调色板中所有的色调(难不成卡巴想一次性把十六维无法展示的信息一股脑塞进这里吗?)保罗低头看了一眼自己的身体:没有缺失,不过透过周围的全部十三个维度来观察,他的身体变成了一根针。他赶忙看向他处。在调整感测图后,"珊瑚"似乎显得自然多了,在所有方向上占据了一个十六维的空间,其色彩层次中隐约暗示它占据的范围远不止于此。保罗毫不怀疑眼前的是个"活物",它显然比"地毯"本身要有机得多。

卡巴说:"在这个空间中,每个点都编码了方形砖中某种周期性的模式。每个维度代表一个不同的特征尺寸——打一个不恰当的比方,就像是一个波长。每个维度中的位置代表模式的其他属性,与它采用何种瓷砖有关。因此,你所见到的局部系统是由几十亿个模式组成的集群,所有模式在相似波长下都具有大致相似的属性。"

二人离开游泳的珊瑚,进入一群水母般的生物之中:松软的超球体挥舞着纤细的卷须(每一只都比保罗坚固得多)。这些如宝石般的小小生物从两人之间飞驰而过。保罗这才留意到,此处物体的移动完全不像固态物体在正常空间中的移动:运动好像要在领头的超球体表面处发生闪光的变形,是一种可见的拆卸与重建的过程。

卡巴领着保罗穿越这片神秘之海。有螺旋状的蠕虫，成群盘绕在一起，数量无法确定——每个单独的个体都会分裂成十来条或更多条扭动的条状物，接着再次重新组合起来……不过构成部位不一定次次相同。还有五颜六色的无茎花朵，让人目不暇接，错综复杂的十五维花瓣呈超锥体形态，"细如蛛丝"——每一片都是充满空隙和微管的分形迷宫，让人昏昏欲睡。还有长爪子的怪物，扭动着身体上尖锐的昆虫部分，活像是被砍了头的蝎子在发狂。

保罗有些不确定地说："你完全可以只用三个维度就能让大家一睹这些场景呀。足够让人们清楚……这里存在<u>生命</u>。不过，这一消息定会让人们大惊失色。"生命——嵌入在"王氏地毯"的偶然计算之中，永远无法与外面的世界发生任何关联。这是对卡特-齐默曼城邦准则的亵渎：如果自然演化出一种"有机体"，且该有机体与真实世界剥离的程度与最不愿睁眼看现实的城邦居民相比，二者不相上下，那么真实的宇宙究竟有什么特殊的？真实与虚幻之间的边界到底在哪里？而且，地球上的人们已经等待了三百年，希望听到大流散舰队传来的好消息，他们届时又将作何反应？

卡巴说："再跟我来看一样东西吧。"

卡巴根据这些生物的外形将它们命名为"章鱼"。"章鱼"用触须戳对方——看上去是一种以满足肉欲为目的的行为。卡巴解释说："这个世界里没有光这一概念，我们之所以能看见它们，依据的是其他特定规则，与该世界的物理规则无关。这个世界里的所有生物只通过接触来彼此获取信息——实际上以接触形式能交换相当丰富的数据，毕竟有这么多的维度。现在你见到的就是它们相互间在触摸以进行交流。"

"交流些什么？"

"我估计就是传闲话吧。社交活动。"

保罗盯着那一大团触手。

"你觉得它们<u>有意识吗</u>？"

点状的卡巴咧嘴大笑："它们有一个中央控制结构，其连通性比公民的大脑更高，因为它会将皮肤收集到的数据进行关联。我已经测绘了该控制结构，并在分析它的功能。"

他带领保罗进入另一个景界，这里呈现的是其中一条章鱼"大脑"中的数据结构。谢天谢地，这个结构是三维的，而且高度风格化，半透明的色块代表的是心理符号，通过粗线连接起来，表明相互间的主要关联。保罗曾在公民心智中见过类似的图形：眼前的结构要简洁许多，但依旧眼熟得很。

卡巴说："这便是'章鱼'周围的感测图，四处都是其他同伴的身体，以及一些较小生物的最后已知位置的模糊数据。不过，可以看到其他'章鱼'的真实存在所激活的符号是与这些表现相连接的，"——他用手指指向其连接的另一头——"它们是<u>整个结构的缩影</u>。"

所谓"整个结构"，实际是一系列集合，带有各式格式塔标签，这些标签用于记忆检索、简单的向性运动和短期目标。简单而言，就是活着，以及活下去。

"这条'章鱼'在测绘，不光测绘了同伴的身体，还有它们的思维。先不论对错，它肯定是想弄明白同伴在想些什么，而且，"——卡巴指向另一组连接，该连接导向另一个没那么粗糙的章鱼意识缩影——"它还在思考自己的想法。我觉得这表示它<u>是有意识的</u>，你觉得呢？"

保罗语气显得无力："你一直都瞒着我们？都到这一步了，你竟然一个字都没走漏出去——？"

卡巴内疚地说道："我知道，这很自私，可当我解码出铺砖规则的相互作用之后，就陷进去了，根本腾不出时间跟别人解释。而且，我之所以第一个找到你，是因为我想听听你的意见，怎样做才是爆出这条新闻最佳的方式。"

保罗苦涩地笑了笑。"怎样做才能最好地爆出这条新闻？<u>首次发现的有意识的外星生命，竟然隐藏在某种生物构成的计算机当中？我们的发现恰巧与整个大流散计划的目的背道而驰？</u>哪有什么最好的方式去跟卡特-齐默曼的公民们解释：耗费三百年的旅程，最后发现他们还不如留在地球，继续活在虚拟世界，尽可能降低与真实世界的相似度？"

面对保罗情绪的爆发，卡巴倒是以幽默应之："其实我认为最好的方式，应该是指明：要不是因为我们来到了俄耳甫斯，研究了'王氏地毯'，就不可能有机会对阿什顿-拉瓦尔的唯我主义者说：'你们费尽心思虚拟出的各类生物和异想天开的宇宙，与真实宇宙中所存在的东西相比，还不是相形见绌？而后者的发现只有卡特-齐默曼的大流散舰队才能做到。'"

#

保罗和埃琳娜一起站在皮纳图博卫星的边缘，在他们的视线中，一台侦察机将激微波对准太空中一个遥远的点。激微波光束穿过织女星富含铁元素的光晕，保罗感觉自己见到了微弱的微波辐射。<u>埃琳娜的心智也被衍射到了宇宙的各个角落了吧？</u>还是少想为妙。

他说："当你遇见那些从未见过俄耳甫斯的版本的我时，希望你能给他们一份心智移植段，这样他们就不会嫉妒了。"

她皱起眉头。"唉，我都不知道该不该答应你——你该在我复制自己前就提出来。不过，你的分身也没有嫉妒的必要。还有很多星球，怪异程度有过之而无不及。"

"我不太信，你真的信吗？"

"要是不信我就不会这么干了。"对于之前自我复制出的、此时处于冻结状态的分身,埃琳娜没有处置她们命运的权力。不过所有人都有权选择移民。

保罗握住她的手。光束几乎对准了轩辕十四,后者迸射出滚烫的紫外线和明亮的光线,保罗移开了视线,另一颗太阳的冷黄色光线映入他的眼帘。

到目前为止,织女星系的卡齐对于章鱼的最新消息的反应出奇地好。卡巴的表述方式起到了一定程度的缓冲作用:如果不是在真实的宇宙中走过了这么远的距离,哪能收获这一发现——就连最固守教条的公民也表现得很务实,着实让人意想不到。舰队启程前,人们所能预料到的最令人不悦的结果,无非就是发现"外星人也是唯我论者",这也是大流散舰队所能预想到的最坏的情况——而此刻,当噩梦已成为现实,人们反倒试图寻找更好的心态来看待它。奥兰多甚至宣称:"这对于边缘城邦而言,是一个完美的饵钩。'踏过真实的太空旅程,见证如假包换的外星球上的虚拟现实'——把俄耳甫斯的发现包装成两种世界观的完美结合。"

然而,保罗仍然为地球担心,他的地球自我和其他人都在等待着某种希望,能给他们带去指引。他们会不会因为"王氏地毯"一事而心怀芥蒂,从此便退回封闭的虚拟世界,不再理会外界的现实?——只要把自己埋得够深,就能逃过蝎虎座 G-1 号之灾,以及任何灾难。

他哀怨地说道:"埃琳娜,外星人在哪里?能和我们面对面的,能和我们交谈的,能让我们向其学习的外星人在哪里?"

"我不知道。"她突然笑了。

"怎么了?"

"我只是忽然想到,或许'章鱼'们也在问自己同样的问题。"

第五部分

亚蒂玛说:"他们亲眼见过斯威夫特星,不过他们定会对自己当初走后发生的变化感到瞠目结舌。"

保罗苦笑着补充:"他们也会惊讶于我们花了那么久才看清到底有哪些干扰。"

"没有人是完美的,"说着,亚蒂玛有些犹豫,"相较于你,我更多参与的是技术方面的事,不过我还是需要你帮忙才能把整件事拼凑完整。"

"为什么?"保罗绕着自己拿着的那根横梁晃来晃去,有些焦躁。

"我们要不要告诉他们发生在庞加莱上的事?"

"那当然。"

"那就得跟他们再多讲讲奥兰多的故事。"

第十二章　重同位素

星际空间，卡特－齐默曼城邦
联盟标准时 85 274 532 121 904
协调世界时 4936 年 7 月 4 日 1:15:19.058

这是九个世纪以来奥兰多·维内蒂第十二次苏醒，他现在头脑清醒，满怀希望，期待这艘前往伏尔泰星系的卡齐飞船已经抵达目的地。之前的一系列苏醒指令都是城邦其他克隆船发来的公告所触发的，但这次，他在前一次冬眠前已确信不会再有其他船先于他们抵达目的地了。总算轮到伏尔泰上场了，自从俄耳甫斯之后，又陆续发现了许多让人扫兴的贫瘠世界，不过，就算伏尔泰最终只是给无聊的名单添上一笔，那也不错。

他翻了个身，看了看床头的钟，钟的发光符号隐没在小屋的黑暗中。离抵达还有十七年，看来是另一艘卡齐飞船的某人有了迟来的发现，而且足够重要，因此才会让他的外在自我将他唤醒。奥兰多有一种被骗的感觉：其他城邦飞船相距光年之外，有着几十年时差，无论他们带来了怎样的揭示，他也早已失去了兴致。

他躺着骂了两句，接着某个梦境的记忆开始浮现：梦中，利安娜、保罗和他在亚特兰大的房子里吵架，两个人都想说服他，告诉他保罗就是他的儿子。利安娜甚至给他展示了保罗出生的图片。奥兰多想要跟他们解释心理发生这件事,保罗却冷笑道:"你去试管里试试呗!"奥兰多这才意识到情势紧迫:他得赶紧和他们说蝎虎座G-1号的事情,尽管在他想象中保罗一定能安然无恙地逃离,但他此时又觉得那是痴人说梦,因为保罗也是肉身人。拟形人只会在废墟里搜寻到三具烧焦的尸体。

奥兰多闭上眼,等待疼痛消退。他告诉过保罗,他一路上都会保持冻结,一动不动。但他未曾向别人坦白,其实他选择了做梦。鉴于北落师门事件,这是一个明智的决定。沉睡中的分身将会正式变成一个单独的个体:虽然不具备不同的感知输入,但具身软件中的随机噪声证实了这点。不过,奥兰多并不认为那是一种死亡,就连处于清醒中的地球自我选择自杀这件事,都算不上死亡。一直以来,他都想在大流散计划接近尾声时与所有愿意的分身合并,所以哪怕在途中失去一两个人,也无非相当于在一千个日子当中失去其中一两天的记忆罢了。

他离开小屋,赤脚走过凉爽的草地,来到这座飞行岛的边缘。景界里的夜暗如地球上无月的夜晚,不过还好路面平坦,他也熟知方向。他总算不用再受排便问题的困扰,对此他很开心,但他还是不愿放弃清空膀胱的乐趣,正如他不愿放弃性交的能力一样。由于两种行为都已不再属于生理需求,因此随时随地都能进行,但也正因如此,它们变得越来越像其他无意义的快感,比如音乐。既然贝多芬的作品会被保留,凭什么不保留排尿呢?他将尿流操控成利萨茹曲线①的形状,看着它消失在突出的岩尖底下那片星空般的夜空中。

他只给保罗强加了一点点他自己的本性——作为一名优秀的搭桥人,只要确保两人能够相互理解就足矣——他也很高兴能

---

①数学概念,指两个沿着互相垂直方向的正弦振动的合成轨迹。

看到后代们接受软件带来的所有可能性。但是，如果想尝试重新设计他自己，让他本人也变成软件那样，无异于自残。正因为如此，他才选择以古老的方式做梦：梦让人不解，难以置信，又无法操控，而不是清醒的、细节满满的、梦想成真的幻想，抑或被同化者的治疗性心理梦境。他的梦永远无法让利安娜回到他身边，梦也不会引导他接受她的逝去。他的梦没有启示，没有含义，更不会改变什么。但要切除或扭曲他的梦境，就如同是在拿刀切他的肉一般。

伏尔泰低垂在空中，所处方向在奥兰多看来应该是东方。从目前的距离看去，它只是一个暗淡的小红点，亮度和从地球上看水星相差无几，是一颗古老的K5恒星，亮度只有太阳的六分之一。该恒星系里有五颗类地行星，五颗大小更接近海王星，而非木星的气体巨星，上述事实早在大流散舰队出发前就已经通过观察或推测得知，不过内行星的个体光谱仍然能避开地球上庞大的观测仪器，以及城邦飞船上的简陋设备。

"你那里到底有什么？避难所吗？"他凝视着那颗星星，问道。不太可能，恐怕也只是一些贫瘠的行星，一些让人们再次感叹"生命何其脆弱，孕育生命与扼杀生命的力量都足够冷漠"的课题罢了。

奥兰多回到小屋，决定不理会唤醒指令，继续冬眠。因为要么就是坏消息，比如又一起北落师门惨剧，甚至更惨；要么就是发现了特别细微的生命存在的证据，继而不得不耗费一两个世纪的时间来探索揭秘。或许在绕飞马座51公转的气体巨星中，有某颗的卫星上存在未知的岩石裂缝，缝中找得到一些微生物的化石。若能找到第三方生态圈存在的证据，其意义当然非同小可，但在真正的曙光来临前，奥兰多不愿再去理会遥远星球上的细枝末节。

话又说回来，或许俄耳甫斯上那些飘浮在多重世界中的"章鱼"，早就已经洞察了它们世界的本质。奥兰多疲倦地笑了，他很嫉妒，但他也上钩了：他对"章鱼"文化发展的期待就足以戳穿他假装出来的漠不关心。

他拍拍手，小屋随之亮起。他坐到床上，对着墙壁屏幕说道："汇报。"文字出现了，总结了外在自我唤醒他的原因。奥兰多讨厌能还嘴的非感知软件。

虽然是本地消息，但消息是由一连串事件引发的，源头是地球。原来，地球卡齐城邦中有人设计了微型光谱仪的改进方案，可以使用纳米件直接优化现有的城邦飞船上所配备的型号。于是，本地的天文软件承担了这份工作。而得益于最新的仪器，人们确定了伏尔泰星系里十颗行星的大气化学成分。

第一件出乎人们意料的事是其最内层的行星斯威夫特上的大气与预想的很不一样：其成分大部分是二氧化碳和氮气，总气压是地球的五分之一，但也有显著的硫化氢和水蒸气的痕迹。斯威夫特的重力为地球的60%，地表平均温度是70℃，且行星上几乎所有的水分都自形成后的一百二十亿年里丢失了——被紫外线分解成氢气和氧气，然后氢气逃逸进太空。

第二件出乎人们意料的事是硫化氢好像与其他大气成分处于热力学不平衡状态。要么，硫化氢是从行星内部排出，但这种可能性不高，毕竟星球已成形一百二十亿年了；要么是在伏尔泰阳光催化下出现的某种非平衡化学反应产生的副产品，甚至很可能存在生命。

但真正让奥兰多起鸡皮疙瘩的是第三件出乎人们意料的事，它彻底打破了将斯威夫特想象成沸腾湖泊里充满恶臭细菌的单调画面：根据光谱分析，斯威夫特大气层分子中没有氢气，没有碳12，没有氮14，没有氧16，没有硫32。上述分子在伏尔泰星系其他九颗行星中都具有正常比例，唯独在斯威夫特上找不着这些宇宙中最为丰富的同位素的踪影。在斯威夫特上，只有氘、碳 13、氮 15、氧 18 和硫 34：都是各自元素中最重的稳定同位素。

这就解释了为什么大气里仍存有水蒸气：这些较重的分子会更贴近表面，当它们分裂时，氘会更可能留下来重新组合。可即便较轻的同位素会优先丢失，也无法解释大气成分中这种玄而又玄的失衡：自斯威夫特形成以来，大气层中的氘含量是正常含量的成百上千倍。

软件对于这一现象背后的含义不置可否，但奥兰多没有怀疑。有人转换了元素，故意将星球大气层压低，以尽可能长地保存大气。

第十三章　斯威夫特星

斯威夫特星轨道，卡特－齐默曼城邦
联盟标准时 85 801 536 954 849
协调世界时 4953 年 3 月 16 日 15:29:12.003

亚蒂玛在奥兰多身边，两人各自骑着一台探测器。探测器呈流线型，形似带鳍的汽车，约三德尔塔长，悬浮在斯威夫特平坦的红色沙漠上方。真实的探测器其实是球形的，约半毫米宽，由伏尔泰的光能驱动，基本靠风吹起，不过有时候也会通过旋转产生升力，且探测器里有一个喷涂有分子纤毛的网络，可以通过喷出大气气体向前运动。虽然探测器装配了精密的驾驶软件，但是转动车辆的方向盘并不总能达到理想的转向效果。

"绿洲！"

奥兰多四处张望："在哪里？"

"在你左边。"亚蒂玛没有转身，免得绊倒奥兰多。当然，探测器其实不会撞到，就算撞到也没事，自从佗从小西移民到卡齐后，佗做的第一件事就是给自己的导航仪设置了强大的防碰撞机制——在卡特－齐默曼，如果同一景界里有人想要把你挤开，他们可不会轻易善罢甘休。

奥兰多调转车头，两人向着绿洲驶去。这是一个几米宽（约几十千德）的水潭，被一张聚合膜罩住。水的表面张力将膜拉伸成一面凸面镜的模样，反射出淡红色的天空，看上去似乎离地面仅有几厘米远。由于斯威夫特的大气稀薄，纯水在60℃上下就会沸腾，所以雨水只会下在背阳的半球，不过当一小片孢子田上的水流达到一定量后，干燥的微生态就会恢复生机，并努力在水中求生。膜能限制蒸发，其他化学物质混合在一起后将沸点提高了10℃。但到了中午之后（这里一天时长达五百零七小时），花费整晚时间形成的绿洲就只剩下了一小部分。不过，对于斯威夫特上的生物来说，被蒸干也不算什么大事——就和地球上绝大多数的原始生物被冻住一样。

凑近后，他们可以透过部分反光的膜表面看见下方那个绚丽多姿的世界。宽大的螺旋状肉食性杂草闪耀着金色和蓝绿色的光泽：一群小虫避开一堆有着浓郁深红色的有毒叶片，接着又避开另一堆天蓝色（像极了蝎虎座G-1号事件前的地球）的毒叶。斯威夫特上的所有生物都会大量使用硫参与化学反应：虽然它们的主要成分是碳，但早期似乎发生了什么事件，导致硫成为身体结构中的重要部分，其副作用之一就是会显现出丰富的色彩。

"也许从一开始就设计好了。"亚蒂玛陷入沉思，"为了装饰。也许最初的斯威夫特荒无人烟，也没有空气，然后有人来了，就一个分子一个分子地建造了这套生态系统。用了很多重同位素，想让生态维持得更久一些。就跟人们会雕刻金子以避免腐蚀一样。"

"错。不管换质者身在何处，这里肯定是他们的原生生态圈，"奥兰多看上去对此深信不疑，觉得其他描述太过浅薄，不值一提，"他们其实可以慢慢将那些同位素替换掉，用数千年的时间释放进现有的大气层中。但他们既没有用保护罩将家园罩住，也没有改变轨道，或是改造恒星，这是一种尊重。他们在尽可能低的层面上进行了改造，隐藏在生化过程之下。"

"也许吧。不过，纯重水对大多数地球生命来说是有毒的——所以说，如果这里有比换质者出现得早的本地生命，它们大概得重新调整自己的生化结构，让这些重同位素变成美味佳肴吧。"

亚蒂玛指引自己的车飞过水潭。身长几毫米的鲜绿色鳗鱼在水中起伏，速度远超探测器。一只长着十二条腿的红黄相间的蜘蛛倒立行走在膜上，将嵌在膜上的扁平蛞蝓挑出来。亚蒂玛对这些猎物没什么同情心：因为蛞蝓吃聚合膜的时候比谁都开心，而这张保护众生的膜是其他所有物种费尽心血合成的。当然，它们不过只是一个生态位罢了，这里所有的生物做的任何事情都是无意识的。

"如果他们真的关心自己母星上的生物学亲戚，就不应该放任蝎虎座 G−1 号的袭击。目前看不到任何内置保护措施可以阻挡伽马射线的爆发。"

奥兰多毫无触动。"也许对于他们来说，开展保护作用的防御措施等同于犯戒。而且他们也肯定确认过，就算遭遇大规模灭绝，生态圈也能从中恢复。"

斯威夫特上的化石很少，因此很难判断蝎虎座爆发对本地生命所造成影响的程度。模型显示，大多数现有物种对于灾变的应对较好，当然这很理所应当，毕竟它们已经幸存下来了，它们不是蝎虎座 G−1 号事件前的代表性样本。物种的可遗传材料会在连续几代中分别在五种不同的分子编码方案中循环往复：有些物种使用的是"纯粹"的方案，比如一代全用甲，二代全用乙，接着是丙、丁、戊；而其他物种则会将五种方案混合，全放在一代里。部分生物学家表示，已经测定出蝎虎座 G−1 号之灾导致的基因瓶颈，但是亚蒂玛并不买账，佗认为没有人对斯威夫特的生化结构了解得足够透彻，对于正常的多样性水平说不出个所以然。

"那他们现在去哪里了？也被一场大迁入吞噬了，还是启动了大流散计划走了？如果你能读取他们意识中关于其他部分的信息的话，要回答这个问题根本就不难。"

奥兰多摆出一副心高气傲的姿态："如果我觉得自己在浪费时间，还会来这里吗？"他的语气中充满嘲讽，不过亚蒂玛并不认为他完全是在说笑。

他们从轨道上搜查行星表面，寻找城市、废墟或是大规模异常、被埋建筑等迹象。但什么也没有发现：换质者的文明如此先进，竟然将他们的城邦缩小隐藏到一点蛛丝马迹都不留的地步。还有一个可能性不高的猜测：既然换质者愿意插手斯威夫特上有机生命体的命运，或许他们会时不时在绿洲现身。亚蒂玛对此的态度并不乐观，倘若换质者真的还留在母星，那里有了造访者，可他们却选择不与之接触。若他们不愿显露真身，就更不会派出巨大而笨拙的毫米级宽的无人机进入水潭之中了。

亚蒂玛看见一只罕见的半透明生物从探测器下方游过，它的躯体是中空的，通过收缩挤压出一股水流推动自己向前。佗曾认为自己已经做好准备，扎实研究一个类似这样的世界，哪怕这个外星生态圈再简单朴素，佗也会耐心地协助生物学家们总结出生物进化的理论。这个星球上没有让人叹为观止的身体结构或生命周期，所有的进食与繁殖规律都是地球上就有的。但是，从分子层面而言，一切却又天差地别，犹如一个巨大的迷宫，需要将所有从未见过的生化过程测绘出来。然而，换质者却又转移了视线，他们的消失之谜（或者说他们完美的伪装）彻底吸引了所有人的注意力，以至于生态圈盘根错节的机制反而成为一条冗长的注脚，成为一张迷人的空白页下的点缀。

亚蒂玛转向奥兰多，说："我倒觉得他们没有躲起来。他们改造大气光谱的行为无异于对全宇宙大声宣布'各位快来，这里有文明！'，这有半点害羞的样子吗？的确，我们是来了之后才发现的，但从几千光年外发现这点也不需要多高明的技术。"

奥兰多没有接话，只是一直盯着水潭，继续观察一群深红色的幼虫蜕皮，然后吃掉彼此脱下的皮。亚蒂玛明白和换质者建立联系有着怎样的利害关系。等到大流散计划圆满结束，奥兰多散布各地的克隆体重聚一堂，那时地球也已恢复宜居状态——可是，只要蝎虎座 G-1 号爆发的原因一天得不到解释，奥兰多就一天不得安宁。各种各样的联盟理论都存在疑点，就和最开始人们所认为的一样，觉得蝎虎座 G-1 号的中子双星还要七百万年才会相撞。但是，如果说换质者手握百万年时间尺度上的银河系动力学的第一手知识，并愿意大发慈悲，为了避免他们的远亲遭遇灭顶之灾而一个原子接一个原子地转变了本星球的大气层，那么他们肯定也不会对来自地球的婴儿文明吝啬，自会分享一点关于如何维持长期生存的信息与建议。

"好吧。"奥兰多抬起头，"也许他们确实就是想把大气光谱当作一个信号灯，这就是他们的全部目的。保存大气的方式有上千种，可他们偏偏选中了这种会让别人注意到的方式。"

"你是说，他们在使尽浑身解数吸引注意？为什么呢？"

"让别人来。"

"那他们怎么还这么不愿与别人打交道，还是说他们等着要伏击我们？"

"别搞笑了。"奥兰多看着佗，"不过，你是对的：他们没有躲着我们，不然也太荒唐了。他们肯定走了，不过必然留了一些东西。想让我们看到的东西。"

亚蒂玛指了指绿洲。

奥兰多笑了："难道他们留下的就是一个园林池塘吗？邀请

全银河系的人来这里参观膜拜?"

"现在看上去确实平平无奇,"亚蒂玛承认,"但里面可全都是氘和氧18呀,干涸过程却还是很慢。如果是六十亿年前,这里的场景想必壮观极了。"

奥兰多没有表示信服:"没准我们对生态圈的看法都是错的。也许换质者离开时这里连生命都没有,而是后来演化出来的。换质者的目的是让斯威夫特足够显眼,只要外部文明拥有正常的光谱仪器,再加点灵光闪现,就能洞察它的存在,而这一过程的副作用之一,就是让水蒸气留存了下来。"

"况且,我们还没有尽全力搜寻心中的目标。既然线索藏得不深,找到遗迹就不应太难。要么是遗迹早已化成了灰;要么,就只剩下眼前的这些边角余料了。"

奥兰多沉默了片刻,愤懑地说:"既然如此,就应该让作为信号灯的大气层一同化成灰。"

选择拥有合适半衰期的同位素是一项巨大的技术难题,不过亚蒂玛没有向他指出这点。佗说:"没准他们拜访了其他星球,留下了更加持久的遗迹。下一艘抵达的卡齐飞船或许就能发现什么文物……"佗走了神,声音减弱。另一个可能性开始在佗的意识边缘徘徊,可等了几陶,这个想法就是无法变清晰。于是,亚蒂玛将自己的图标连同佗的线性输入通道留在这个斯威夫特的景界中,以免奥兰多开口说话。接着,佗将自己的格式塔观点转移到了自己的一张思维图上。

景界描绘出一个巨大的三维网络,由相互连接的类神经元结构构成,但这些结构本质上是符号,而非底层神经网络中处理单个数据脉冲的连接点。每个符号的发光强度与网络主导者(即亚蒂玛意识中的当前专注对象)对其的强化程度成正比。简单的线性级联很快被测试,随即被抑制——若非如此,亚蒂玛的心智将陷入冷热干湿般平庸的正反馈循环而彻底瘫痪。不过，新的符号组合一直在被激发，如果它们能和当前活动产生足够强烈的共鸣，两者的联结就能得到强化，甚至上升到意识的高度。思维其实和生化过程很像：每时每刻，都有数以百万计的随机碰撞在发生，但唯有形成能与现有模板稳固结合的特定形态产物，才能推动进程朝着连贯方向发展。

思维图在慢速回放：亚蒂玛观察的并非查看图谱行为所引发的实时神经激发，而是某种尚未完全成形的顽固感知背后的激发模式。通过绘图软件进行色彩编码后，相关符号联结虽可能尚未完全进入可自我维持活动的临界态，却仍能被轻易辨识。此刻被激发的符号涉及同位素、持久性、显性……以及中子。

亚蒂玛一时不知所措，接着佗突然懂了连接所代表的意义，灵感再次涌现，佗完全弄懂了之前自己错在哪里。如果说斯威夫特大气层中的那些稳定的重同位素存在的目的是将人们的注意力吸引到其他更持久的物体上去，还有什么物体能比原子本身更持久呢？他们原以为换质者借同位素传达的信息是"搜寻这颗星球吧，我们留下了数据库，里面全是得来不易的知识……不过有可能数据库已经变成灰了，"又或者"瞧瞧我们创造的生命吧……不过有可能它们已经灭绝了。"

相反，同位素携带的信息其实是："好好研究一下这些同位素吧。"

这时，奥兰多喊道："你这个笨蛋！你在干吗？"

亚蒂玛跳回斯威夫特的景界，佗的车半浸入了绿洲中——显然，要么是探测器本身，要么是喷射气流把膜戳破了。车从里面浮上来，暴露出的水喷发而出，形成几十个一德尔塔宽的水泡，随后爆炸成迅速消散掉的蒸汽。虽然膜表面沸腾了，但是被撕裂的边缘让黏稠的卷须状物飞起盖住裂缝，有些须碰到一起后相互融合，像是一块松垮垮的纱布，纵横交错地将伤口盖住，为后续再聚合做准备。可是，这个洞实在太大了，喷涌的蒸汽和翻腾的水一次次将脆弱的棚架打碎。膜裂得更大了，撕裂的趋势已无法阻挡。

奥兰多站在自己车的座位上，一边大喊一边打着手势："白痴！你把它们全弄死了！你这个死白痴！"亚蒂玛犹豫了片刻，用小西城邦的方式直接跳到车上，然后一把抓住奥兰多的肩膀。

"没事的，奥兰多！它们能活下去的！它们早就适应了！"奥兰多一把将佗推开，挥舞双臂，发出悲天悯人的怒吼。亚蒂玛没有再去碰他，但佗的双眼仍盯着他，不断冷静地重复道："它们能活下去的。"其实这句话不完全对，只有三分之一的个体生物能熬过沸腾和补水阶段。

佗低头看了一眼，整片绿洲如今已成为一片泥泞，黏糊糊的残余上沾着几个充满蒸汽的气泡，外面包裹着聚合物，朝着破裂点慢慢扩张。斯威夫特生命特有的绚丽色彩全部糅合成棕黄色，闪着淡淡的虹光，完全无法认出任何的身体轮廓。运作中的有机体原本清晰的几何形状被挤压成紧紧贴合的二维平面，和化学标记物混在一起，不过过程并非总是可逆的，编码也并不是完全明确无误。即便在干涸过程中被困住的不同物种，有时候也会以相互融合共享遗传信息的方式重新补水，互相吸收孢子作为其重建躯体的组织。

"你刚才干吗去了？"奥兰多的脸上显露出恐惧与轻蔑的神色，"这些都是活生生存在的生命呀，你连它们都照看不好！"

"肯定是突然刮了下行的风。可以的话，自动驾驶仪其实是可以保持探测器不触碰到水的。"

"你一开始就不该停在那么低的位置！"

两人以同一高度飞行。亚蒂玛说："很遗憾发生这种事，显然探测器的安全系数还不够。但是，风里的沙子也能把膜轻易刺破呀，然后仅在蒸汽压力的作用下，膜就会破裂开，你很清楚。"

奥兰多腾腾的怒火熄灭了。他转过身，用手臂捂住脸。亚蒂玛静静等着：很早之前佗就知道这种情况下自己没什么能做的。

过了一会儿，佗说："我知道换质者想给我们看什么了。"

"真的假的？"

"要生成氘的话，要给氢添加什么？要生成碳13的话，要给碳12添加什么？"

奥兰多转身看向佗，擦拭着脸上看不见的泪水。只要奥兰多愿意，他的公共图标既可以遮盖也能展现他具体化的个人感受，但他一直没能学会灵活使用这两种手段。随着他的怒火渐渐散去，现在的他看上去特别脆弱，像是如果再遭受一次打击，随时都会当场崩溃或倒下。

亚蒂玛轻声说："远在天边，近在眼前。"

"中子吗？"

"是的。"

"中子怎么了？里面有什么？我们跋涉八十二光年的意义在哪里？"

"中子即虫洞，"亚蒂玛举起双手，创建出一个标准的科祖克图形，一端分支成三条，"如果死去的布兰卡分身没猜错的话，换质者拥有足够的自由度来给斯威夫特上的中子加点料。"

第十四章　嵌入[①]

斯威夫特星轨道，卡特－齐默曼城邦
联盟标准时 85 801 737 882 747
协调世界时 4953 年 3 月 18 日 23:17:59.901

亚蒂玛准备和奥兰多在一个叫"小人国基地"的景界中见面，这个基地位于赤道上的一处高原，距离绿洲形成的温带低地很远，是一个高二十米的圆顶，里面放满了科学仪器。圆顶和里面的物资都是使用传统纳米机器建造的，如果要就地取用原材料，还需使用非常复杂的技术才行。曾经的"太空狗仔"飞马在抵达飞马座 51 后更换了眼界程序，以报复性的心态投入核物理学研究中，并成功打造出了第一批飞米机器，此时距离卡齐抵达伏尔泰系还有一个世纪的时间。通过使用松散附着的中子晕核，他以类似普通原子电子云的方式制造出了比带电子键的分子小五个数量级的"分子"，然后让飞米机器向／从单个原子核逐个运送运出中子和光子，并维持必要的结合能增量用于自身结构的变形。事实证明，这项发明对于斯威夫特而言堪称无价之宝：部分实验中，不仅需要五种被转换元素中普通的轻同位素，还需用到其他元素，而这些元素的各种形式在斯威夫特表面都极

[①] 见《术语表》第 9 条"嵌入"。

为罕见。

他们等了两天才等来一块场地。亚蒂玛进入景界，上一个实验是在检测远古矿物颗粒中的氧16痕迹，此时设备正撤回至搭建材料的储池中。场地比例尺是一厘米比一德尔塔，大小为一平方米，乍一看面积很大，能想到的实验应该都能在这里操作，但事实上这里颇为局促。亚蒂玛在数据库中找到的中子相移分析仪设计图，依旧出自雷娜塔·科祖克的前学生迈克尔·辛克莱之手。当初，布兰卡扩展科祖克理论后，将消息传回地球，可大多数物理学家对此不以为然，将佗的模型视作形而上学的谬论，唯有辛克莱认真研读，并希望设计一种实验以证实锻造器的可穿越虫洞出现的距离问题，而不仅仅局限于对它的解释。

奥兰多现身了。景界软件似乎不知道该如何处理他的呼吸行为：小人国的圆顶一直保持在高度真空态，随着他呼出气体的扩散和冷却，一团微弱的冰晶云出现，掉落在他面前，但很快有子系统改变了主意，只要污染物一离开奥兰多的嘴，就立刻变戏法似的抹去其存在。

搭起格架后，场地里的纳米机器开始制作分析仪：先从储池中抽取出一条条钡、铜和镱线，接着纺织成细密的灰色超导线圈，用作磁分束器——这个名字其实不太恰当，因为所谓"束"，其实只是一个单独的中子。奥兰多对机器的手艺存疑："你当真认为换质者会指望我们进行这么难以察觉的实验吗？"

亚蒂玛耸耸肩道："难以察觉？氘和氢之间的光谱变化不也只有万分之几吗，我们不也发现了吗？"

奥兰多干巴巴地说："氘的丰度达到六千倍才算不难察觉，水蒸气额外增加20%才叫不难察觉。虽然你将这些分子切分成两个量子态，将其中一个旋转超过720度，再将二者重新结合去检查其相对相位，可在这之前它们的运动和中子有什么区别？我说的难以察觉就是这个意思。"

"也许吧。可是换质者也没有什么余地了：总不能让中子再变重20%吧？所以他们只能将中子包裹进其他能更引人留意的层级中。斯威夫特的特殊之处在哪里呢？大气层中的重同位素。为什么同位素特殊呢？因为里面有额外的中子。这些中子的特殊之处在哪里呢？因为如果想改动中子，同时又要避免它转变成另外一种物质，那么能够改动的地方就只有一处——虫洞的长度。"

奥兰多似乎要反驳，但随即举起双手，摆出投降的手势。争论毫无必要：无论对错，很快就要有答案了。

在布兰卡对科祖克理论的扩展中，与传统版本一样，大多数基本粒子虫洞又短又窄：两个口，两个粒子，共享同一个微观六维球面。对于真空中被创造的虫洞来说，这是最可能的状态，而且与可穿越虫洞不同，前者在形成后无法自由地调整长度。至于较长虫洞不存在的原因，还没有理论上的解释：短虫洞链首尾相接，形成一长串相互连接的微观球面，环绕起来进入额外的六个宏观维度当中。创建完成后，球面就会稳定，因此只需了解起初是如何创建的即可。普通的拼接法是通过强行碰撞让两个微观球面接合成为一个。

辛克莱已经测试了数万亿个电子、质子和中子，却仍无长虫洞的踪影，但这并不能证明长虫洞不存在，只是天然状态下很稀有而已。如果说换质者希望留下一个经得起时间考验的科学遗产的话，亚蒂玛觉得没有更好的选择。长中子或许能回答一个基本问题，一个婴儿文明可能要花费几千年才能解决的问题。行星上稳定的同位素锁住了长中子，行星所围绕的恒星燃烧缓慢，因此有长三百亿到四百亿年的时间供人发现。甚至，他们也许还借此厘清了一个与长中子另一头相关的问题，也是连通整个银河系的秘密：怎样让可穿越虫洞保持较短长度。

纳米机器从分束器移动到第二组线圈上，准备等中子同时穿过两条不同路径时旋转其中一个量子态。初看，长粒子和短粒子无明显不同，均没有可穿越虫洞，所以不能发送信号穿越来计时。不过，辛克莱意识到出现长粒子后，将粒子划分为费米子和玻色子的常规方法会变得更复杂些。费米子的经典性质是具有半个单位的自旋，遵循泡利不相容原理（阻止原子中的所有电子，以及原子核中的中子和质子落入相同的最低能量态），并和其不自旋的版本一起以180度的异相回应360度的旋转。一个费米子需要两个完整的旋转，即720度后，才能回到相位，而玻色子只需一次旋转就能回归其初始位置。

任何由奇数个费米子构成的长粒子都会保留费米子性质的前两项，但如果其中还有玻色子的话，它们的存在会体现在粒子旋转时的相变模式上。若长粒子的虫洞序列为"费米子－玻色子－费米子－费米子"，它的异相返相很像旋转一两圈的费米子，但是转第三圈的话，它会立即返相。连续旋转能够在更深层次探测虫洞结构：对于链上的每一个费米子来说，需要两圈旋转才能恢复粒子相位，而玻色子仅需一圈。正如奥兰多所言，就如同坐在螺旋梯的扶手上往虫洞里滑：有时转完一整圈后，给扶手扭转一下，会让你大头朝下，此时你就得再转一圈才能让楼梯以正确的方式出现。有时转弯后的一切依然正常——当时亚蒂玛正在滔滔不绝地讲述群论和拓扑学，于是奥兰多琢磨出了这套三维类比。

纳米机器的仪器制造工序已接近尾声，正在将中子源和检测器接入场地的数据连接，亚蒂玛想到了联系布兰卡。但是他们上次见面时，伏尔泰版本的布兰卡对于北落师门的自我究竟有什么想法并不感兴趣。肉身人感受时间的速率在事实上已经成为整个大流散舰队抵达目的地后所采用的标准，但是无论哪个版本的布兰卡,都拒绝采用。因此,佗变得越发孤立。辛克莱也许愿意来看这次实验,但是他得等待八十二年才行,因为他并未参加大流散计划。

亚蒂玛指了指中子源侧面的开关,这只是一张景界贴图,贴在他们所看到的机器上,不过打开开关后,仍会向小人国基地发送一个信号,让第一个中子开始循环:"你想亲自开启吗?"

奥兰多迟疑了:"我还是不知道自己究竟在期盼什么:是换质者留下来的外星物理学……还是想看你推测落空后拧巴的样子。"

亚蒂玛平静地笑了笑,说:"<u>期盼的美妙之处就在于它绝对不会影响到结果</u>。打开吧。"

奥兰多迈步向前,打开了开关。开关旁边的屏幕(也是景界贴图)立刻出现满屏符号,并且快速滑动着,完全看不清。亚蒂玛本以为会出现一个较短的模式,顶多在五六次旋转之后再重复——但如果只是普通的中子,就只会重复两轮。其实,截取部分符号应该足以证明推测了,但也许换质者根本无法控制符号的总长度。

奥兰多说:"是系统故障,还是大获成功?"

"但愿是大获成功吧。"

亚蒂玛给屏幕发送格式塔指令,倒回开头。最开始的数据显示中子正以反复的旋转在相位中进进出出:

-+ +-+-+++-+-+-+++++-+-+-+-+++++…

底下就是破解:

F b F F b b F F F b b b F F F F b b b b……

奥兰多大声念道:"费米子、玻色子、费米子、费米子、玻色子、玻色子……"

亚蒂玛说:"我保证没作假。"

"我相信你。"奥兰多数到第 126 位后,模式停止,后续信息让人根本捉摸不透。奥兰多的神色有些恐慌。"是信息。他们给我们留了一条信息。"

"还没确定呢。"

"它的信息量可以匹敌整个城邦数据库。信息绑定在一个中子虫洞上,就像一条绳上打的结。"他笑着,嘴角微微颤动。亚蒂玛担心他的具身软件会让他昏过去来应对震惊。

"或许只是为了证明这是人造的。一条非自然序列,以免别人将其误认作自然现象,或是胡乱拼凑一些物理知识来强行解释。先别急着下结论吧。"

奥兰多点点头,用手掌擦了擦额头。他指使屏幕向前滑,跳到最后的数据:数据流还在涌入,但是显而易见地慢了。针对不同旋转次数进行的测试要开展数次才能获得可信的统计值——但进行完十亿次旋转以及一次干扰测量后,就不能再次旋转中子进行第十亿零一次的测试了,必须从头再来。

两人等待着模式再次出现。二十二分钟后,中子衰变,不能再重复了。理论上,衰变后的质子应留有同样的隐藏结构,但亚蒂玛未设置质子捕获指令,只能重建整台机器才能处理这颗带电粒子。

佗让分析仪切换到非常高的旋转频率,第二颗中子很快就产生了与第一颗完全一致的序列,而且熬过了六乘以十的十八次幂数量的片段,随后开始重复。6 EB[①]的数据并不完全等同于城邦数据库的大小,但是用来留下制造者的印记,或是放上一些亚原子级别的零碎信息还是绰绰有余的。

屏幕上,序列被转换成奥兰多口中风格化的螺旋梯,宛若

---

① 1 EB(艾字节)等于 1024 PB(拍字节),1 PB 等于 1024 TB。

一条扭曲的缎带,让人联想到DNA,但比基因组或心智种都长得多。直到这一刻,亚蒂玛才真正感受到来自这里的外星文明的触摸;当然,同位素也是确凿的证据,但是很虚无缥缈,只能传达"此为人造之物"这一信息。而且,没有废墟,没有墓碑,没有碎片;也不清楚绿洲生命究竟和换质者有没有生物上的亲缘关系,还是只是他们人造的宠物,甚至可能是一个毫无关联的意外。但事实上,整颗行星全都是人造物,年龄久过人类所有的大厦或金字塔,数量远超莎草纸或光盘的总和。每皮克大气所含的二氧化碳中,造物的数量就高达三千亿。

佗转向奥兰多,说:"我们应该先把消息传出去,还是先试着解读一下?"数据库里的模式分析软件为数众多,三千年的努力就为等待此刻的到来。绝大多数软件早已在各式各样的斯威夫特生物基因组上测试过了,想要从中探寻隐藏信息,却皆无果而终。

奥兰多心领神会地咧嘴一笑:"这又不是盗墓,看一眼又不会弄坏它。"

亚蒂玛跃入外星语言学索引图界中,这是一间摆满展示柜的房间,柜子里放的都是仿制品,有罗塞塔石碑、纤巧的卷轴和手稿,以及古典雅致的机电破译机。佗创设出一条管道,将存放中子数据的地方和一连串分析程序相连接。奥兰多也跟了过来,两人站在铺着地毯的房间里,静静地看着代表数据的蓝白色萤火虫群从一个图标移动到另一个图标。

链上的第十二个图标是一个古代的阴极射线管显示器,代表的是一个极为幼稚的程序,亚蒂玛之所以把它也放进来,是因为它的运行时间特别短。萤火虫落在树脂外壳上的一刻,屏幕便亮了起来。

图像一开始是一条单独的短竖线,随后慢慢缩小,显示出几十条、几百条类似的线。亚蒂玛识别不出是什么模式，倒是软件认了出来：线条低端标记的是星星的位置——从某特定角度看去的伏尔泰及其背景群星的位置，时间约是五千万年前。奇怪的是，它标记的并非透视图，而是正投影。这是否和换质者的感知系统有关？但亚蒂玛很快驳斥了自己：人类绘制的地球图也是千奇百怪，有的像是被压扁了的橘子皮，有的像是一面巨大哈哈镜中的镜像。可无论怎样，都和肉身人类的普通视觉系统毫无关联。

奥兰多喘着粗气："像素阵列？这么简单吗？"他听上去像是有些失望，转而又兴高采烈起来，"瞧瞧这些过时的二维图像，还能随时间推移而变化呢！就用它们来解抽象主义的毒吧，啊？"说完，他又加了一句，"哪怕只是一部分数据也够了。"亚蒂玛正在接收阴极射线管图标广播出的格式塔标签，标签里装满了补充信息，不过奥兰多的外在自我在景界里贴了一个翻译窗口的贴图，他也在通过窗口阅读同样信息的线性文字格式。

根据星星的运动，可以确定每帧的时间间隔约为两百年。软件显示每陶五十帧，合一万年。视图整体很风格化，图像只有黑白两部分，甚至连灰都没有。不过，软件的结论认为那些与星星相附的竖线属于某种光度标度，相隔的距离刚好确保恒星的热辐射能量密度跌至每平方米六十一飞焦耳，也不知是否是巧合，刚好等于宇宙微波背景辐射的值。对于伏尔泰星来说，这个距离约为十八分之一光年，对于太阳则是七分之一光年。使用正投影后，有几百颗星星的"光度线"能同时可见，均位于统一尺度。从银河系中任意位置的真实视角看去，除去少数因距离原因刚好变得不可见，其余星星均能看见，这使得数据想要传达的信息变得愈加不可意会。

但是，伴随视野不断扩大，所有星星的线条很快就缩小成相同的单一像素点。亚蒂玛看不懂了,但佗没有妄下判断。

当整个银河系都可见但又不是完全的侧视图时,视野停止了缩放。接着,一条短竖线突然出现:一千两百光年长,从银河盘面径直向上,但一帧之后又消失了。亚蒂玛一直在思考这张图会怎样表现闪耀时长不足两百年的辐射源:最简单的做法是将辐射源总能量和常见恒星在两个世纪里的输出相匹配。基于此,这根一千两百光年的亮度线表示的辐射爆发,等同于太阳在一百四十亿年里的总输出能量。这种能量是由两颗中子星相互撞击所产生的。

<u>用中子来警告中子星撞击?</u>这是同位素所包含的多层含义中的又一层吗?

每隔二十万年或三十万年,银河系某处就会出现一次爆发。更小的线条闪现的次数更加频繁,大部分或许是超新星爆发,其中一些能对应上已知的超新星残留。奥兰多冷静地问道:"这是历史,还是预言?"

"根据地壳中重同位素的模式来看,换质者改造大气层的时间至少在十亿年前。"所以说,如果他们对于遥远未来事件的预测非常精确的话,证明他们对于中子双星的动力学了解远胜卡齐或拟形人的天文学家。至于远古时期的爆发事件,甚至早于肉身人开创其伽马射线天文学,所以根本无从判断。但如果能证实换质者准确预知了蝎虎座 G-1 双星的碰撞时间,无疑证明他们绝对是万里挑一的预言家。

亚蒂玛看了一眼奥兰多,他正紧紧盯着屏幕。换质者或许能保障肉身人万世平安,无须再担心蝎虎座 G-1 号事件重演。他们能让自己安全地回到地球,回到他曾经无比珍视的一切之中。

时间到了距今十万年,尺度再次变化。亚蒂玛不安地注视着仙女座星系、本星系群,以及越来越遥远的星系团。接着,在距今两万六千年时，出现了一条长约二十亿光年的线，小小的银河系被串在上面。

图像迅速往回放大，刚好赶上距今两千年的一场伽马射线爆发：蝎虎座 G-1。换质者准确地预测了爆发的时间，精度控制在增减两百年内，位置和能量控制在最近的像素点内。

图像继续运行了两千万年，奥兰多一直沉默着。这段时间里，没有显示出任何足够靠近地球以至于能损害生态圈的伽马射线爆发事件。

但要是图像的预测全部靠得住，便意味着两万六千年前在银河系核心发生了一次大事件，足以让其他所有爆发事件自惭形秽。一千年后，那次事件的后果就将横扫本区域，即便大流散舰队、拟形人和地球上的城邦立即开始撤离，当辐射波扫过他们时，其强度仍将是蝎虎座爆发的三千万倍。

#

"不可能的。那么大的能量，得要六七十亿个太阳质量的引力塌陷才能释放出来。"保罗坚定地说道。

亚蒂玛约他出来是想谈谈奥兰多的事，而不是屡次纠结中子所传达数据究竟是对是错。可是，保罗似乎决心先给银河系核心那场爆发的真伪下个定论，然后再讨论其他话题。其实也对，因为现在一切的基础都建立在对这起爆发事件的相信与否之上。

"银河系核心的质量完全够，就看你把核心的边界画在哪里。"

"没错，但核心位置的恒星都在轨道上，才不会全撞在一起变成一个超大黑洞。"

亚蒂玛没好气地笑了。"蝎虎座 G-1 的中子双星不也一度沿轨道运行吗？它们本该继续运行七百万年才会相撞呀。在我搞清楚蝎虎座双星的角动量是怎么消失的之前，我绝不把自己性命押在角动量守恒上。"

保罗对此不屑一顾,毕竟他无须举证。即使中子内的信息解读无误,也证实不了换质者说的一定是实话。就算是实话,也不代表绝对正确。虽然蝎虎座事件至今解释不了,但不能轻易抛弃守恒定律。要是他们俩只是争论一个理论,亚蒂玛会很乐意让步认输的。

亚蒂玛环视四周,试图判断城邦心脏的气氛。人们一群一群地聚在一起轻声交谈,显得急躁而沮丧,但还不至于绝望。自从中子数据发布后,亚蒂玛从伏尔泰系的卡齐飞船中所见到的反应种类之复杂,毫不逊于当年佗所目睹到的肉身人听闻蝎虎座爆发后的反应。许多公民只是拒绝相信银核爆发真的发生过,少数人则沉迷于偏执的妄想,宣称换质者留下信息的目的是在"有威胁的"文明中煽动恐慌,使之衰败,其荒谬程度与当年肉身人的论调不分伯仲。其他人则在寻找逃生之道:比如让城邦躲在某颗行星的背面。只是这样虽能抵御伽马射线,却躲不开中微子流量,即使是最坚固的分子结构,在如此剧烈的中微子作用下也难逃一劫。截至目前,亚蒂玛听过的最合理的计划是将每一座城邦的数据解码成某种模式,体现为深深的沟壑,然后通过挖掘记录在某颗行星的表面,同时建造一支庞大的无感知机器人队伍,尺寸从纳米件往上,涵盖多种尺度,只要数量够,就算幸存者凤毛麟角,都能有机会重建城邦。

"先假设这起爆发的余波正在袭来,这条信息也的确是条警告吧。"保罗说着,靠在椅子上,温和地看着亚蒂玛。"既然换质者以慈悲为怀,不辞辛劳地给整颗星球上的中子都编了码,为什么只告诉我们事实,搞得我们心神不宁,却一点靠谱的求生办法都不提呢?"

"剩余的数据还没来得及看呢,里面什么都可能有。最好能讲讲怎么缩短可穿越虫洞，要不，能有实用的技术封住和重新打开虫洞口也行，这样我们就能像一台纳米机器一样，藏进其中一个虫洞，等待爆发结束。"

一想到这里，亚蒂玛就生出严重的幽闭恐惧感，但加百列想得更远，提出中子数据中未破译的内容也许就是<u>换质者自己</u>：把自己的数字快照埋进粒子中，寄希望于熬过银核爆发后的生命在进化后能偶然发现他们，并义无反顾地让他们重获新生。若真是如此，他们根本没有给想要进入他们避难所的后来者留下任何明显的线索。况且，假使他们在十亿年前就已得知此次爆发，他们更可能的选择是前往另一个星系，不管是走虫洞还是用传统方式都行。

保罗说："所以你认为，他们先用简单的像素阵列发出警告，接着转用令人生畏的加密技术传达实用的建议，对吗？为什么呢？想先淘汰一轮候选者吗？"

亚蒂玛摇摇头，没有理会他的讽刺，而是平淡地说道："乍一看，他们干的这些事好像是有些怪异、甚至难以理喻，但我们读懂之后一切就很显而易见了。我不相信他们是刻意在为难我们，也不相信我们两个物种之间的思维差异会那么大，大到会把一条简单的消息理解到谬之千里的地步。要是我们早早放弃对同位素的解读，那才是迄今为止我们犯下的最大的错误。

"但他们一定会对我们的思维方式和使用的技术类型做出一些假设，其中肯定免不了失误。比如说，我就会假定所有宇航文明必定进行过中子相位实验，因此，或许剩余数据的含义我们根本就无法理解……若果真如此，他们既不是出于恶意，也不是因为其基本概念超出了我们的理解范围，就是纯粹的运气差而已。"

保罗听完，抹去了脸上温和的假笑。他似乎不情愿承认这点，但换质者的确给了他们希望，虽然听上去那么幼稚。亚蒂玛时机抓得很准。

"先不说你自己如何看待那张图吧,就记住一点,奥兰多肯定不会像你似的不在意。只要和这个有关,都会让他想起蝎虎座的事情。"

"我知道。"保罗恼怒地看着亚蒂玛,"可就算他会想起痛苦的回忆,也不能说明他是对的呀。"

"也对。"亚蒂玛振作精神,继续说,"我想说的是,如果他要求你采取措施保证自身平安的话——"

"我可不会迁就他。"保罗笑了,有些愤愤不平,"还轮不到你这种前小西城邦的唯我论者来教我数字化大逃难事件所代表的创伤。"

"是吗?"亚蒂玛仔细打量着他的脸,"也许你的精神结构离他挺近的,你只是装作不知道他的经历罢了。"

保罗移开视线:"我知道利安娜的事。他能怎么办?强迫她迁入吗?他们俩做的决定是一样的,所以不是他的错。"他有些挑衅地抬起头,"让我逃过银核爆发这一劫也救不回她。"

"是救不回,但让奥兰多伤心的不是这件事。"

过了一会儿,愠怒的保罗开口道:"让我浪费一千年的时间把自己编码成什么鬼行星上的地形,还要一边被大流散舰队里所有精神正常的人耻笑,这我都能忍。可我一旦向他屈服,是不是就没完没了了?他别指望我事后和他一起迁回肉身状态——"

亚蒂玛笑了。"别担心,他不会的。要是他以后生了一群肉身小孩,没准就直接跟你断绝父子关系了,给你冠上'不孝子'的称呼,再也不和你来往了。"

保罗看上去很为难,随后表情变得很难过。

亚蒂玛说:"玩笑话,别介意。"

\#

布兰卡漂浮在一片宁静的海洋中，海洋有许多层不同的淡色流体，每层约有四分之一德尔塔深，被一张张不透明的蓝色胶体板隔开。一种生物荧光向四面八方弥散，似乎是唯一的光源。亚蒂玛向佗游来。布兰卡不知是否应礼节性地问问这个奇特世界里的物理规则，然后再要求亚蒂玛解释那封神秘邀请是何意。

"孤儿你好。"亚蒂玛的视点在一层层液体间挪动，胶体板和布兰卡纯黑躯体的交界处看上去很像一幅用一系列曲线描绘表面临界点的图解。一个粗糙的椭圆穿过亚蒂玛的肩膀，在下方平面的两侧生成两个椭圆形，每个椭圆形又分裂为五个更小的椭圆，并在母椭圆裂变前迅速消失。亚蒂玛发现很难读取布兰卡的格式塔，原来这就是佗看不到完整图标的原因。"好久不见。"

"你等得比我久。近况如何？"这个版本的布兰卡在抵达目的地后不久就和加百列变得疏远了，据亚蒂玛所知，自从佗本人上次造访过后，再没有人和布兰卡说过话。

布兰卡没理会佗的问候，或者认为亚蒂玛也没指望佗回答吧："你发给我的数据挺有意思的。"

"你看了？太好了。其他人都看不懂。"虽然布兰卡对斯威夫特和换质者不那么感兴趣，但亚蒂玛还是给佗发送过一个标签，关联了中子序列的信息。在布兰卡看来，只要各个版本的佗都清楚北落师门的布兰卡分身的理论被证实是正确的就够了。

"嗯，让我不由得联想到地球生物的生化结构。"

"是吗？哪里像了？"人们曾认为像素阵列之后的数据是斯威夫特生命的基因组，但亚蒂玛认为就算是古代最离谱的SETI软件[1]也不会干出将其误认为是DNA代码这种荒唐事。

"我大概对比了下两边蛋白质折叠的异同。最后证明都是N

---

[1] 搜寻地外文明计划（SETI），美国康乃尔大学于1960年完成首次SETI实验。

维结构中普遍存在问题的具体例子……我就不跟你详说了。"布兰卡在佗面前的胶体板打出一连串的洞，创建出一个透明的空隙：一个约两德尔塔宽的球面。佗将双手伸进去，手掌间出现了一个缠结的结构，很像一串弯曲得很杂乱的珠子。这个结构很复杂，而且缺乏整体感，更像是一个人被迫使用单独的线性粒子设计出的纳米机器，除了原子键的角度，毫无形状可言。

布兰卡说："没什么可破译的，也没什么可解码的。该读的信息都读完了。剩下的中子序列根本不是数据，只是用来控制虫洞形状的。"

"形状？形状有什么用吗？"

"可以让虫洞充当一种催化剂。"

亚蒂玛一脸茫然，但脑中有个声音却说：<u>对啊，我怎么那么笨</u>。从远处观察，中子就是信标，吸引人来；人来以后，中子再放出警告——佗早该猜到剩余结构中必定还藏有第三个功能。"催化什么？制造其他的长中子吗？你是说他们先造了一个，然后复制，直到布满全球为止？"

布兰卡在不可见的维度中旋转了虫洞：视图旋转进其他超平面后，可以看出虫洞发生了奇怪的弯曲。"不是。好好想想，亚蒂玛。它催化的东西不在<u>这里</u>，虫洞在这个宇宙中是没有形状的，就只是一个中子而已。"

佗将虫洞扩展成一张科祖克图形，开始展示虫洞与普通短粒子的相互作用。"如果用中微子、反中微子、电子或是正电子分别撞击虫洞，撞击效应会沿着虫洞长度传播出去。"亚蒂玛看得入了迷：每次撞击后，虽然粒子没有和虫洞接合，虫洞结构也会出现独特的变形，很像蛋白质在不同亚稳态构造间的转换。

"好吧，我们的确能改变它的形状，但是能达到什么效果呢？"

"能让某些真空虫洞成为现实,还能产生一股粒子流。"

"在哪里产生的?"长中子串连起数十亿个相邻的宇宙,但由于虫洞没有向任何一个敞开,所以极难留下存在的痕迹。如果中子连这个宇宙里的东西都不能催化,更别提它刚刚经过的其他宇宙了。

布兰卡向图形发送格式塔指令,忽地,成为催化剂的中子上缠绕了几十个纠结起来的半透明膜。伴随电子或中微子的撞击,催化剂改变了形状,依稀勾勒出的真空虫洞之一变成了两个真实的虫洞口,竞相奔向催化剂嵌入的这片空间的两端。

<u>这是一个宏观球面</u>。长中子就是宏观球中创造粒子的机器。

兴高采烈的亚蒂玛在层层叠叠的海洋中来了一个后空翻,结果上下颠倒了过来,佗说:"让我亲吻你的脚吧,你可真是个天才。"

布兰卡笑了,身体某隐藏部位发出一个遥远的声音:"这没什么。如果你没用肉身人的时感的话,你早就研究出来了。"

亚蒂玛摇摇头:"那可未必。"接着,佗又迟疑地问道:"所以,你觉得换质者是不是——?"

"搬走了? <u>离开了本宇宙?</u> 没毛病啊,这条逃生路线可比逃到仙女座近多了。"

亚蒂玛试图想象:一场前往宏观球面的大流散计划。"等等,如果说我们整个宇宙,整个时空,都只是宏观球体物理学中的标准纤维,那我们整个的历史也只对应宏观球时间里的一瞬啊,对他们来说和一个普朗克时刻差不多。那换质者是怎么创造出<u>一系列</u>的粒子,使其沿时间均匀散布的呢?"

布兰卡指了指催化剂的一个部分,说:"仔细观察这个区域。宏观球的时空是用真空虫洞编织成的,就和我们的宇宙一样。这是同一种科祖克-彭罗斯网络,只不过维度不是三加一,而是五加一。"亚蒂玛为了看清楚些，站直了身子，凝视着布兰卡所指的那个多叶状的隆起，它就像抓钩一样钩住了幽灵般的真空结构。"虫洞将我们的时间固定在了宏观球的时间之上。原本转瞬即逝的普朗克时刻会持续以某种奇点的形式存在，而这个奇点可以在宏观球的时间内发射、吸收粒子。"

亚蒂玛听得晕头晕脑。看来换质者并非一个强大却无聊的文明，他们不想为自己在天文尺度上打造壮丽的纪念碑：比如雕刻行星、戴森球或是倒腾倒腾黑洞什么的。相反，他们只是在这颗不起眼的行星上简单改造了几颗中子，就将整个宇宙与另一个难以想象的更大存在的内部时间流嵌套在了一起。

"等等，你说发射……和*吸收*？如果奇点吸收了一个宏观球里的粒子会怎样？"

"一小部分催化剂会改变状态，然后导致本宇宙中少量长中子经历 β 衰变，哪怕这些中子处于所谓的稳定原子核中。如果你监测一吨重的斯威夫特大气，就能检测出此类吸收事件，效率约为一百亿分之一。"亚蒂玛将视点锁定在布兰卡头部所在的水层，发现了其中某种有趣的特征。"所以值得一试。没准就在我们交谈这会儿，宏观球里的换质者分身正在对着奇点进行信息轰炸呢。"

"可他们走了十亿年了呀，我不太相信。他们或许还在附近吧：本体应该已经离开了银河系，但分身没理由离奇点太远。所以，如果我们能亲自进入宏观球中的话，兴许还能找到他们。"

倘若他们真能和换质者建立联系，就有机会了解蝎虎座和银核爆发的缘由，继而说服同胞中的怀疑论者采取自我保护措施。即便没有生路可逃，至少还能选择进入宏观球中躲避袭来的爆发。

亚蒂玛只觉头晕目眩。包含众多宇宙的六维母宇宙原本只是北落师门的布兰卡口中遥不可及的假设,如今却突然变得和大流散计划本身一样真实。不但真实,而且能够触及。一个宇航文明迈出踏入宏观球中的步伐,就如同雨滴中的细菌找到了跨越大洲的办法——而且,对于如此深远而奇特的发现,深藏在体内的返祖冲动让佗只能以哑口无言的震撼予以回应。亚蒂玛努力想让自己注意力转移到其可行性上来:

"要是我们能研究出宏观球中详细的物理规则,你认为我们能否让奇点发射出粒子流,合成一个正常运行的卡齐副本?或者从原材料开始,制造出纳米机器,再去搭建城邦?"

布兰卡回答说:"那我认为你需要类似飞米机器的设备,比宇宙还大的飞米机器。你想了解宏观球的物理定律吗?"说着,佗朝着景界下方穿过几层水层,抵达一张蓝色胶体板处。亚蒂玛跟过来后,布兰卡张开黑色的手掌,露出一个蓝色的斑点,斑点呈现出一个格式塔标签。

"这是什么?"

"五个空间维度,全在这里。它的标准纤维是一个四维球面。物理、化学、宇宙学、物质整体特性、与辐射的相互作用,以及可能存在的生物学……一切的一切。"

"你什么时候做的?"

"孤儿,我可有的是时间,我已经探索过相当多的世界了。"说着,佗张开双臂围住整个景界,"你见到的每一个点都是一套截然不同的规则。"佗一只手放在蓝色板子下面,扯出来一些宏观球的规则,"这些是六维的时空,下面是五维的。你能看出来下面的更薄吗?不过七维的也很薄。偶数维度的可能性会更丰富些。"

斑点从布兰卡的手中逃走,向着自己索引界中的位置往回飘,但亚蒂玛已经记住了这个标签。

"愿意和我去吗,布兰卡?去宏观球里?"

布兰卡笑了,畅游在不同世界里,浸没在各式可能中。

"我就免了吧,孤儿。有什么意义呢?我已经见过它了。"

第六部分

亚蒂玛说:"布兰卡该跟我们来的,奥兰多也该跟我们来的。"

保罗笑了:"奥兰多在这儿会很惨的。"

"为什么?他既能畅游在自己喜欢的各式景界中,这里又不失家的舒适……"

"看来你对奥兰多的了解还不够。"

"是吗?那你说说看。"

第十五章 5+1

斯威夫特星轨道，卡特－齐默曼城邦
联盟标准时 85 803 052 808 071
协调世界时 4953 年 4 月 3 日 4:33:25.225

距离复制还有一兆陶，保罗总算说服了奥兰多，带他来看"伟大的宏观球展览"。一群物理学家建立了这个景界，里面有一条长廊，顶上盖有拱形的含铅玻璃顶，覆盖着锻铁材质的顶肋，长廊里展示的是合理推测出的宏观球特征。尽管奥兰多已决心加入这场远征，但他依旧对于新的卡齐复制体进入宏观球这一奇幻现实感到畏惧。

保罗环视大厅。参加复制的公民人数不到一百人，但城邦一半的人都看过这个展览了。如今展厅里几乎空无一人，根据访客数量调节的灯光角度营造出一种黄昏时分之感。

他们走向第一个展品：三维和五维结构中的重力井对比。两张圆桌的表面画有网格，桌子极具弹性，将小的球形砝码放上去后会出现漏斗状的凹陷，两张桌上的梯度效应各异，模仿的是各自维度宇宙中恒星或行星周围产生的引力效应。两张桌上的引力各自随距离减弱，仿佛在一个更大的二维表面上被摊开了，出现了平方反比定律，或是四维超曲面，从而产生更为猛烈的负四次方效应。这是一个简化版的伪牛顿模型，但保罗并不打算嘲笑这个模型，因为他发现布兰卡提出的六维时空曲率处理办法晦涩难懂，所以他只好略掉里面很难的部分，即通过模拟重粒子和虚引力子间的相互作用推导出爱因斯坦张量方程的部分。

展品开口道："这些图形显示的是纯粹的引力势，会一直产生吸引力。"这时，一只虚拟手出现了，在两个重力井的边缘分别放置了一个小的测试粒子，结果不出所料：两个粒子都直接掉了进去。"从静止位置出发，碰撞不可避免。可如果有横向运动，就能完全改变粒子的动态。"说着，手在第一个重力井边缘放置一个粒子，但这次轻轻弹了一下，粒子随即以椭圆轨道围绕引力中心旋转。

"了解情况的最佳办法就是沿着它的轨道一起活动来观察。"桌面的网格图案开始旋转跟踪粒子，重力井的形状也随之产生剧烈形变：漏斗的中心倒置过来变成了一个又高又陡的尖峰，将砝码球顶到桌面上方。"在一个旋转的参考系中，既定角动量的离心力会表现为立方反比的排斥力。"短距离时，立方反比值大于平方反比值，所以中心附近的离心力大于引力：原本位于重力井底部的恒星或行星此时被顶到了最上面。而漏斗的外围则继续向下倾斜，导致尖峰周围出现一个圆形的沟槽，所以桌面先是下降，接着又变成爬升。

他们站立的那几块地面开始绕桌子旋转，两人时不时倾斜身子避免失去平衡。奥兰多对展品发起牢骚，但似乎又觉得好笑。他们总算跟上了旋转中的参考系步伐，此时粒子看上去像是在沿着一条固定的径向线移动。粒子在沟渠中来回滚动，被势能面托起、困住。此时，粒子不断尝试爬上中央的尖峰或坡度较缓的外墙时所能走的最远距离，不过是粒子椭圆轨道的末端。

粒子停下来后，展品邀请他们将一个粒子弹进围绕第二个重力井的轨道，共三次机会。奥兰多接受挑战，前两个粒子仍以螺旋状下降后碰撞，第三个则直接从桌子边飞了出去。奥兰多嘴里嘟哝着，像是在说什么自己宁愿聋了、哑了、瞎了之类的话。

展品对桌面进行调整，以方便展示离心力造成的影响。负四次方的重力所带来的吸引力强于中心附近的立方反比排斥力，因此即使参考系开始旋转，重力井的形态却并未改变。但在更远处，离心力占据了主导位置，将下坡变成了上坡。而在上坡反转、桌面下沉之处，却没有出现第一个重力井那样的圆形沟渠，而是一圈圆形山脊。与三维宇宙相比，五维结构中的整个势能面是完全颠倒的。

展品通过参考系将两人转了过来。然后，虚拟手和他们一起移动，并将一个粒子放在山脊朝外的坡面上：果不其然，粒子直接滑离了中心。第二个粒子放在朝内的坡面上，然后直接落入井中。

"没有稳定的轨道。"奥兰多拾起滑离的粒子，想将它稳稳地放在山脊上，但总是不够精准。保罗留意到他眼中闪过一丝恐惧，但奥兰多只是苦笑着说："至少说明里面不存在蝎虎座事件，如果要相撞的话，早就撞了。"

他们走向下一个展品：一个宏观球的宇宙演化模型。在早期的宏观球中，初始的量子涨落效应引发相互吸引力，将物质聚集在一起。此时，旋转运动要么在其中某个点切入，将凝结中的气体云吹散，要么该过程就会"越过山脊"，坍塌将不受限制地继续。恒星系统、星系、星团还有超星系团都是通过轨道运动稳定下来的，在宏观球中却不可能实现。不过，原始的不均匀性中的分形分布意味着坍塌过程的最终产物的质量分布范围极广。90%的物质最终会成为巨大的黑洞，但预计也会生成无数更小的天体，在隔离状态中存活很长时间，其中包括数百万亿个具有与恒星相当的稳定性和能量输出的天体。

奥兰多转向保罗:"恒星如果没有行星,换质者会在哪里呢?"

"也许在绕着恒星转吧。他们可以用光帆稳定在一条轨道上。"

"用什么造光帆呢?根本没有能采矿的小行星。也许他们先利用奇点造了很多原材料,然后再穿越到那个宇宙里去,但要是想再造新的东西,就只能利用里面的恒星了。"

"不可能的,除非他们能在恒星表面生存。那边但凡有原生生命,也只能诞生在恒星上。"

奥兰多回头看了看模型,其中有些东西很像赫罗图,绘制了恒星温度和光度的演变分布。"我不认为那边会有太多温度足够低的恒星,除非是褐矮星,而且褐矮星很快就会被冻住。"

"你没法真正比较温度的,像我们已经习惯认为核反应的温度比化学反应要高出几个数量级,所以那种温度对生物有害。但是在宏观球中,两种反应涉及的能量其实是类似的。"

"为什么?"奥兰多的格式塔显示出他仍心存不安,不过显然已经没有再纠结了。

保罗指着远处的另一个展品,上方是一条旋转的横幅,上面写着"粒子物理"。

宏观球的四维标准纤维所产生的基本粒子比普通宇宙中的六维基本粒子小得多。其中夸克和轻子没有六维,而是各自仅有一维,再加上对应的反粒子。里面也有胶子、引力子和光子,但是没有 W 或 Z 玻色子,因为正是这二者会调节夸克的维度。三个夸克或三个反夸克组成一个带电荷的"核子"或"反核子",很像是普通的质子或反质子,而唯一的轻子及其反粒子则很像电子和正电子,但那里没有类似中子的夸克组合。

奥兰多仔细查看粒子表,说:"那边的轻子也比核子轻很多,光子的静止质量也是零,而且胶子也像我们的胶子……那为什么化学能那么接近核能呢?"

"你不是看过重力井的实验了吗?"

"和那有什么关系吗?哦,莫非原子里也出现了同样的情况?静电吸引力也从反平方变成了负四次方,所以也没有稳定轨道,对吗?"

"对。"

"等一下,"奥兰多闭上眼睛,显然在深挖肉身时期所受教育的古老记忆,"不确定性原理难道不是会阻止电子撞入原子核吗?即使没有角动量,原子核的吸引力也无法过度压缩电子波——因为限制位置只会导致动量增加。"

"没错,但增加多少呢?在空间上限制波会反比例影响其动量分布范围。动能与动量的平方成正比,即反平方。因此,有效的'作用力',即动能随距离的变化是反立方。"

奥兰多的表情因顿悟而明亮起来:"所以说,在三维结构中,质子永远不会使电子碰撞,因为不确定性原理此时的作用等于离心力。而在五维结构中,这股力还不足以抗衡。"他缓缓点头,似乎已经接受了这一宿命,"于是轻子波坍缩至了核子大小,接下来呢?"

"一旦轻子进入核子内部,只有距离中心比它自身更近的那部分电荷会对它产生向内拉力,这个拉力大致与距中心距离的五次方成正比。也就是说,静电力不再是四次方反比,而是成了线性关系。所以能量阱也不会是无底洞:在核子外,能垒过于陡峭导致轻子无法像三维空间中的电子那样通过'抵住阱壁'实现稳定;但在核子内,阱壁曲率变化使两侧最终以抛物面形态交汇。"

他们看到了第一个化学类展品——展示的是井底的抛物面盆,上面叠加了一个半透明的铁蓝色钟形物:表示轻子波处于最低能量的基态。奥兰多伸出手摸了摸，物体闪烁着进入激发态，裂开的同时远离中心，形成两个不同的波瓣，其中一个标注为红色，表示其处于倒相状态。几陶后，整个轻子波闪烁绿色，自发地发射出一个光子，然后回落至最低能级。

"这就是宏观球中的氢原子吗？"

保罗亲自戳了戳轻子波，看看能不能让它进入下一个高能级。"更像是氢原子和中子的结合体。宏观球里没有中子，但是在一个正核子里面埋一个负核子来抵消其电荷的话，倒是能差不多做一个质子出来。布兰卡管这种产物叫'氢中子'。如果你真要做一个'氢中子分子'的话，最后得到的会更像是氖元素。"展品无意中听到了保罗的话，于是连忙打开了一套动画展示。

奥兰多喘着粗气："你为什么这么平静地接受了整件事？我真想不通。难道你真的相信卡齐的人仅仅根据这些规律就能建造一个正常运行的城邦出来吗？"

"也许造不出吧，就算他们推测有误，我们也无从得知啊。先成功造出，然后等到我们进入宏观球后再折戟沉沙？我觉得不可能。无非两种可能：要么造出来后正常运行，要么造出来一团随机分子。"

"想得太好了。如果每个化学键都能引发核聚变，他们怎么制造出分子呢？"

"不是所有的化学键都这样。如果把足够多的氢中子聚拢到一起，原子核中被紧紧限制住的能级就会被轻子填满，所以最外层的轻子就会往外鼓出，将两个原子结合在一起，并和原子核之间保持较大间隔。前两个能级必须完全填满，需要十二个轻子——所以每个稳定的分子中，都必包含序号为十三或更高序号的原子，且分布谨慎。第二十七号原子能形成十五个共价键，是宏观球中最接近碳元素的物质。"展品向他们展示了一个五维的包含十六个原子的分子的三维投影：一个二十七号原子上连接有十五个氢中子。保罗说："可以把它想象成强化版的甲烷。如果你能把里面的氢中子敲掉，替换其支链，就可以制造出林林总总的复杂结构。"

奥兰多开始有些困惑不解。他瞧了一眼长廊远处的那些展品，它们是关于宏观球中生化过程和生物身体结构的，其中有些吸引了他的注意力："'U星聚合物'？'U星'是什么意思？"

保罗顺着他的目光看去，说："哦，是宏观球的另一个称呼。U指的是普通宇宙，星是'双重空间'的数学符号，各种类型的角色颠倒都会用这个词。宇宙和宏观球都是十维的……但一个是六个小维度加四个大维度，另一个则是六个大维度加四个小维度。所以二者互为对方的反转版本。"奥兰多耸耸肩："也许这名字更贴切吧。'宏观球'表达了二者尺寸的不同，但尺寸并不重要。我们进去后，能够操作的尺度和其他类似的生命形式差不多。反倒是二者间物理规律相互颠倒这点才是最大的不同。"

奥兰多微微笑着。保罗问他："笑什么？"

"颠倒。看来官方已经认可了，太好了。我一直就是这么觉得的，"他转向保罗，表情忽然变成了赤裸裸的痛苦，"我知道自己已不再是一个有血有肉的人，也知道自己和其他人一样是一个软件体。但我心中还是相信一旦城邦遭遇不测，我能够从废墟中走出来，进入真实的世界。因为我还保持对真实的信仰，因为我还在遵循真实世界的规则活着。"他低头看了看朝上的手掌，"在宏观球中，这一切都会消逝。外部世界是不可理解的，而在内部，我不过是个唯我论者，被妄想裹挟。"他抬起头，淡淡地继续道，"我很害怕。"随即又轻蔑地打量起保罗的脸，似乎认为他不敢说出"出征宏观球这件事和穿越异星景界没什么不同"这种话，"但我又不能留在这里，我必须参加。"

保罗点点头。"好吧，"片刻，他补充道，"但有件事你说错了。"

"哪件？"

"<u>外部世界是不可理解的？</u>"他做了个怪笑，"你哪听来的胡扯？没有什么是不能理解的。还有一百多个展品呢，我跟你保证：你做的梦都会变成五维。"

第十六章　二象性

U*宇宙[1]，卡特－齐默曼城邦

奥兰多站在家景的小屋外，目睹他所在宇宙中的最后一道可见光在远方褪去。飞行岛上方的穹顶有一个小孔，可以一瞥景界外的宏观球，但现在只显示出两个微弱的星光：一个是他们在奇点旁修建的接驳站，位于地平线正上方的西侧，是一个闪着白光、快速消褪的小点。另一个是奇点本身——此时已不可见，但奇点发射出规律的光子流后，接驳站的信标灯会与之呼应，所以仍能标记出奇点的位置。

如果斯威夫特上的队伍停止制造光子，奇点就会彻底从视野中消失。而且奇点仅有亚原子大小，是一个在真空环境中的无质量异象，几乎不可能被再次找到。但是，如果没人发射光子，就没人会监听，在真空中搜寻回到母宇宙一事也就变得毫无意义：任何在奇点上反弹的数据都会使得斯威夫特上中子的 β 衰变变得无用。有人预计奇点周围应该堆满了换质者的遗物，但当发现周围一片空旷后奥兰多也并不怎么感到吃惊，毕竟链接的另一头也没有任何机器。

---

[1] 如前文所述，字母 U 代表人类所在的母宇宙，加上星号 * 后，U* 代表的是与之连接的高维度宇宙"宏观球"。

信标变暗的速率显得不大自然，仿佛城邦正在疯狂加速远离。不过，这其实是负四次方定律的另一种表现：任何物体向四面八方扩散时，稀薄速度都会加快。奥兰多看着光脉以令人安心的方式在视野中褪去，开始嘲弄起自己内心深处涌出的被遗弃感。哪儿都不太平：在地球上时，他差点在离家不到二十公里的地方死于辐射，所以说尺度没有意义，距离更没意义。要么活，要么死——和寒冷、脱水导致的缓慢死亡相比，这个宇宙能对他们做的，根本不值一提。

他对景界说："扫描星空。"无论何时，从飞行岛上往外看的正常视野都是一个二维的穹顶，仅包含宏观球四维星空的一个狭窄部分。但是，穹顶可以横扫整个星空，类似于《平面国》[①]里的居民可以通过旋转其狭缝视野所在的平面，扫描一个正常三维空间一样。奥兰多看着稀疏的星星来去匆匆，即便与当年亚特兰大满月夜的星空相比，数量都少了许多。不过，虽然星星位置的星光散布得如此稀薄，他还是能辨认出不少，这点还是很了不起的。

东方出现了一个明亮的锈红色光点，随着视线扫过而迅速消失：庞加莱星，离奇点最近的恒星，也是他们的第一个探索目标。尽管要四十兆陶后才能抵达庞加莱，但没人愿意在途中冬眠。毕竟有太多的事要去思考，要去做。

奥兰多打起精神："给我展示 U^* 宇宙。"他的外在自我响应指令，将他的眼球旋转成超球面，视网膜重建成四维阵列，重新连接视觉皮层，并将他周边空间的神经模型提升至涵盖五个维度。随着他头脑中的世界拓张，他惊恐地闭上双眼，一阵阵恐慌和眩晕袭来。之前，为了一睹俄耳甫斯上的"章鱼"，他拓展到

[①]《平面国》(*Flatland*) 是英国作家埃德温·A. 艾勃特（Edwin A. Abbott）于十九世纪出版的一部讲述维度的幻想小说。

过十六维，但那只是个游戏，一个有点上头的脑洞畅想，就像骑着彗星飞行或是和血细胞一起游泳，除了肾上腺素激增外无关紧要。而宏观球不是游戏，它比飞行岛要真实，比他全身模拟出的血肉要真实，比埋葬在遥远太空中一个不起眼的小点上的亚特兰大的废墟要真实。城邦此时此刻穿越的是真实的空间，在这里他的所思所感都在真实地发生着。

他睁开眼睛。

现在，视野中的星星变多了，却好像更加分散了，中间隔着大片大片的空间。他不假思索地将星星连线，想在脑海中勾勒出简单的星座。没有引人入胜的图形，没有天蝎座或猎户座，单单是连接两颗星星的直线都能让人惊叹万分。现在，他的视野以两个正交方向超越了其平常的视域：保罗的朋友卡巴曾建议将两个方向分别叫作四分向和五分向，但是区分二者的基础不够明显，所以奥兰多决心将其统称为：超横平面（the hyperal plane）。

他的新视觉皮层与空间图的网络给超横向匹配了一套原始的感知区分规则，不过仍然需要有意识地去尝试才能让这些方向产生认知上的意义。首先超横向绝对不是纵向的，这是最直接的事实。而重力或他身体主轴的方向与超横向无关：假设他是平面国人，正在观察超越他所在平面之外的世界，尽管平面一直都是垂直的，但他的狭缝视野现在能够看向平面的两侧。但超横向也不是横向的，这与垂直面中的平面国人不同，奥兰多的"两侧"已经被占了。倘若他有意识地将自己的视野分成左右两半，那么所有处于纯超横向左右两边的两颗星都只会出现在单独一侧，纯纵向上的星星对也是如此。无论常识告诉你唯一的可能性是什么，星空看上去仍然没有深度，星星也没有像跳出屏幕的全息图一样朝他逼近。

奥兰多将这三个否定全部记在心中。只要他还记得超横平面与他身体的三个轴垂直，就能通过自己的身体结构清楚地定义超横平面。

一个模糊的十字形星座几乎平躺在超横平面上：所构成的四颗星中，每一颗在地平线上的高度均大致相同，左右方位角也一样，但它们在星空中并未凑成一团。在超横向上，四颗星隔得很远，很像南十字座。奥兰多试图给四颗星贴上标签：四分向上的两颗分别是青与白①，五分向上的两颗分别是木与金②。当然，这种标签是完全随意的，就像给一张圆形纸上的虚构地图标记罗盘点一样。

在白金左上方几度以外，奥兰多还能看见另外四颗星。它们平躺在一个横纵轴的平面上，即"正常"星空的平面。他在脑海中将两个平面延展，想象出二者相交的画面，这种体验特别神奇，因为二者相交处是一个点，但按理来说平面相交处应该是线，可这两个平面却拒绝配合。在超横向的十字星座中，一条四分向的线从青和白两个方向间走过，以直角穿过垂直面，与纵向的十字星座的双臂相接……五分向的线也一样。所以，在空中（或者说在他的脑海中）有四条线，且均相互垂直。

然而星空看上去依旧是平的。

奥兰多紧张地向下调整视线。地平线下的群星可见，但并非透过地面所呈现，而是因为它们围绕着地面，这让他感觉犹如站在狭窄突出的悬崖上，抑或是站在一根尖柱上。按照设置，他不能将自己的头或身子扭转得超出景界常规的三个维度，不过他的

---

① 原文为 sinister，其词源有"左"之意；以及 dexter，其词源有"右"之意。又因"四分域"原文为 quadral，有四等分之意，因此翻译为四大瑞兽的青龙（左）的青、白虎（右）的白。

② 原文为 gauche，其词源有"左"之意；以及 droit，其词源有"右"之意。又因"五分域"原文为 quintal，有五等分之意，因此翻译为五行中的木（对应青龙）、金（对应白虎）。

眼球却实实在在沿着超横向从眼眶里凸了出去,以便能获取到更多额外的信息。他脑海中出现了一个垂直面里的平面国人,眼睛是两个圆,一只在另一只的上方,此时眼睛突然变成了球形,晶状体、瞳孔和视野都超出了平面,而眼睛的轴却仍然禁锢在平面世界里打转。上述情形不仅从人体结构上来说不可能出现,妥协之后还同时引发了眩晕与幽闭恐惧。飞行岛在额外维度上的宽度可以忽略不计,因此奥兰多觉得自己犹如一个置身宇宙中的登塔修行者,能清楚地看见自己的身体:在超横向上的任意移动都会让自己像喝醉酒一样跌入太空。但与此同时,由于物理上的禁锢,他又动弹不得,仿佛被两块玻璃板夹死,又像患了什么奇怪的神经疾病,失去了向特定方向移动的能力。

"恢复原状吧。"

他的视野坍缩成一个相对意义上的针孔,一瞬间他感觉自己似乎<u>什么都看不见了</u>,于是奋力地摇头,想要甩掉眼前的黑罩。接着,他的视野蓦地恢复正常,刚才宏观球里的广阔星空就像是一场逐渐褪色的迷幻之旅。

他擦擦眼角的汗水。这只是开始,他已经尝到了一丝真实的味道。或许,他终会鼓起勇气换上五维结构的身体,投入五维景界中闯一闯。届时只要他一低头就能惊悚地发现自己的内脏一览无余,正如同一个平面国人将头伸出平面看自己一样,除非奥兰多能给自己虚拟的五维肉身再加上两个维度;但更重要的是,当他在四分向和五分向上自由移动时,他就会像纸片人一样根本站不稳。

可即便他获得了五维的身体和在其中移动的本能,也不过是隔靴搔痒,因为还有更多地方需要适应才行。当他还是肉身人时,他曾潜水过数次,却仍然无法和两栖改造人顺畅交流。且不论换质者是生化还是机械结构,光他们进入这个宇宙的时间就已经至少十亿年了（或者是宏观球中大致相当的时间长度）。当然，他们是能够控制自身命运的感知型生物，并非只有实现正确基因突变才能在搁浅后继续生存下去的鱼。所以，他们可能完全没有演化，而且和现实主义者（或者说抽象主义者）一样，坚持模拟着自己的旧世界。

但在漫长岁月中，换质者也可能改变主意，决心适应新宇宙。若真如此，相互沟通就不再可能，除非远征队伍中有人能做好准备作为中间人——搭桥人的角色。

#

飞行甲板上挤满了人，简直是用来练习跨越未知障碍的理想场地，不过奥兰多发现自己大部分时间都被视野固定住了。五维立方景界中的一整面墙上放置了一面巨大的窗户，窗户后面是一张庞加莱的放大图像，所有人都不禁放下了手头的事驻足观看。奥兰多穿行于公共的五维景界中时，仍然特别谨言慎行，与其说是因为担心自己会彻底失败，倒不如说是因为觉得自己不能无功受禄。他的五维身体上配备了许多宝贵的反射机制，这些反射机制在宏观球生物身上肯定也都有。依赖这些外星生物的本能让奥兰多感觉像在操纵一台远程机器人，机器人搭载了诸多自动反应程序，无论他下达什么指令都显得格外多余。

他瞧了一眼窗户底部，在五维景界中，不管多么微不足道的细节都令人昏昏欲睡：四维方体的窗户和四维方体的地板相交处不是一根线，而是个粗糙的立方体。当他将立方体看作透明窗户的超底面时，整个立方体尚能说得通，而当他意识到不透明地板的超前面也同时共享着立方体的每个点时，他对于常态仅存的妄想又在顷刻间灰飞烟灭。

庞加莱的存在让他对于常态仍然存在的妄想从一开始就站不住脚：甚至连庞加莱的轮廓都能让奥兰多混淆旧宇宙中曲率和比

率的概念。奥兰多可以看见，他想象中的这颗恒星的四维方体框架实际上只被庞加莱的四维盘面填充了三分之一，远低于一个正方形内部沿边画出的圆所占的比例，因此，奥兰多内心深处那部分抗拒的自我开始期待：庞加莱盘面以弧形连接四维方体上八个接触点的同时，盘面在往内凹陷。当然，事实并非如此。城邦现在距离庞加莱很近，恒星上的大陆板块变得清晰可见，奥兰多被震惊得目瞪口呆。辽阔的浮动板块由结晶矿物构成，其边界复杂程度将三维结构性质中的一切可能性远抛在后——没有风化成形的景观，在灼热岩浆的映衬下，黑色岩石的轮廓被衬托出层层叠叠的细节，绝无任何珊瑚礁可与之相比。

"奥兰多？"

在身体的建议下，他缓慢地、小心翼翼地挪动着，但拒绝使用自动导航。保罗位于他的白－木－左－后方，于是奥兰多先转到水平面，再转到超横面。奥兰多从来不看签章，不过他的视觉皮层已经重新设置，可以给五维的面部提示授予和旧版签章同等的意义，所以他立刻认出这个朝自己走来的四足生物是他的儿子。

在宏观球中，双足状态想要保持稳定比在地球上踩单根高跷还难。当然，只要给动态平衡投入足够的资源，任何形态都不足为奇，不过卡齐里显然没有人愿意使用这种不好用的五维身体。四足状态在四维超曲面上也有一定程度的不稳定性，比如若左侧和右侧的腿均定义为超横面上的正交线方向的话，就会出现一种交叉支撑现象，导致身体前后摇摆，类似二维地面上的双足生物所陷入的困境。宏观球中的六足生物拥有地球上四足生物的稳定性，不过有人提出疑问：六足生物是否可以将其中两只脚变成手臂，成为直立的物种？如果是八足，直立的话就更简单了。相对于自然选择，奥兰多更想知道换质者有哪些可用的选项，不过他和保罗一样，都选择了四只手臂和四条腿。他们没有像半人马那样在躯干位置延伸：臀部和肩膀处的超横面为他们多出来的关节提供了足够的活动空间。

保罗说："埃琳娜一直在研究海岸地区周边的吸收光谱，那里肯定有某种形式的催化化学反应。"

"'催化化学'？直接说'生命'不就得了吗？"

"毕竟还不确定嘛。在母宇宙中，我们当然能确信地说哪类气体只可能源自生物。而在这里，我们虽然清楚哪些元素有反应性，但是一说到这些元素是否能通过无机过程实现补充，我们就只能猜测。目前，还没有明确的化学信号证实'生命'存在。"

奥兰多回过头看着庞加莱。"那就更别提换质者了，他们连原住民都不是。"

"换质者不需要化学信号证明啊，直接问他们不就行了，还是说你觉得他们连自己是谁都忘了？"

"这笑话不错。"虽然语气调侃，但奥兰多仍感到一阵寒意。尽管他已经适应了这里——用四条腿站在五维方体的中间而不至于失去理智——可他还是不敢想象将自己的过去，自己的宇宙忘得一干二净。而换质者来这里的时间是他们的十亿倍那么长。

保罗说："我在斯威夫特的自我说，他们已经开始在卡夫卡行星表面雕刻城邦的副本了。"他的语气中透露出一股听天由命的厌恶：如果银核爆发最终证明不过是一场误会，这场在行星上刨沟的闹剧将会成为人类蒙昧时代以来最愚不可及的污点。"只是，重建机器人的模型还是不太成熟。可惜换质者丝毫没有提及中微子光谱的事，所有频率上所有粒子的总能量剂量对于预测损失毫无用处，而我们自己的估计值误差范围又很大，因为我们根本不知道银核崩塌的过程和原因。"他干笑着，"或许他们根本没指望能有人平安度过吧，他们早就知道没人能幸存，所以给我们留下的是通往宏观球的钥匙，而不是制造防中微子机器的提示：他们很清楚，一旦没有时间逃离银河系，前往宏观球才是唯一的求生之道。"

奥兰多知道保罗是在用激将法，但还是冷静地回复道："就算没人能逃过银核爆发，也不代表这里就是一切的终点。这里的真空由一系列四维宇宙构成，即使不可能闯入这些宇宙，也肯定存在其他奇点，其他位于内部的已有链接。在这些宇宙中，一定会有和换质者文明发展程度相当的物种。"

"也许吧。但一定很罕见，不然宏观球里肯定到处是他们的身影了。"

奥兰多耸了耸肩。"好吧，如果整个联盟都决定一头扎进宏观球不回头，那就随他们的便吧。"尽管他的话语中有股泰然处之的意味，但这样的前景绝非他所承受得了的。奥兰多总是告诉自己一切都能回归本初：他将以肉身死去，同样是肉身的孩子会将他埋葬，并且他的子孙后代能够生活在一个不会天降烈火或毒药的世界中。但如果宏观球是唯一的避难所，他的未来就只能寄托在三维景界的虚幻之中，或是让自己化身成新宇宙中外星人的形象，然后在一个比阿什顿－拉瓦尔城邦还要离奇千万倍的世界中抚养孩子长大。

保罗在他改造后的脸上努力做出悔悟的表情，以便让奥兰多改造后的眼睛看见，他宽慰道："别说这种话了。要是我们能和换质者建立联系，他们很可能会说我们把一切都解读错了。根本没有警告，也没有银核爆发。整件事只是一场误会。"

#

探测器沿着单程轨道快速前往庞加莱。奥兰多注视着不断累积的图像，仪器的足迹是一条条弯曲的条纹，在拍下中等分辨率的地形图与化学图的同时，几乎没有触及恒星的超曲面。陆地内部褶皱的山脉和火成平原景象在奥兰多的旧宇宙感知体系眼中，其有机程度相当高：狂风呼啸的高原形成如指纹般的涡旋，熔岩雕刻出的河道密网甚至比毛细血管还密集，一团团冻住的岩浆挤出一根根尖刺，犹如肆意生长的真菌。庞加莱的天空是永恒的黑暗，而地表本身却散发出从星核中喷涌而出的热量，发光的波长近似红外波长，处于轻子跃迁和分子震动的能级之间。在许多内陆上方的大气中，其吸收光谱中发现了基于二十七号原子的环和支链的痕迹，但是最复杂的化学信号是在海岸附近发现的。

海岸地区周围还有一些高大的结构，看上去不像是单纯来自侵蚀、地质构造、结晶或火山活动的产物。通过利用岩浆海洋和相对较冷的内陆之间的温度差，这些"高塔"结构所处的位置能完美地吸收能量，只是目前还不清楚它们究竟是庞加莱上的大树，还是某种形式的人造物。

第二波探测器被送入动力轨道，推向角动量的边缘，一旦发动机出现故障，探测器就会被甩入深空，而不会坠落至地表。宏观球和母宇宙的尺寸比较其实很模棱两可，如果将他们选择的五维身体作为测量单位，那么庞加莱的超曲面可容纳的居民数量是地球的上百亿倍，或是在其未经证实的森林和广袤的荒漠二者间的缝隙中，塞下几千个工业文明。如果要绘制整颗恒星的地图，并保证分辨率足够清晰，以便发现或排除大迁入前时代如上海这般规模城市的存在，任务难度堪比将银河系中所有类地行星标记出来。一台探测器完成绕超球面一圈后，累计得到的圆形带图像所揭示的面积还不如一个针孔大，即便轨道能以360度绕星横扫，扫描出的球面按比例来说也只相当于一个普通球体上某一处位置的图像。

随着卡特-齐默曼自身进入一个较远的动力轨道，飞行甲板上的景色令奥兰多应接不暇：细节纷繁复杂，却又魅力难挡。

每看一眼都像是一阵无调音乐的密集轰鸣,如果做不到拒之门外,倒不如专心倾听,虽然依旧理解不能。他想过进一步修正自己的心智:无论是宏观球原住民,还是适应了新宇宙的生物,在看到这个世界的景象后,都不会认为这是药物引发的幻觉,而且与其说是幻象,更像是对神经网络进行的足以引发感知崩溃的大规模刺激。

他让外在自我增强视觉皮层,并接入一系列符号以匹配各种四维形状和三维边界——都是一些合乎情理的基本形状,对于宏观球里的生物来说,就好比肉身人看见一座山或一块巨石一样正常。于是,庞加莱的面貌变得可理解,并被编入了正常的类别,不过它的视觉强度仍然比地球或斯威夫特的卫星图强上千倍。

然而,如今的飞行岛就像给奥兰多的感知裹上了一件紧身衣,或是一具打了一个气孔能一瞥天空的棺材,变得越来越难以忍受。即使他完全恢复了三维视觉,但如果想要切断高维符号的影响,就会彻底丢失庞加莱的记忆,更何况三维符号如今在他看来过于平淡无味,仿佛世界变成了一片白色,极度压抑。

他也可以交替使用不同的符号组,一组用于三维景界,一组用于五维景界,同时外在自我会将记忆中不能转移的部分存储起来。所以他实际上会变成两个人,一对克隆体。<u>那真的很糟糕吗?</u>要知道,早已有一千个奥兰多的分身散布在各处的大流散飞船中了。

可是,他来新宇宙的目的是亲眼见到换质者,而不是造出一个宏观球版本的自己来做全权代表。何况,大流散舰队中的所有分身都愿意合并后回到恢复后的地球(但愿能顺利恢复)。如果新宇宙中的分身在雨林里因感知剥夺而发疯,或站在夜空下的沙漠中对着针眼大的窥孔发出绝望的号叫,他的结局会是怎样呢?

思来想去，奥兰多彻底取消了功能增强，他觉得自己就像是一个失忆者，一个被截了肢的人。他站在飞行甲板上盯着庞加莱，笼罩在前所未有的惊愕与沮丧中。

保罗询问他的情况。他答道："我很好，都挺好的。"

奥兰多明白现在的情况：他已经走过了最远的距离，却仍然企盼回家。这里没有稳定的轨道：只能快速进入这个宇宙，拿走需要的东西，然后撤离——不然就陷在这里，螺旋下坠迎来撞击。

#

"这种影响很微妙，但按照我的研究，所有证据都证明整个生态系统是稍微偏向它们的。并不是说它们在数量或资源使用方面占据主导位置，而是食物链中的某些环节最终都倾向于对该物种有益，使得一切看上去太稳固、太可靠，显得太不自然了。"

埃琳娜正在向 U^* 宇宙的大多数卡齐公民发表讲话，一共八十五个公民聚集在一个小型会议厅里：难得切换回一次三维景界，奥兰多很感激终于有人觉得应该从宏观球的世界中撤回来歇一会儿了。对庞加莱进行详细的绘制后，人们并未发现明显的技术文明踪迹，不过外星生物学家倒是确认了数以万计的动植物种类。和斯威夫特的情况类似，换质者仍然有一定可能藏身在某个隐蔽的城邦①里，但埃琳娜此次宣布发现了存在生物工程的证据，看来换质者根本没怎么花心思好好隐藏所谓的这个受益物种。

外星生物学家共划分出了十个分析区域，且为区域中所有规模大到能从轨道上看见的物种拼凑了初步的生态模型，至于微生物圈则仍然处于猜测阶段。之前的"高塔"被命名为雅努

---

①此处的"城邦"不是地球文明里的城邦，而是文中主角猜测换质者可能也会制造类似城邦的虚拟世界，并已将自己迁入其中，成为生活在虚拟世界中的生命。

斯树①，大部分海岸上都长着此树，由熔岩海洋中发出的光芒供能。每一棵树在横向上都是不对称的，这在奥兰多看来非常怪异。随着树叶长得越来越大，它们的方向越发垂直，并以更稀疏的方式朝着内陆一侧分布。同样的形变从一棵树传递到另一棵，从直接暴露于海洋光的第一排传至其身后更低一级的四五排。第一排的树叶朝向海洋超曲面方向上的那面呈鲜艳的香蕉黄，背面则呈亮紫色。第二排利用同样的紫色捕获第一排的废能，然后以蓝绿色将能量发散出去。到了第四、第五排，树叶的色素全部调成了"近红外"的色调，因此在"可见光"下呈淡灰色。上述颜色转变过程严格遵循波长顺序进行，但是可见光和红外光之间的区别则必须是任意的，因为人们现在已经清楚不同种类的庞加莱生物对光谱中的不同部分敏感。

由于树冠中的绝大多数树叶几乎都是垂直的，所以相比于面朝天的树叶，它们对探测器视野的遮挡小得多，而且树叶中的随机缝隙还能透露出底下丰富的二维景观。人们借此观察到了形态各异的树林居民，有大型的食肉类放热型飞行兽和滑翔兽——算上翅膀后均为八足；还有如同真菌似的生物团——很明显，它们以树为食。因为可观察的树林面积极大，同时缺乏昼夜节律和季节变换，外星生物学家们能够相对较快地推断出多种生物的生命周期。同步繁殖的物种不多，仅有的那些也只是在小范围内同步，所以每个物种中各年龄阶段的个体都能找到。有的幼崽一出生就自给自足，其他的则会在位于巢穴或集体悬挂着的五花八门的容器中发育，如育婴袋或蛋状囊，或藏身雅努斯树皮下的结节内，有的死了，有的瘫痪了，或成为盘中餐，甚至还有的藏于父母的尸体内。

---

① 雅努斯（Janus）是罗马神话中代表开端的神，一月（January）一词即源于雅努斯。

在内陆，树林虽然挡住了海洋光，生命却仍涌入了黑暗之中。一些动物从海岸迁移至此来抚育幼崽，捕食者紧随其后，不过内陆也有本地物种，首先是植物，它们以树林中冲刷出的营养物质为食。庞加莱的生物没有一种单一、通用的溶剂，但有六种常见分子在沿海地区的温度中呈液态。树林下雨稀少，主要的河流从贫瘠的内陆流出，汇入岩浆海时会气化，河水中的有机物很少，不过高海拔位置会有足够多的露水沿着雅努斯树流下，并流向内陆，露水中富含碎渣，为内陆中包含数千种物种的二级生态系统提供能源。

隐居兽就是其中之一。

埃琳娜调出多张网络图，展示捕食、食草、寄生以及共生关系间的预估能量与营养流动："分析范围越广，证据就越多。它们不仅没有天敌，也没有可见的寄生虫，而且还不存在人口压力、食物短缺或是疾病问题。其他所有物种都受到混乱的种群动态制约，即使是雅努斯树也会出现过度拥挤和死亡的现象。可无论周围如何跌宕起伏，隐居兽却安安稳稳。似乎整个生态圈都是为它们定制的，不会让任何不愉快的事情发生在它们身上。"

语毕，她展示出一张五维图像，奥兰多不情愿地切换视角以便正常观看。埃琳娜解释称，隐居兽类似软体动物，没有肢体，生活在一种静态的结构中，结构的一半负责排泄，形似贝壳；另一半负责掘空，形似地道。隐居兽似乎大部分时间都居住在这些洞穴里面，以路过的倒霉鬼为食：路过的生物会跌入一条滑溜溜的沟中，直通隐居兽的进食口。尚没有肉食动物进化出能将隐居兽从洞穴中拔出来的工具，虽然很多物种都明白要避开它们捕食的滑沟，可总是有大量的受害者。另外，从轨道上观察到的六百万只隐居兽中，至今还没有出现繁殖或死亡的现象。

卡巴表示怀疑："它们应该就是一种胆小的定栖动物，恰巧在我们观察期间过上了短暂的好日子。我没兴趣将它们的寿命推断为观察期的六百万倍长,而且我们还没看到地壳出现显著的温度波动,等波动出现后,肯定要给它们致命一击。不如把资源放到沙漠上来,假设换质者真的在庞加莱星上,一定会离原住民远远的。换质者为什么要代表这些本地生物进行干预呢?"

埃琳娜僵硬地回答:"我没说是换质者干的。也可能是庞加莱生物给自己设计的。"

"那你有没有观察到它们从事生物科技的行为?哪怕有一点点像都行。"

"没有。但既然它们已经将自己置于一个无懈可击的生态位了,为什么还要继续改变呢?"

奥兰多说:"就算它们很聪明,真的能做到……但如果它们所认为的乌托邦就是能安坐洞中等着食物滑进嘴里,又怎么可能知道换质者的存在呢?或许十亿年前,有一万艘星舰喷着火舌从庞加莱飞过,假设当时隐居兽就已出现,它们也记不住,更不在乎。"

"那可未必。地球上的卡特-齐默曼城邦看上去像一个智慧生命的巢穴吗?难道仅仅看一眼城邦的保护罩你就能知晓城邦数据库里存储了多少信息吗?"

卡巴嘟囔:"看来你是真过不去俄耳甫斯这道坎了。虽然母宇宙中有行星孕育出了'王氏地毯'这样的生物计算机,这也不能说明——"

埃琳娜立马反驳:"的确,仅仅发现一种<u>自然生成的</u>生物计算机很难证明这是演化的常态。但如果庞加莱生物能自我设计呢?所有技术文明都可能要经历属于自己的大迁入,没人反对这一说法。假如庞加莱人精通生物技术,完全可以直接打造出拥有绝佳适应性的物种,而不用制造机器。"

保罗兴高采烈地插话道:"同意!隐居兽或许就是活着的城邦系统,整个生态系统就是它们的能量源。不过,它们不一定出自庞加莱本地生物之手。比如说,换质者抵达了这里,发现没有智慧生命,于是他们就调整了生态系统,为自己打造出了一个安全的生态位,接着创造出隐居兽,随后迁入隐居兽中,在里面的三维景界中打发时间。"

埃琳娜犹豫着笑出声来,好像她认为自己是在被嘲笑。"打发时间?到什么时候?"

"到这里进化出某个值得与之对话的物种为止,或者有其他人来了,比如我们。"

争论还在继续,但众人没有得出结论。从证据上看,隐居兽既可能是自然选择中的随机受益者,也可能是庞加莱的秘密主人。

于是众人投票,卡巴输了——荒漠太广袤了,根本搜索不完,也没有明确的目标。所以远征队将会把资源集中在隐居兽上。

#

奥兰多慢慢地跨过发光的岩石,砂砾在他宽大的单脚掌上留下无痛的印记。离开洞穴后,他感觉浑身赤裸,弱小无助。此刻,他已经扮演了二十千陶[①]之久的隐居兽。驾驶着这具傀儡走在庞加莱的超曲面上让他感同身受不少。或许他更喜欢透过洞穴狭窄的隧道看外界吧,这样能让五维景观缩小一些。

当他意识到自己出现在邻居视线中后,他伸出九根警棍,做出第十七号手势——只剩这个手势没试过了,感觉很像自己张开双手,在摆动手指,执行一段手语,这段手语部分存在于他记忆之中,但他早已忘记了含义。

他等待着,凝视着隧道下方的那只外星生物——它的身上因

---

①二十千陶在真实世界中是二十秒,主观感受是五小时。

多次反射体热而发出珍珠般的光芒。

什么也没发生。

对真正的隐居兽而言,离开洞穴的唯一目的就是建造新洞穴:有的是因为旧洞穴已容不下自己,有的是想更好地获取食物,还有的是想远离危险或不适感,原因总是不明。时不时地,两只裸兽会相遇。位于大气层内的大量探测器对地面进行了长达九兆陶的观察,共记录了十七次相遇事件。相遇后,通常不会发生斗殴或交配,除非二者早在相遇前就做好了计划,同时还会有难以检测到的微量分泌物。不过在擦身而过的时候,它们会朝着对方伸出好几根像茎的器官并挥舞,这种超圆柱体形态的器官可多达十二根,埃琳娜将其称作"警棍"。

现有理论认为,这是一种交流行为,但由于相遇的分析样本数量稀少,无法推断出假想中的隐居兽语。无奈之下,外星生物学家们制造了一千台仿隐居兽机器人,让它们自行挖掘洞穴,以突破常规的方式靠近真正的隐居兽,希望引发对方的某种回应。然而并没有,不过如果机器仿兽的邻居决定离家筑新巢的话,或许会发生一次仿兽和隐居兽的相遇。

仿兽通常由非感知软件控制,不过有些公民开始骑仿兽,将其当作傀儡使唤,于是奥兰多也自觉地加入了这个队伍。他逐渐认为隐居兽没准真就如表面那样属于低级生物,这种想法与其说是失望,不如说是解脱。他宁愿在隐居兽身上浪费大把时间,也不愿接受一支智慧种族竟会主动将自身困死在虚拟世界的绝径里。

奥兰多想抬头看天,然而身体却无法顺从。他面部的超曲面部分对红外线很敏感,不能倾斜到所需的程度。隐居兽和许多其他庞加莱生物一样,不是利用晶状体形成图像后达到观察环境的目的,而是通过使用一种干涉度量法——即采用多个光受体阵列，分析光辐射撞击在阵列不同点位造成的相位差。按照规定，人们对活隐居兽只能采取非侵入式观测法，对其他物种的尸体也只能进行微针解剖，因此没人知道隐居兽眼中的世界是何模样，不过受体的颜色和分布倒是支持一种明显的猜测：隐居兽可以通过环境本身的热释光获得视觉。利用体温加热后，隐居兽的洞穴会比周围大部分石块更暖和，所以它们生命中大多数时间都笼罩在光中。奥兰多在自己的洞穴里调整了感光亮度，让环境稍微变得舒适一些，但离他最初准备体验隐居兽生活时的预期还差得远。每当长了刺的小八爪兽滑入他的嘴里时，他会连忙转身从洞穴的第二条隧道里吐出去。不管这些猎物有多么愚笨，他也不愿意仅仅为了和隐居兽共情就对猎物张开血盆大口。

他的外在自我在景界中粘贴了一个文本窗口，这让他有些<u>莫名眩晕</u>。窗口是二维的，在他视野中所占据的部分微不足道，在超横面的两个方向上也如蛛网般纤细，但窗口里的文字还是引起了他的注意，犹如放置在一个三维景界里，直冲着他的脸而来，挡住了他的视线。他扫视窗口阅读新闻，顿时冒出强烈的<u>既视感</u>，仿佛一眼就洞穿了整页文字的信息。

斯威夫特的卡齐飞船和他们失去联系已经快三百年了。在宏观球这边，链接从未中断：奇点制造的光子流从一个时间戳标记为协调世界时4955年的数据包直接跳到了另一个时间戳注为5242年的数据包。但是斯威夫特的卡齐公民才刚刚从一场漫长的噩梦中醒来，年复一年地思考着反向的 β 衰变是否仍会继续。

奥兰多跃回飞行岛，回到小屋里，恢复成三维身体。他坐到床上，浑身颤抖。<u>他们还没有到被困住的地步。</u>房间很熟悉，很舒服，也很合理——但这些都是谎言。木地板、床垫、他的身体，全部不符合物理规律，没一样能在城邦外面存在。<u>他已经走了这么远了。在这里，他不能再倚靠那个旧宇宙，却也无法</u>

拥抱新宇宙。

他止不住地颤抖。他抬头盯着天花板,等它裂开,让周围的现实涌入,等着宏观球向他劈来一道闪电。他低声自语:"我就应该死在亚特兰大。"

利安娜清晰的声音传来:"没人是该死的。也没人该死于这次银核爆发。别总是愁眉苦脸的,去做点有用的事吧。"

话音刚落的一瞬,奥兰多还算清醒,这是压力导致的幻听,可他立马又像抓住了救命稻草似的死攥住利安娜的话不放。利安娜一定会因他的自怨自艾而鞭策他,他对她的这部分印象一直留存在脑海中。

他强迫自己集中精神。出于某种原因,奇点滑动了,这意味着换质者的长中子锚正在失控。原本母宇宙和宏观球的时间是绑定的,如今却出现了松绑的迹象。无论是亚蒂玛、布兰卡,还是其他绝顶聪明的科祖克拓展理论的专家学者,都没能预测到这类事件,换句话说,没人知道奇点再次滑动究竟还会不会发生、什么时候发生。

但再出现一两次滑动就足以让他们难逃银核爆发。

其他人听到这个新闻后,会立马开始克隆城邦,并去别处搜寻换质者。可即使奇点不再滑动,他们的时间也不够抵达两颗或三颗新的恒星,奥兰多全身每一种本能都在告诉他隐居兽就是一种愚蠢的动物,但同时他的所有本能距离它们的发源地实在太过遥远,根本分不清何为木向,何为金向。

假扮隐居兽并不能真正接触、了解它们。不管是驾驶仿兽,重塑身体,还是在超曲面上爬来爬去,都远远不够。单独的心智根本无法处理好地球和庞加莱、U 和 U* 宇宙、三维和五维之间的平衡。逃避?冲击?根本没人能做到这般程度的灵活,他只会崩溃。

奥兰多对外在自我说："建一个小屋的副本，就在这。"他指着一面墙，把它变成了玻璃。玻璃后面像是一个未翻转的镜像，复刻了房间里的每一处细节。"加成五维的景界。"房间似乎没有变化，但他看见的只是三维的投影。

他打起精神："在那边建一个我的分身，用我的五维身体，还有所有的宏观球生物视觉符号。"

突然间，他进入了五维景界。他笑了起来，用四只手臂抱住自己，以免换气过度："利安娜，别玩'梦游仙境'的梗，拜托。"他要先集中精力找到四维方体墙的二维切片，切片能显示出与之相连的三维小屋：就像在盯着一个细小的窥视孔。他的纸片人原版，也就是没有变化的奥兰多，正将一只手压在玻璃上，做出一个带有安抚意味的手势，尽量不显露出自己松了口气的心情。事实上，虽然奥兰多内心恐慌，但他还是很庆幸自己没有再被困在那个令他犯幽闭恐惧的世界里。

等到呼吸顺畅后，他说："现在接入仿兽的景界。"对面的墙变得透明，墙后是庞加莱的超曲面，他的仿兽仍旧站在距离真正隐居兽洞穴入口几德尔塔的位置。

"去除仿兽，将我复制在那里，附上隐居兽的身体图像和感官，还有埃琳娜的那套手势语，还有——"他迟疑了一下。<u>就是这样，螺旋下坠</u>。"撤掉所有和我旧身体、旧感官有关的所有符号。"

佗[1]在超曲面上。透过一个飘浮的四维窗口，在外星生物学家推测出的最有把握的隐居兽视觉中，佗看见了五维小屋和屋主，所有的颜色全部转换成了<u>虚假的热色调</u>。很显然，整个场景在物理上是不可能的：超现实、荒谬至极。原版小屋的三维景界

---

[1]此处奥兰多的分身的人称代词变成了无性别的"佗（ve）"。

太小，也太远了，根本看不见。佗环视发着微光的景色，如今一切都显得更自然，更易懂，也更和谐了。

埃琳娜为隐居兽的警棍发明了一种手势语，目的并不是捕捉真正的隐居兽，但这门人造语言的确让公民们得以以手势动作和图像进行思考，而无须使用母语，同时还能在不违背模拟的隐居兽身体结构的前提下与自己的外在自我进行交流。

佗伸出全部十二根警棍，指示外在自我先复制景界，然后再次将佗复制，并进行进一步修改。一部分来自外星生物学家对于其他物种行为的观察，一部分来自布兰卡之前关于宏观球生物心智结构猜测的笔记，还有一些来自佗自己对部分符号的直觉认知——以便让这副躯体能和这个世界更紧密地联系在一起。

这是奥兰多的第三个改后副本，佗向后看着各个景界的隧道，眼光越过佗的直系源头，徒劳地寻找着佗难以理解的曾祖父辈。<u>曾经有一个世界是他们生活过的</u>……但是佗既叫不出名字，也想象不太出来。随着最初版本的大部分情节记忆符号被删除，克隆体继承下来的最显著特征只剩下一种紧迫感，然而丢失的记忆所残存的痕迹却仍在隐隐作痛，好似一些无情节、无意义，又无法想起的关于爱和归属感的梦境所留下的残余。

片刻后，佗转身离开窗口。隐居兽的洞穴本身依然触碰不到，但相比后退，前进更容易。

#

奥兰多在小屋里踱步，没理会保罗和亚蒂玛发来的消息。九千陶前，他的第七个分身控制了仿兽，随后立刻说服了真正的隐居兽离开洞穴。自此，二者就一直在相互模仿和比划。

当仿兽撇开隐居兽与第六分身交谈时，奥兰多可以看见其他分身都在密切注视着，就连第一分身都看得有些呆滞，好像能从五维的警棍比划动作中汲取某种美感似的，尽管他什么也不懂。

信息从一个分身传达到前一个分身，让排行最后的奥兰多等得心急如焚。传递信息的分身虽说是他的克隆，但其实更像他的孩子，待他们完成使命后，等待他们的会是什么呢？搭桥人从不孤独，每个人都和整个大群体中相互重叠的某个大型子集相关联。但他现在做的，却与搭桥人的理念背道而驰。

"有好消息也有坏消息。"站在墙后的四足分身说道。分身的头在看不见的维度中移动，导致脸部出现了些微的变形。奥兰多走向玻璃墙。

"难道，隐居兽有智慧吗？"

"是的。埃琳娜是对的，他们调整了生态系统，其程度远超我们的预计。他们不仅不受气候变化和人口波动的影响，甚至连基因突变或是新物种出现都奈何他们不得——他们堪称无敌，除非庞加莱变成超新星。他们身边的一切依然能够自由演化，但是他们已将自己锚定在了整个不断变化的系统中。"

奥兰多惊得说不出话。哪怕地球上改造人再大胆，也绝不敢设想出隐居兽的这种长期动态平衡的情形。这起发现与在中子内部结绳记事的震撼程度不相上下。"他们……不是换质者吗？竟然能堕落成这样？"

分身鬼魅般的脸上闪烁着笑意："不是！他们就是庞加莱的原住民，从未离开，从未远行。但先别急着鄙视他们，他们也经历过野蛮时代，也抗衡过相当于蝎虎座事件的灾难。这里就是他们的避难所，是他们坚不可摧的亚特兰大。我们哪里能因此嫌恶他们呢？"

奥兰多没有作声。

分身又说："但他们的确还记得换质者，而且知道他们去了哪里。"

"去了哪里？"假如奇点再次滑动，到时就连去最近的恒星都需耗时很久。"他们还在沙漠吗？建了一座城邦？"

"没有。"

"那他们去了哪颗恒星？"如果他们将全部燃料用于加速一趟单程旅行，再将信号传回接驳站，而不选择物理意义上的返回，他们还是有一线希望的。

"也不是——至少隐居兽指不出来。换质者根本就不在宏观球里。"

"你是说……他们找到进入另一个四维宇宙的途径了？<u>直接进去？</u>"奥兰多不敢相信。如果这是真的，就意味着他们能将所有同胞都带入宏观球，等待爆发过去，然后借助换质者的技术自行回到母宇宙，而无须考虑卡夫卡或斯威夫特星上是否有幸免于难的拟形人提供协助。

分身露出惆怅的微笑："也不尽然。但好消息是，第二个宏观球是四维的。"

第七部分

保罗凝视着红移,回到奇点:"我真希望是我而不是他。"

亚蒂玛说:"和隐居兽搭桥并没有毁掉奥兰多,或许他比其他人都适合做这项任务。"

保罗摇摇头:"可他一个人也应付不过来。"

"那也比什么都不做、无所事事要好。"

保罗转向佗,感伤地说道:"谁说不是呢。"

第十七章　单位分解

U* 宇宙，卡特 - 齐默曼城邦

奥兰多放弃了五维景界，他站在长核子设施的阴影界中，等待和保罗道别。阴影界是一个由密集的管道线路构成的迷宫，真实的五维方体建筑中的每一条管道和线缆都被塞入一个拥挤的三维立方空间中。

宏观球宇宙中没有"同位素"，但是换质者令人难以置信地使用了一块巨型纯耐火矿物板标记出了他们离开的位置。这块板最初是用来遮盖庞加莱上旋转的极点之一的，后来整块极地板块发生了漂移，碎裂开了，还好标记板既没有融化，也没有沉没，而且在隐居兽使者描述了板子的成分之后，人们很容易找到它。石板中的长核子和斯威夫特上的中子一样，都携带了同一幅银河系图，和一串用于与第二个宏观球真空相互作用的催化序列。使用能克服静电排斥的反轻子轰击核子后，"U 双星"（U**）宇宙中的奇点即可发射出普通物质的粒子；反过来，朝着奇点发射粒子后，也会改变相同的核子 - 反轻子作用。

保罗、埃琳娜和卡巴站在一个通往第二个宏观球的象征性通道旁，使用的是曾经的三维身体，和即将告别的朋友们有说有笑。四十六位第二层级远征队队员都决定冻结位于庞加莱的自我，只有在他们未能返回的情况下才会被唤醒。奥兰多同意了，他对层层叠叠的分身早已厌烦。

保罗看见奥兰多后,走向他:"还没改变主意吗?"

"没有。"

"我就不明白了。不论是三维空间还是一维时间,物理规律都很正常,有星系,有行星……旧宇宙里有的那里全有。而且,假如我们没办法避开银核爆发的话——"

"那我就用激微波把自己送回地球,亲自将证据摆在整个联盟面前。等我做到这点,我就会成功的。"

保罗似乎感到很迷惑,但他还是偏了偏头,表示接受。奥兰多回想起以前流行心智移植段的时候,他们需要将情感正式排成数据包才能在彼此间传递,那简直就是噩梦。他草草拥抱了一下自己的儿子,然后目送他离开。

他的第一代搭桥人分身出现在他身边——是投影,分身实际位于逼真的五维景界中,而奥兰多本人的三维身体在五维景界中被渲染成增厚了的可见状态。

分身开口道:"他们会找到换质者的,并带回来关于蝎虎座和银核爆发的物理学原理。然后就能说服大家,拯救苍生。你该开心才是。"

"换质者没准已经离奇点超过一百万光年了。而且银核爆发背后的物理学原因可能超出我们理解能力。"

分身笑了:"没有什么是不能理解的。"

奥兰多看着四十六个人陆续走进通道。亚蒂玛举起一只手大声喝道:"奥兰多!我会帮你留一颗星球的!再建一座亚特兰大!"

"我不要一颗星球,一座小岛就够了。"

"也行。"亚蒂玛走进了迁移软件的图标之中,消失不见。

奥兰多转向分身:"现在干什么?"隐居兽使者已经无法沟

通了：佗在得知城邦的困境后，毫不犹豫地将他们所了解的能帮助城邦寻找换质者的信息分享了出来，但是当外星生物学家们开始通过搭桥人不厌其烦地询问隐居兽的历史和社会学细节时，使者委婉地告诉专家们少管点闲事。由于无事可做，许多搭桥人分身逐渐变得垂头丧气。

分身回答："看你自己咯。"

奥兰多立刻接话道："我要把你们全部召回，所有分身都合并回来。"

"当真？"分身再次笑了笑，脸上熠熠生辉，"你真的承受得了吗？你真的愿意彻底割舍和隐居兽世界的联系吗？你不再担心幽闭恐惧了？还有——"他像挥舞警棍那样摇了摇手指，"再也说不了隐居兽语也没关系吗？"

奥兰多摇摇头："没关系。"

分身在超横面里伸展了下肩膀。在投影中，他多出来的一对手臂先缩小，又长了回去："第七号分身想留在庞加莱。先借用仿兽的身体，直到自己能够合成合适的身体为止。"

奥兰多并不吃惊，他一直认为桥接中最外面的分身肯定会被超曲面吸引："其他人呢？"

"他们想去死。隐居兽对文化交流兴致索然，所以作为翻译者，他们没有存在的意义，也不想合并回来。"

"如其所愿。"惭愧的是，奥兰多瞬间放松了很多，如果他满脑子都是隐居兽的手势符号，他一定会疯掉的，而且还会有一种保存它们的使命感，从而再也不会重启那些合并回来的自我。

分身说："但我愿意，如果你同意的话，我想合并回来。"

面对这个奇怪的另一个自己，奥兰多仔细打量着他的脸，想知道他是不是在开玩笑，或者是不是在测试他。"我同意。不过，你确定想要合并吗？当我和其他一千个分身合并时，你在五维景界中的几兆陶时长的体验会造成什么影响?"

"还好,"分身不情愿地承认,"会像一个小伤口,轻轻地疼一下。提醒你曾经拥抱过连想都不敢想的更大的世界。"

"你想让我寻找避难所,却仍然不满意吗?"

"有一点。"

"你想让我在五维中做梦吗?"

"偶尔会。"

奥兰多对他的外在自我说话,开始做准备,接着向分身伸出了一只手。

第十八章　创世中心

U** 宇宙，卡特－齐默曼城邦

在第二个宏观球中停留了七十九天后，保罗仍然难掩雀跃之情。原来，奇点处在一个椭圆星系的深处。于是乎，皮纳图博卫星周围的夜空再次变得繁星罗布。至于庞加莱，自有其可怕的美感，但当保罗见到全新的星座中散布着熟悉的光谱型时，他浑身上下都透出一股愉悦的生疏感，与他在第一个宏观球中的体验大不相同。

坐在他身边的埃琳娜将腿从横梁上甩下来："星系和星际空间的相对体积是多少？"

"这个宇宙吗？不清楚。"

卡巴开口说："观测数据的初步估计是一比一千，主要看怎么算星系晕。"

"所以，我们没有与最近的恒星相隔百万光年远只是因为运气好？"

"是吧。"保罗想了想，"难道你认为换质者故意挑选这里放置的奇点吗？怎么做到的？"

"真空就是真空。"卡巴毫不顾忌地说，"在他们制造出奇点前，本宇宙中连接首个宏观球的时空点在哪里，这一问题毫无意义。奇点存在前，只有一组无法区分的、包含一切可能性的量子历史。所以对换质者来说，没有什么非选不可的点位。"

埃琳娜说："不，如果他们让量子历史任意塌陷，奇点出现在星际空间中一定是可能性最高的结果。所以，他们要么运气好，要么就是能够操控量子塌陷的方向。"

"我觉得是他们操控了塌陷方向，利用的是虫洞的形状，将虫洞优先绑定到一定程度的引力曲率上。"

"也许吧，"埃琳娜笑了，有些沮丧，"但还有一个问题，就是我们能否追得上他们。"

保罗看了一眼他们此行的目的地——诺特——一颗炽热的、带有一层紫外线的恒星，带有两颗无水的类地行星。相比于首个宏观球，换质者有可能会选择在这个四维宇宙中安顿下来，但是对于他们的新家园是否就在诺特系，保罗没有报太大期望。换质者抵达时，最近的恒星未必是诺特，更未必是最宜居的。倘若两颗行星上没人，而此时再出现一次奇点滑动，就会彻底丧失及时赶上换质者的机会。保罗曾向奥兰多表示，无论怎样，应该会有很多公民愿意进入宏观球中避难——毕竟，即使对于中子地图的解读是错的，最后不过虚惊一场，他们也能选择回家。而奥兰多对此不以为然："部分人不够，得说服所有人才行。"

景界中出现了一条断成几段的虫子，长有六条肉身人的腿，身子盘绕在横梁上。保罗吓了一跳：它的图标和赫尔曼的一模一样，可赫尔曼连首个宏观球都未曾去过。另外，虫子也没有向外呈现任何签章标签。

保罗转向埃琳娜："这是在恶作剧吗？"

她看向卡巴，卡巴摇摇头："即便是，目标也是我们所有人。"

虫子越靠越近，抖动着目茎。埃琳娜大声喝道："你是谁？"皮纳图博卫星欢迎所有人进来，但是不展示签章就现身是一种极为无礼的做法。

虫子用赫尔曼的嗓音说:"难道你不想叫我赫尔曼吗?"

卡巴漠然地问道:"你是赫尔曼吗?"

"不是。"

"那我们不愿叫你赫尔曼。"

虫子的头左右摇摆——典型的赫尔曼风格:"那就叫我应急处理程序吧。"

埃琳娜说:"也不行。你到底是谁?"

虫子看上去心灰意冷:"我不知道你们想听怎样的答案。"

保罗认真审视着图标,完全摸不透它的真实意图。卡齐城邦的某些角落里常有一些怪异的程序在运行,但人们了解这些程序,也会约束这些程序。几千年来,总有一些程序会在意想不到的地方冒出来。"你是什么软件,怎么知道得这么多?"如果它不是公民,他们就能调用操作系统设施彻查,不过出于礼节,还是要先询问一下。

"我是应急处理程序。"

这称呼保罗闻所未闻:"你有感知吗?"

"没有。"

"为什么要用我们朋友的图标?"

"因为你们知道我不可能是他,所以能将误会降到最低。"虫子可谓有理有据。

卡巴问:"为什么你要和我们交流呢?"

"我的功能之一就是迎接新来者。"

保罗笑了:"我和埃琳娜都是家生的[①],如果你是来欢迎卡巴的自动派对程序,你也晚来了一千五百年。"

[①] 见《术语表》第 22 条"家生"。

埃琳娜拉住保罗，跟他悄悄说道：

"我觉得它不是指新来卡齐城邦的人。"

虫子讨好地挥舞着目茎。保罗盯着它，问："你源自哪里？来自城邦何处？"

它好像没听明白这个问题，试探性地答道："也许是外面？"

"我不信，"保罗转向埃琳娜，"算了吧，它在唬人呢！在星际空间中闯进我们的硬件设施，进入虚拟景界中，还能模仿赫尔曼？可能吗？"

虫子说："简单查阅一下就能确认你们的数据协议。赫尔曼的外貌早就烙刻在你们的心智中了。"

保罗觉察到自己的观点在动摇。或许它的背后是换质者：先在途中读取、解码整座城邦，解读公民们的本性、语言和秘密。他们在俄耳甫斯的分身不也对"王氏地毯"做过类似的事吗？就差进入"章鱼"的虚拟世界中和他们直接接触了。

埃琳娜询问虫子："是谁创造了你？"

"另一个应急处理程序。"

"它又是谁创造的？"

"另一个应急处理程序。"

"这条链上有多少个应急处理程序？"

"九千零一十七个。"

"再往前呢？"

虫子思索了一下问题："你对任何层级的非感知软件都没兴趣，是不是？"

埃琳娜耐心地回答："我们对一切都感兴趣，但首先我们想了解创造出你们的感知生物。"

虫子伸出一条腿对着天空挥舞："他们从一颗行星上进化而出，但现在分布很广，每个个体间相距上百万颗恒星。所以他们的行动速度比你们慢多了，这也就是他们不能亲自来欢迎你们的原因。"

卡巴问："是这个宇宙中的一颗行星吗？"

"不是。他们进入这里的方式与你们一样，不过路线不同。"说着，它创建出一个图形：多个嵌套在一起的球面，悬浮在横梁旁，其中一条通道串联起不少于七个按层级排列的宇宙。第二条通道只连接了三个宇宙，与第一条通道在顶层相遇：看来第二条就是卡齐城邦走的那条路。虫子的创造者没有经过第一个宏观球：所以他们从未去过庞加莱，更别提斯威夫特了。看来，他们不是换质者。

保罗的疑心再次涌现。也许这就是赫尔曼，伪装成模仿自己的程序：一个通过奇点链接过来的不速之客，抑或刚刚现身的偷窥者。当然了，除了他没人能鼓捣出如此令人费解的恶作剧出来。

保罗讥讽道："怎么才七层？太少了吧？"

"这只是他们走过的长度，他们选择停在这层宇宙。"

"但是还有更多层是吗？就是说他们可以走得更远？"

"是的。"

"你怎么会知道？"

虫子调出另一幅图，展现的是轨道上的两颗中子星："你们是不是不明白这个系统的运作原理？"它真诚地盯着保罗，后者点点头，没有说话。哪怕是赫尔曼，也不会拿蝎虎座 G-1 号事件开玩笑。

两颗中子星被限制在一个代表它们所在宇宙的透明平面里，相互缓慢地盘旋。虫子添加了两个平面，分为上下两层，平面上有恒星随机飘动：这代表的是相邻的宇宙，被宏观球维度中的一个量子距离隔开。"这些宇宙间的相互作用非常微弱，但是角动量的临界值会达到最大。"

卡巴生气地插嘴："我们早就清楚了！但临界值还是太弱了，解释不了蝎虎座 G-1 的现象！这种效应比引力辐射足足小了几个数量级，而且不可能出现失控的螺旋运动。一旦双星系统失去角动量，并低于临界值，耦合强度就会暴跌，整个相撞过程反而会变得更加缓慢！"

虫子说："如果只有一两层宇宙，就算有六七层吧，那么你说得都对。诚然，由于系统会和相邻宇宙中的天体产生随机相互作用，所以会丢失少量的角动量，其影响不足挂齿。但是，包围每一个四维宇宙的，不仅只有同一个宏观球中相邻宇宙所拥有的六个维度；也不仅限于其他宏观球中宇宙所拥有的十个维度：宇宙的层级是无穷的，所以额外维度也是无穷的。正因如此，每一个四维宇宙实际上都在和<u>无穷多的</u>相邻宇宙产生相互作用。"

图形中的两个额外平面翻倍成了四个，接着是八个，将运行中的中子双星套入一个立方体中。随后，立方体畸变成一系列多面体，面的数量不断增多，每个面代表的均是相邻宇宙的一部分。随后，多面体模糊成一个球体，无数星星从一个相邻宇宙构成的连续体中陆陆续续"经过"，蜂拥而入——轻轻拉扯着中子双星。

"系统现在不会丢失角动量了。"虫子说着，在轨道中心放置了一个箭头，指向平面之外，"这就是耦合强度没有下降的原因，阻断了相互间的作用。不过，随着每一次的相遇，角动量的矢量方向都会出现轻微改变。"群星飘过，箭头开始摇晃，偏离其垂直向。箭头距离轨道平面的高度代表的是箭头在普通三维空间中的组成部分，而随着箭头越来越偏离原来的方向，中子双星开始螺旋着相互靠近。双星的角动量没有通过介子射流或其他介质传递到系统外，而是被转化为额外维度上的自旋。

卡巴一脸茫然地看着动画演示，埃琳娜碰了碰他的手臂："你还好吗？"

他点点头。保罗知道，对于他和选择数字化的肉身难民而言，这才是他们加入大流散计划的目的所在。卡巴曾在月球上目睹蝎虎座双星的死亡螺旋，却根本弄不懂背后的原理。这场无妄之灾致使成千上万的肉身人死亡，却根本无法解释。

保罗自己也觉得有些迷惘。换质者还是一如既往地神秘莫测，而眼前这个来自另一个文明的非感知工具轻轻松松就回答了大流散舰队跨越三个宇宙去苦苦追寻而不得的问题。

或者说是半个问题。

保罗调出一张银河系的地图，每一颗星星都用格式塔标签标注了质量和速度，问道："你能看懂吗？"

"能看懂。"虫子诚恳地继续补充，"我知道你们想问什么，银核的命运是怎样的？"

一瞬间，保罗突然很庆幸这虫子是无感知的——他们的心智全部被它读取了，在它面前，他们可谓一丝不挂，就像在爱人面前一样暴露无遗。虫子将他们的信息翻来覆去地阅读，以确定他们究竟需要怎样的答案，而它却和城邦的数据库一样，是没有意识的——除非它在撒谎。

"那么，换质者说得对吗？你同意他们的预测吗？"

"不一定。他们推测到了未来很长一段时间，而星系是一个很复杂的系统，所以他们很难做到万无一失。"

埃琳娜问："误差范围有多大？"

虫子说："银核塌陷后，大部分的能量会转换为额外维度上的自旋。这种形式的能量不能和本地引力子相互作用，所以银核区域不会像其他情况那样迅速被封锁在事件视界背后。在此之前，能量密度会一直增长，甚至能缔造出全新的时空。"

"就像一场小型的大爆炸？"卡巴不安地离开横梁，似乎想要赶紧对外发布警告，"银河系中心会成为一个创世中心？"

"是的。"

埃琳娜说："全新的时空会和旧时空正交吗？形成一个和主宇宙垂直的泡宇宙，而不会侵入主宇宙中？"说着，她画了一个粗糙的图形，一个巨大的球体中生长而出一个小球，两个球体只通过一个狭窄的颈口相连。

"没错。但在银核处的那个小小的共享区域还是会升至极端高温，然后夹断颈口，形成一个黑洞。"

"温度有多极端？"

"高温足以分解半径五万光年内所有的原子核，整个银河系中没有任何东西能够幸存。"

埃琳娜陷入沉默。保罗暗忖：在这里是见不到任何迹象的，一丝光都透不进来，就像远方的超新星爆发，只是一次标志着上千亿星球覆灭的事件，是一场无法见证的末日。

保罗清楚，应急处理程序不会对他们的窘境有丝毫同情，它只能执行很久以前编入程序里的例行公事，尽最大限度表达清晰。然而，它所传递的信息仍然在设法弥合时间、尺度和文化上的隔阂。

它说："带着你们的人来吧，这里欢迎他们。这里容得下所有人。"

第八部分

相同多普勒频移的恒星在目的地汇聚，五彩斑斓的同心三维球体将天空戳破，亚蒂玛很喜欢这样的场景：似乎比常见的圆形星带要醒目得多。佗将韦尔的图像紧紧包好，似乎这一次，换质者不会再溜走了。

保罗说："看来，故事要结束了。自此之后，他们会比我们更了解这片领域。"

"也许吧，"亚蒂玛踟蹰道，"不过，他们或许还会对一件事感到好奇。"

"什么事？"

"你啊，保罗。你已经有了自己所需要的所有信息，也让整个大流散计划的付出没有白费。可你为什么还选择继续前行呢？"

第十九章　追逐

U** 宇宙，卡特 – 齐默曼城邦

为了将通信延迟降至最低，城邦返回了奇点。在庞加莱的卡齐城邦里，有人提出是否需要自我隔离，因为从第二个宏观球中返回的卡齐副本已经"被污染了"。在保罗看来，这属于无事生非。的确，应急处理程序从分子层面渗透到城邦，对硬件进行物理上的操作，但通过奇点传回的软件根本不可能拥有同样精湛的技艺。可话说回来，如果这群要求隔离的人能趁此机会摆脱掉脑中偏执的想法，保罗觉得也不失为一件好事。另外，保罗并没有特别想要穿越回去，因为他随时都能轻松地以亲临现场般的方式与庞加莱的卡齐互动。

信息已经送达，所以他回或不回并不重要。而且，人们对应急处理程序提出的无穷维度的科祖克理论进行了一次独立的检验（在未受污染的庞加莱城邦中进行），证实该理论的确完美匹配蝎虎座 G–1 号的数据，生成的银核预测结果也与之前的可怕解读完全一致。于是，奥兰多忙不迭地搭乘激微波亲自向众人发布这一消息，并顺道和斯威夫特的自我完成了合并。整个大流散舰队——包括拟形人在内——均散布在斯威夫特方圆二百五十光年的范围内，所以每个人都有逃生的机会，除非再次撞上奇点滑动——那可真是运气背到家了。即便有人信不过拥有近乎神明般力量的跨星人（创造应急处理程序的种族），他们也可以选择留在首个宏观球。

保罗坚信，只要是尚未彻底割舍真实世界的人，定能被奥兰多和斯威夫特版本的亚蒂玛与卡巴说服。甚至连俄耳甫斯上的"地毯"基因序列也可以带过来，重新播种到另一个星球上。

以上便是所能预料到的最好的结果，可保罗仍旧有一种无地自容、愧疚难当之感。他清楚，由于蝎虎座一事，他故意否认换质者地图所传达的信息，因为他厌烦总是拿奥兰多的痛苦和遗憾作为衡量一切的标尺。即使在庞加莱，也是奥兰多做出了牺牲，才打通了前往第二个宏观球的通道；而保罗不过是穿越了奇点，真相便落入了手中。如今，他将等待五百年，等待奥兰多的凯旋，引领全联盟走入安全的避风港。

应急处理程序告诉保罗，椭圆星系里有六千个文明。有的是有机生命体，生化结构和身体面貌花样繁多；有的是运行在城邦或机器人体内的虚拟生命，另外还有数不胜数的混合生命体，根本无从分类。有些是第二个宏观球中的原生种族，有些种族的家园和跨星人一样遥远。其中，十二个文明诞生自银河系，他们有的是读懂了换质者留下的信息后，追随着他们的脚步而来的，有的则是自己获得了同样的推断，继而发明了相同的技术。

因此，他们还需要留在这里，从无限多的可能性中为城邦联盟的未来选择合适的发展模式。只要新来者的姿态端正，大多数文明都会敞开大门，与其沟通，而不会顾虑新来的文明落后与否。

可换质者没有留下来。他们是在跨星人之后进入这个宇宙的，两个文明简单交流后，换质者又踏上了旅程。

保罗听到亚蒂玛的计划后，便直接找到埃琳娜。埃琳娜现在的家景是一片郁郁葱葱的丛林，位于一颗被潮汐锁定的卫星上，卫星绕着一颗想象中的气态巨行星旋转，布满条纹的行星占据了三分之一的天空。

她说:"为什么?为什么要跟着他们?这个宇宙里的其他文明也有相同的技术,拥有同样悠久的历史——足足有六千个文明呀!干吗非吊死在换质者这棵树上呢?"

"因为他们不仅仅是为了逃避银核爆发。他们做的不只是避难。"

埃琳娜投过去一个没有被说服的眼神:"这里大部分文明都跟银核爆发无关,有一千多个文明原本就诞生自椭圆星系。"

"所以等我回来后,他们也不会走的。愿意和我一起吗?"保罗注视着她的眼睛,几乎是在恳求她。

她笑了:"我凭什么要和你一起?你自己都不明白要走的理由。"

两人争论了一千陶之久,继而又缠绵了一番,但一切并未改变。保罗切身体会到了她对自己深深的不解,而她也理解了保罗孜孜不倦的追求。可两人的距离却未因此而拉近。

保罗拭去皮肤上的露水,说:"那我能把你留在心智里吗?存放在我的感知之下,别让我想你想得发疯,行吗?"

埃琳娜叹了口气,装出若有所思的语气:"当然了,亲爱的!留存一份我的心智再上路吧,我也会留存一份你的。"

"你也要走吗?"

"保罗,这个星系里有六千个文明。我可不想未来五百年全赖在奇点附近,等着其他大流散舰队过来。"

"一定要小心。"

<u>那可是六千个文明呀!如果与之相随,便不会失去她。</u>这一刹那,保罗差点改变主意。

埃琳娜用平静的语气言简意赅地回答:"我会的。"

第二十章　不变性

U^{n*} 宇宙，亚蒂玛－维内蒂城邦

亚蒂玛发现第二个宏观球中的星空令人心里发慌：佗一直想弄清楚哪些恒星的组合是不同跨星人留下的图像。若应急处理程序所言为真，那么每个恒星系中的本地计算节点只有几毫米宽，相互交流的节点之间距离数光年远，且脉冲极其微弱、定位精度极高、波长很难预测，而且编码方式极为巧妙——一千个星际文明来来往往，竟无一察觉到节点的存在。虽然应急处理程序拒绝透露自身物理基础设施的性质，但它肯定是在飞米层次上运行的，否则不可能突破城邦的防御。有人猜测，跨星人将某种计算设备置入了遍布椭圆星系的真空虚虫洞之中，所以应急处理程序是在空旷的空间中运行的，无孔不入。

保罗说："我要播种了。"

"好的。"

保罗将自己撑在卫星的两根横梁之间，然后朝着卫星轨道的反方向投掷了几个降落舱。亚蒂玛笑了：他也太爱演了。其实，真实的降落舱发射场景反而像是一出默剧，所以当景界停止展示保罗虚拟的发射场景，转而展示真正的外部真实画面时，亚蒂玛压根没意识到。

他们下方的行星名为科祖克，约水星大小，和水星一样炽热。

科祖克上面有重同位素，所以它和斯威夫特一样，是方圆几百光年里最显眼的一个；至少到这一步为止，一切还是有理可循的。降落舱的纳米机器会搭建一个中子操纵系统，然后在第三个宏观球中建造一个城邦——只要清楚步骤，整个过程比星际航行还要简单。

亚蒂玛说："但愿他们是在重复使用庞加莱上的标记。不然，我们得在每一个六维宇宙中搜寻还记得换质者曾经路过的人，那也太费时费力了。"

保罗用刻意装出的冷漠语气答道："我和谁都能搭桥，我不介意。"

"那就好。"

他继续说："我们不确定换质者是否源自我们的宇宙。尽管他们留下了关于银核爆发的地图让本地居民去发现，但他们或许来自前一个层级，只是过客，而不是为了逃命才走的。"

"所以没准他们在我们宇宙中的可能性比在六维宇宙中还大咯？"

保罗耸肩道："我是说别急着下结论。"

"当然。"

此时，下方科祖克表面上的一个点开始生长成一个巨大的黑色圆盘：这是一个具有比喻意味的形象，代表的是通往下一个宏观球的大门。亚蒂玛还记得当初卡齐里没人胆敢使用如此抽象主义的表达方式，因为这是对真实景界的玷污。两人看见圆盘的黑暗中出现了稀疏的星星，那是城邦观测台捕捉到的新视野的二维投影。

亚蒂玛紧盯着下方不断扩张的黑井："要不是我的心智种挑选了某些糟糕的字段，我才不会来这里呢。你呢？"

保罗没有说话。

亚蒂玛抬起头："嗨，你可真是个健谈的小伙伴。"

说完，佗按住卫星的一根横梁，象征性地往下一摁，横梁笔直地朝着大门方向坠去。

#

在第三个宏观球中，距离奇点最近的恒星上居住的生命比庞加莱多，但恒星上无标记，也没有明显的智慧生物可以问路。

第二颗恒星是一个不毛之地，至少对于它表面上过薄，且固态转瞬即逝的大陆来说，温度太高了，环境太动荡了，生命无法演化。除非在岩浆海洋中生活着生物，但这也超出了他们的鉴别能力范围。

第三颗恒星的年龄老得多，气温也凉得多，拥有完整的固态外壳。从轨道上能清楚看见一个庞大的浮道系统将整颗星环绕。这是一个超曲面，道路纵横交错，介于中间的真空被全部移除，很像古代幻想中描述的罗马式银河帝国。

亚蒂玛说："换质者肯定在这里。"

可当他们接近后，地面却未传来任何信号；也没有人假扮成两人多年未见的朋友进入景界迎接他们；真空中更没有悄悄置入的无形防御系统将他们烧死在太空中。

第二波探测器的结果显示，无论浮道是否连通着城市或建筑，其必定深埋在遍布全星的、均匀分布的那层碎石之下。似乎恒星深处曾在某一刻启动了类似细胞核／化学通路的反应，导致恒星地表冷不防地收缩了一下，使得道路系统以如此震撼的方式成为悬于表面之上的浮道，而其余则无一幸免。

第四颗恒星有原始生命的踪迹，可两人没有停下脚步来仔细查验。有一块标记碑，同庞加莱一样也是纯矿物制成，但位置离奇点更近。

他们将第四颗星命名为杨－米尔斯[①]星。过去，大流散舰队

[①] 杨－米尔斯指的是著名物理学家杨振宁和罗伯特·米尔斯（Robert Mills）。

的规则是每个天体只能以一人的名字命名,但他们觉得不应该将这对流芳千古的组合拆离至不同的宇宙中;也不能将某里程碑的星星冠以一人之名,再将另一颗无关紧要的星星冠以另一人之名。

在等待长核子设施完工期间,亚蒂玛浏览着通过两个奇点传送过来的图片,是关于第一波逃避银核爆发的难民的,他们已经抵达 U^* 宇宙中的卡齐。布兰卡就在那里,还有两个加百列——看来有些加百列的分身拒绝合并。亚蒂玛想看看井野城在不在,但是难民都是从大流散舰队中来的,还没有从地球来的人。

#

在第四个宏观球中,二人对最近的一百个恒星系进行了远程光谱分析。其中,有一颗行星上标记有重同位素,距离二百七十光年,他们将其命名为布兰卡星。待抵达时,银核爆发应该已经摧毁了斯威夫特星,不过迁出母宇宙一事也应早已成为史书上的一页。

亚蒂玛命令外在自我将旅途中的自己冻结。等到苏醒之后,佗从家景跳到了皮纳图博卫星中,保罗直截了当地对佗说:"我们失去联络了。"

"怎么回事?失去了和哪里的联络?"

"围绕杨-米尔斯的城邦无法和奇点接驳站通信,信标似乎从太空中消失了。"

亚蒂玛的第一反应是松了口气。接驳站的通信硬件故障一般不像奇点滑动或衰减那么严重,他们虽然不能再接收来自低层级宇宙的消息,但他们仍然能够亲自回去,并在途中将出现故障的硬件修理好。

除非,接驳站不但和远方的城邦失去了联络,也同时丢失了只有普朗克尺度大小的奇点的踪迹。这样的话,第二个宏观球就会像落入大海的针一样难以寻觅。

亚蒂玛想要读懂保罗的格式塔表情，显然他也花时间思考过相同的场景："你还好吧？"

保罗耸耸肩说："我知道有风险。"

"只要你愿意，我们随时都能掉头回去。"

"如果接驳站真的受损严重，现在为时已晚。奇点已经丢失了，就算还没有，我们返程也得花上几千年，根本没区别。"

"区别就是能不能提前预知命运。"

保罗摇摇头，露出坚定的笑容："假设我们回去了，发现除了通信链路外，一切运行如常，怎么办？岂不是太傻了，白白浪费那么多世纪。"

"要不就继续前进，但是送几个克隆体回到第三个宏观球，然后驾驶城邦前往接驳站查看究竟。"

保罗不耐烦地低头看着布兰卡星坑坑洼洼的表面，说："我不想。我不愿再为了返程而自我分裂了。你呢？"

亚蒂玛说："我也不想。"

"那就扔下种子，继续前进吧。"

#

保罗在第四个宏观球中保持了一段时间的清醒。其间，他沉浸在五加一维的物理环境中，并大幅度改善了光谱仪。借助该工具，二人将换质者的标记锁定在第五个宏观球的奇点附近，位于距离第二近的恒星上，他们将它命名为韦尔星。

该标记仍覆盖着旋转极。

在旅途中点时，亚蒂玛让外在自我将自己从冬眠中唤醒。佗站在五维空间版本的皮纳图博卫星中，感觉自己仿佛溶进了稀疏的星空。每一片真空中究竟包含多少个宇宙？这是一个毫无意义的问题。按照应急处理程序的说法，即便在母宇宙之下，仍有无数更低的层级。

或许每个宇宙中都有生命和文明，也有星际旅行者和长粒子工程师。但即使是跨星人，抑或换质者，都只能前进有限的距离。说不定，在母宇宙十几万层之下的宇宙里，也有一支大流散舰队正在缓慢地向上面的层级攀爬，而银河系中的人却根本不知情。

如今，他们自己的大流散计划已和换质者的旅途有了重叠。尽管他们四周的空间是无垠的，但只要紧紧跟住换质者留下的脚印，就绝不会走丢。只要有足够的时间和毅力，他们就一定能追上换质者。

片刻过后，保罗也醒了，并加入进来。二人同坐于一根横梁上，盘算着和换质者的会面。他们越是谈论这个话题，亚蒂玛就越有信心，认为离目标已经不远了。

#

在第六个宏观球中，距离奇点十亿公里处，有一件人造物体在太空中自由飘移。

其形状不大规则，基本呈球形，宽两百四十公里，和一颗较大的小行星差不多。上面凹坑不多，但离充斥着碎片的恒星系很远。物体表面应该有一两百万年的历史了。

由于星光微弱，他们很难获得光谱，所以不得不先等了约一兆陶时间，没等来生命迹象，然后发出了一系列无线电和红外信号，又等了同样长的时间，还是没等到回应。于是，二人决定冒险一试：用激光轻扫物体表面。

物体并没有喷出复仇烈焰烧死他们。

除去来自星际尘埃的污染，物体表面由纯石英和二氧化硅构成，其中硅 30 和氧 18 是各自最重的稳定同位素。这件人造物貌似与周围环境处于热平衡状态，但并不能证明它是死的，余热和熵都可以在一定时间内通过内部隐藏的渠道排出。

他们让微型探测器在物体表面降落，然后通过细微的地震波对物体进行断层扫描。该人造物各处密度完全一致，是均匀的固态石英。不过扫描只能精确到约一毫米，因此他们对于更小尺度上的结构不得而知。

保罗提出："也许这是一个运行中的城邦。他们通过可穿越的虫洞获取、排出能量。"

"就算你说得对，他们是在故意无视我们吗？或者他们对外界一无所知？"即便内向如阿什顿-拉瓦尔的公民，如果有人用激光触碰他们城邦的外壳，也会立刻察觉到。"如果他们是在无视我们，不知道我们采取足以引起他们注意的侵犯性行为后会作何反应？"

保罗说："先等上一千年，看看他们到底要不要接触。"

于是，他们派出一小队飞米机器钻进物体内部，在几米深处发现了结构：石英中出现了某种微小缺痕构成的模式。数据分析表明，缺痕不是随机的：偶然产生空间关联性的概率近乎无限小。不过，整个晶体是静止的，毫无变化。

这不是城邦，是存储起来的数据。

数据规模之浩瀚令人咋舌，信息几乎被压缩到了自身的分子级别以储存，而人造体的体积是一座城邦的五百万亿倍。他们启动模式分析软件，试图理解部分零碎的信息，却什么也没得到。二人又加速等了一个世纪，让飞米机器钻得更深的同时，给软件以时间解决问题。

他们加速了整整一千年。其间，飞米机器发现缺痕记录了一张旧银河系地图的副本，地图周围均为不可解读的材料。见状，他们又加速了一千年，但软件还是无法解码其他任何数据的存储协议。于是他们开始准备采样数据，但亚蒂玛怀疑即便他们最后成功读取了所有数据，也依旧无法读懂。

令佗意外的是，保罗对此很麻木："奥兰多或许都已经死了，什么都没留下，只剩下他的肉身的子子孙孙，居住在第二个宏观球中某个名不见经传的星球上。"

"你的其他分身肯定拜访过他了，也见了他的子孙，道了别。"

保罗换成了祖先的模样，流出了眼泪。亚蒂玛说："奥兰多曾是一名搭桥人，为了和其他文化接触，他才创造了你。你走得越远，他越欣慰。"

人造体的表面全都是长中子，承载着同样的催化剂。那张关于银核爆发的地图也通过虫洞序列编了码——只不过在这个宇宙中，哪怕是最微小的真空波动也比任何一场足以吞噬整个银河系的灾难规模大得多得多。

他们采集了一份中子的样本，在第七个宏观球中建造了一座新的城邦，然后继续前进。

#

奇点附近还有另一个自由飘浮的人造体，采用的是他们在庞加莱上见过的用于制作标记的材料。

物体是冰冷、惰性的，也和第一个人造体一样，充斥着同一类的微观缺痕。由于无法判断数据是否完全一致，二人只能比较两者的细小样本。软件发现样本间存在部分匹配的序列，即晶体中出现次数相对频繁的位串。存储协议还是摸不清，不过估计是一样的。

亚蒂玛说："我们随时都能回家。"

"别再说了行吗？你自己都不信，"保罗笑了，流露出的无奈大于苦涩，"我们已经花掉六千年了。同胞与我们早就形同陌路了。"

"那也只是程度的问题。我们越早回去，越能尽快适应。"

保罗没有动摇："可我们现在不能空手而归。要是因为想要及时止损而放弃，就表明这场搜索从一开始就是在白费力气。"

#

在第八个宏观球里有第三个人造体，第四个人造体在第九个宏观球中。形状、大小都能在相同维度下进行有意义的对比，而且两者间的差异几乎无法测量出来（除了表面随机的微型陨石坑）。二人在两件物体的匹配位置分别采样，尽最大努力排列飞米机器的路径以寻找相关性，他们随之发现大量数据是一致的。但仍有不同。

在第十个、第十一个、第十二个宏观球中，模式一直在持续，但人造体的形状有了些许改变。他们在对应位置总计采样了多达数 EB 的数据，其中只有 10% 到 20% 的不同。

保罗说："它们类似俄耳甫斯'地毯'身上的砖列。只不过我们不清楚它们的动态，也不了解人造体的序列代表了什么规律。"

亚蒂玛认真思索了一下解决问题的可行性，然后得出结论："没戏。根本不能通过换质者的技术推断出他们的意图，别再浪费精力一个个研究这些人造体了。"

保罗冷静地点点头："同意。理解这些物体最快的办法就是直接询问制造者。"

#

二人将搜寻过程自动化，然后命令外在自我加速、冻结自己，并在必要时克隆自我。他们将感官提升至八维，然后进入八维化后的皮纳图博卫星景界，坐在横梁上，看着纤细的三维和五维人造体结成相互垂直的对，旋转着在视野中进进出出，好似在围着螺旋楼梯转圈，从一个宏观球跳入下一个，从一条维度走进另一条。

在他们抵达第九十三层时，城邦和第十二层的奇点间的联络中断了。

他们到达第二百零七层后,第二十六层的奇点滑动了一万年整。

亚蒂玛突发一阵恐慌:"我们太蠢了!这样永远都追不上,他们让人造体和我们跳跃的速度一致,所以总是快一步。"

"在斯威夫特的时候,你跟我说换质者没有恶意的。"

"今时不同往日。"

于是,他们同意先让软件停止报告行踪链上的断点。毕竟,他们早就没有了回头的打算,也就没必要让坏消息扰乱心绪。

人造体在慢慢变化。

待他们走过第一万亿层后,每个宇宙中的人造体数量突然变成了两个。虽然两个物体间有数百公里的真空,但二者的相对位置是被锁死的。

亚蒂玛问保罗:"你想不想停下来,找找背后的原因?"

"不想。"

每跨越一层链接所需的实时时间不可更改,但是他们持续加速时感,所能感知到的跨越从每十层升至每一百层,甚至每一千层。

人造体数量变成了三个,然后是四个。

接着,所有人造体开始移动,逐层汇聚,最终合并在一起。

慢慢地,出现了三个全新的人造体,全部向着位于中央的大物体靠近。正当它们即将融合时,第四个物体诞生了。最大的物体形态开始改变,变得越发接近球体。它缩小、长大、又缩小,随后消失。最后,剩下的只有第二组较小人造体中的第四个物体——和第六个宏观球中首次亮相的人造体的大小差不多。

该物体又持续出现在接下来的十万亿层级中,变化非常小。但突然,它缩成了自身大小的十分之一,接着是1%。

最后消失了。

二人的爬层之旅也停了下来。

最后的奇点——位于距离母宇宙 267,904,176,383,054 层的宇宙中——飘浮在空荡荡的星际空间里。

他们将景界调回三维，四处张望。二人位于一个螺旋星系的平面上，一条星河包住了星空，很像他们失去了的银河。保罗坐在横梁上摇摆着，笑出了声。

亚蒂玛利用观测站看了一眼。目之所及见不到新的斯威夫特星，也没有指引他们向上攀爬的长中子门户。如果换质者还在，他们只能在这里。

"现在怎么办？去哪找他们？"

保罗绕着横梁转圈，然后一把将自己甩进太空。他像个醉汉一样翻滚着远离卫星，然后以违背物理规律的方式转着身子回来。

他说："继续往前。"

"前面什么都没有了。"

"现在的确没有。因为已经结束了，我们已经见到了。"

"什么意思？"

保罗闭上眼睛，从嘴里蹦出下面的话："那些人造体就是城邦。否则还能是什么呢？不过，他们没有在单个固定的城邦里更改数据……而是每走过一层，就修建新的城邦。"

亚蒂玛琢磨着他的话："那为什么在这里停止呢？"

"因为该做的都完成了。"保罗的格式塔似乎在两种情绪间徘徊：对于搜寻失败的痛心疾首，和一切了结之后的如释重负。"对于外面的世界，他们已无所不见——他们至少爬升了六个宇宙——然后，他们花费了两百万亿的时钟周期来思考一切。建造抽象的景界，创作艺术，回顾自身历史。什么都有可能，但我们无法解读,也永远无法得知发生了什么——也没这个必要。难道你非得遍寻所有数据,揭开这个秘密?难道非得掘了他们的坟不可吗?"

亚蒂玛摇了摇头。

保罗说:"当然,我也不理解物体的形态,以及大小数量变化的原因。"

"我知道。"

当所有人造体被放在一起后,它们共同构成了一座巨大的雕塑,横跨足足一千万亿条维度。雕塑点水般轻轻触碰了每一个层级的宇宙,而各宇宙在换质者所建的这座雕塑面前都黯然失色。然而,换质者既没有将每个宇宙摧毁殆尽,也没有以自身的形象重塑星系。作为从某个遥远、有限的星球上进化而来的物种,换质者承袭了最为宝贵的生存之道。

克制。

亚蒂玛把玩着雕塑的模型,终于摸清了正确的组装方式。佗将景界切换成五维,接着将组装好的模型递给保罗。

这是一个有四条腿、四条胳膊的生物形象,其中一条胳膊高高举过头顶。没有手指,或许是他们大迁入后的风格化模样,但基于其祖先形态。其中一只脚的脚尖位于第六个宏观球中,而换质者雕塑的最高点——举起的手臂——就在二人下方的层级中。

这是换质者对上方无穷多层级的致敬。对他们永远无法见到、无法触摸、无法理解的无穷多的宇宙的致敬。

#

他们检查了通信故障记录。截至目前,已有七百多万个链接断开,已确定滑动总计超过了九百亿年。统计表明,行踪链上有数百亿个奇点,系统至少还保留了其中一个,在目前来看有些难以相信。可即便他们能回到第二个宏观球,或者停在位于其上几层的宇宙，如果其中所有恒星都已燃烧殆尽，该宇宙被遗弃，他们也找不到任何东西。他们所熟知的地球文明或许和第二个宏观球中的其他文明已经融合，又或许早已面目全非。

亚蒂玛关掉日志中的格式塔信息流，环顾繁星点点的景界。"现在我们该干吗？"

保罗说："其他版本的我，早已做过了一切我能做之事，活过了我能安排的各种美好的生活。"

"那我们继续走吧，探寻这里的本地文明。"

"那会是一段很长，又很孤独的旅程。"

"要是你想热闹点，我们可以一起制造新的人出来。"

保罗笑了："亚蒂玛，你的图标真的很美，但我觉得我们两个不适合一起启动精神爆发。"

"那就是不咯？"亚蒂玛想了想，"我还没打算现在就停下来。你会害怕孤独地死去吗？"

"不是死亡，"此刻，保罗看起来很平静，主意已定，"换质者也没有死，他们演绎出了自身的每一种可能性。我在 U** 宇宙时，也做了同样的事……或者说，某个地方的我还在做着这样的事吧。但在这儿，我终于找到了我的一路所求。所以，我已再无所求，这不是死亡，是完结。"

"明白。"

保罗切换成祖先形态，立刻浑身颤抖，大汗淋漓："哈哈，还是习惯不了肉身，换回去吧。"他切换回去后，轻松地笑道："现在好多了。"接着，他犹豫地问："你呢？"

"应该会继续探索吧。"

保罗碰了碰亚蒂玛的肩膀："那祝你好运。"

说完，他闭上眼，踏上了换质者的路。

亚蒂玛感到一股强烈的悲伤涌上心头。但保罗说得对：其他版本的他已替他活过了，没有遗憾。

随着悲伤逐渐淡化成孤独，亚蒂玛禁不住采用起同样的逻辑。佗的分身必定也已在很早以前就做过佗盘算过的一切了吧，甚至更多。

可这不够。为了自己，佗还需要继续去发现。

亚蒂玛最后一次审视了这片宇宙的星空，然后跳到了真理矿井的副本中——自打离开小西，佗便一直随身携带着。

佗要穷尽自身的一切可能。要完结一切，就必须找到意识中的不变量：从精神爆发时的孤儿，到此刻搁浅于此的旅人，在佗的心智参数当中，有一部分从未变过。

亚蒂玛环顾镶满宝石的隧道，感知着洞壁上散发出的公理和定义的格式塔标签。一路走来，广袤的尺度早已冲淡了佗曾在母宇宙中的一切，而在这个没有时间的世界中，一切又是如此合理。到了最后，万物皆归于数学。

佗开始回顾身边一些简单的概念——开放集合、连通性、连续性——尘封的记忆被打开，僵化的符号恢复了生机。前往矿面的旅途艰难万险，但这一次，佗再也不会分心了。

译后记

2022年4月的时候，经朋友推荐，新星出版社找到我，委托我翻译格雷格·伊根的长篇小说《离散》。

我一般开始翻译一本新书时，会粗读几页到几十页的内容，大致了解下故事的内容和作者的风格。初读本书时，前十页的内容我基本没有看出个所以然来。当然，格雷格一开始便很贴心地在说明中介绍了本书的一些基本设定，让我大概了解了故事中的世界观，书后他也附了一张术语表，更为直截了当地对文中一些概念进行了解释。

但问题在于，读者刚打开本书后，直接面对的就是数十页篇幅的"硬核"技术类描写，对于一些没有太多耐心的人而言，这犹如一堵无形的墙，让本书很难在开篇就一把牢牢攥住他们的注意力。

正因为如此，欧美不少读者对于格雷格·伊根的评价都是，他并非一个会为市场做出太多妥协的作家，很多时候他的写作更像是为了单纯地取悦自己。

但是，本书的阅读体验是慢热型的。随着技术描写的深入，人物和情节被逐渐引入。而在翻译本书的过程中，最让我难以忘怀的，还是格雷格毫不吝啬地肆意挥霍自己科幻点子的行为。阅读／翻译时，让人大呼过瘾的脑洞一个接一个（无论是虚拟生命的诞生、虫洞、多重宇宙、生物计算机还是多维空间等等），非常难得地让我重温了十多年前初读刘慈欣小说时的体验：那是一种放下书后，看着眼前熟悉的一切，却有一股恍若隔世的陌生感袭遍全身的感觉。

或许这也是格雷格会被国内读者称作"澳大利亚刘慈欣"的原因之一吧。

现如今——且不论成熟的欧美科幻出版业——国内的科幻小说出版也出现了越来越多为商业妥协的案例。不少作品或许有着绝妙的点子，但往往只局限于一个想法，然后基于此扩充出一本动辄数十万字的小说，或按照爽文的套路，或按照好莱坞大片的模板，使用为了市场而妥协的承转启合，讲述着一个个读之无物的平庸故事。

因此，十分感谢新星出版社能将此书引进到国内，我也很荣幸能作为本书的译者。时间仓促，对于本书出现的翻译纰漏敬请谅解。

PS：在此分享一则关于书中"拟形人"一词取名缘由的趣事——原文中，格雷格使用的是 gleisner 一词，该词源自德语，有"伪君子、伪善者"之意。于是，不少英语读者对格雷格究竟为何使用该词指代书中设定的拟形人群体争论不休。更有人提出，在某个地方曾见过有人将该词解释为"想皆得鱼与熊掌之人"。

最后，有读者亲自联系上了格雷格本人，并询问了取名 gleisner 的缘由。格雷格本人的回应是："我根本没想那么多，纯粹只是借用了'Gleisner'这个姓氏，甚至它的词源是不是和德语有关系我都没想过。我就是喜欢这个词的发音而已，所以用它的原因就是拟形人群体最初的人类先祖有姓这个的，然后后代们冠以此名表示对创始人的敬意。"

萧傲然
2022 年 10 月于湖南长沙

2022 年 10 月交付译稿后不久，ChatGPT 发布。

2025 年 3 月，我与责编燕慧老师校订《离散》时，蓦然意识到，这部译稿是我在 AI 时代前夜最后的"手工制品"——那些一次次绞尽脑汁与伊根文字博弈、为某个虚构术语的翻译辗转难眠的场景，或许以后都不会再有了——这样看来，就让这本书成为我对一个过去时代的纪念吧。

2025 年 3 月补记

术语表[①]

1 — 地址（address）：一连串比特（位），用于指定某数据源或数据目的地，例如数据库中的某个文件，卫星上的摄像头，或景界中的某个地点。不同地址长度不一，相同数据可以拥有多条地址。

2 — 玻色子（boson）：对于两个或更多相同玻色子的量子波函数而言，如果任意两个粒子互换，波函数保持不变，对于单个玻色子的波函数而言，如果该粒子旋转360度，波函数也保持不变。

3 — 公民（citizen）：在某个城邦中，被授予一系列不可剥夺权利的具有意识的软件。上述权利因城邦而异，但均包含不可侵犯权、按比例分配处理能力权以及不受阻碍地访问公共数据的权利。

4 — 城邦联盟（Coalition of Polises）：（1）含所有城邦公民的统一社区；（2）囊括所有城邦的物理计算机网络。

5 — 联盟标准时（Coalition Standard Time ／ CST）：通行于整个城邦联盟的内部时间。联盟标准时是按照该系统自协调世界时2065年1月1日被采用以来所流逝的"陶"（tau）来计量的。随着城邦硬件的改善，1陶所对应的真实时间长度也在变化。

6 — 密码管理器（cypherclerk）：小西公民内部的一种结构，负责处理加密与解密，包括对身份声明进行验证。另见"签章"一词。

7 — 德尔塔（delta）：所有景界地址中的基本单位。公民图标的通常高度为两德尔塔。德尔塔可以翻倍或化为分数，且无通用的最小或最大的距离。复数形式：delta（同单数形式）

8 — 梦猿（dream ape）：某改造人群体的生物学后代，该改造人群体

[①] 本术语表中的解释为作者基于书中的设定所作，请不要与现实中的对应术语混淆。

通过基因工程技术去除了自己的语言功能。

9 — 嵌入（embedding）：一种将一个流形装入另一个更大的流形之中的方法，用于帮助直观地理解其属性。例如，某些二维流形可作为曲面嵌入三维欧几里得空间（如球体、圆环或莫比乌斯环）中，而其他流形（如克莱因瓶）则只能嵌入四维空间。曲面的尺寸与形态为嵌入的属性，而非流形本身的属性——所以，球体和椭圆体是完全相同流形的两种不同形式。——但在欧几里得空间中的某种特定嵌入形式可用于给流形补充必要的几何学概念，使之能够成功嵌入黎曼空间之中。

10 — 欧几里得空间（Euclidean space）：N维的欧几里得空间对二维欧几里得平面的一种自然推广。在N维的欧几里得空间中，两点间距离的平方为它们在N个维度上各自间距的平方之和。欧几里得空间是更广义的黎曼空间概念的简单例子。

11 — 外在自我（exoself）：一种在公民和城邦操作系统之间起调解作用的无意识软件。

12 — 改造人（exuberant）：进行了基因改造的肉身人。

13 — 费米子（fermion）：所有基本粒子均可分为玻色子或费米子。费米子包括电子和夸克以及像质子和中子这样由三个夸克组成的复合粒子。如果任意两个粒子互换，两个或多个相同费米子的量子波函数的相位会反转，从而导致泡利不相容原理——该原理认为两个费米子处于完全相同状态的概率为零。如果粒子旋转了60度，单个费米子的波函数的相位会反转，且仅在两次完全旋转后方能全部恢复。费米子的自旋为角动量基本单位一半的奇整数倍。根据科祖克理论，以上所有属性均源于粒子虫洞的拓扑结构。

14 — 纤维束（fibre bundle）：纤维束是一个流形（"全空间"）加上将其投射至低维度的第二个流形上的部分方案（"底空间"）。如，圆环的表面是一个二维流形，但若将每个经线圆简化为一个点，那么圆环就会被投射成一个单独的中纬线圆，成为一个一维流形。全空间中被投射至底空间中任意点的点集被称作该点的"纤维"（如圆环中的一个经线圆）。点与点之间的纤维无须一模一样，但如果确实一样的话，它们的通用形式就会被称作标准纤维束。因此，圆环是一个纤维束，其底空间是一个圆圈，另一个圆圈则作为其标准纤维。根据经典的科祖克理论，宇宙本身就是一个纤维束，四维时空是其底空间，而六维球体则是其标准纤维。

15 — 字段（field）：心智种的六位片段，包含塑造器编程语言中的一个单独指令代码。

16 — 首代人（first generation）：通过肉身扫描成为城邦公民或拟形人的人，而非通过心理发生被创建的人。

17 — 肉身人（flesher）：智人的生物学后代。其中，进行过基因改造的被称为改造人，只保留自然基因的被称为原生人。

18 — 论坛（forum）：公共景界。

19 — 测地线（geodesic）：黎曼空间中一条固有曲率为零的路径。如果该黎曼空间为嵌入欧几里得空间中的一个曲面，则测地线要么在外部空间表现为直线，要么在沿垂直于曲面的方向弯曲。例如，球体上最大的圆即是一根测地线——因为对于居住在球体上的生物来说，该大圆仅在垂直于该曲面二维的一个抽象维度上是"弯曲的"。

20 — 格式塔（gestalt）：（1）一种包含图像，以及用于传达各类信息的"标签"的数据格式。（2）一种基于肉身人图标的变化形式的视觉语言：大迁入前时代人们通过面部表情与手势进行交流的扩展版本。

21 — 拟形人（gleisner）：有意识的、肉身人形态的机器人。严格来说，拟形人和城邦公民均为有意识的软件体（有必要的时候，拟形人会将自身软件转移至新的身体中，同时不会认为自己的身份发生了改变）。不过，他们与城邦公民不同，拟形人极为重视在硬件上运行软件，因此他们不得不长期保持与真实世界的交互。

22 — 家生（home born）：指在城邦内通过心理发生被创建的公民。

23 — 图标（icon）：一种特征图像，有时伴随有格式塔标签，用于识别某些软件体，如公民。

24 — 未确定字段（indeterminate field）：在心智种中，该条字段中只有一段指令代码被测试过，且任何变化的影响都是未知的。

25 — 信息解读仪（infotrope）：小西公民体内的一种结构，负责检测复杂的、无法完整理解的模式，以及协调尝试理解上述模式的行为。

26 — 基础设施字段（infrastructure field）：在心智种中，该字段内有一条特定的指令代码对心理发生成功与否至关重要。

27 — 输入通道（input channel）：小西公民体内从其他软件体接收数据的结构。

28 — 输入导航仪（input navigator）：小西公民体内的一种结构，向城邦操作系统发送请求，要求将一个特定地址的数据通过公民的输入通道传入。

29 — 固有曲率（intrinsic curvature）：指在黎曼空间中，一条曲线上两个相邻点处的切线彼此之间不平行程度的测量值。如果该黎曼空间为嵌入欧几里得空间中的一个曲面，则固有曲率测量的是位于该曲面"内部"的曲率，而非垂直于曲面的曲率。

30 — 大迁入（Introdus）：指二十一世纪末期大量肉身人涌入城邦的事件。

31 — 不变量（invariant）：数学结构中的不变量指的是当该结构以某种方式变形时，保持不变的某种特征。如计算无边界表面（例如球体或圆环）的欧拉数时，需先将整个曲面分成若干多边形（且可能是弯曲的），然后用多边形数量之和减去构成多边形的线条数，再加上线条相交点的数量。此为曲面的"拓扑不变量"，因为无论曲面如何弯曲拉伸，该不变量均保持一致。

32 — 不可侵犯性（inviolability）：在没有明确同意的情况下保护公民不被其他任何软件体修改的特性。

33 — 科祖克理论（Kozuch Theory）：一种成形于二十一世纪中叶的临时性统一物理学理论。科祖克理论将宇宙描述为一条十维的纤维束，该束在其中六个维度中的尺寸，均是亚微观级，所以只有我们熟悉的四维时空是直接可见的。此外，还有以下观点：像电子这样的粒子，实际上是极狭虫洞的入口，该观点由二十世纪的物理学家约翰·惠勒首次提出。雷娜塔·科祖提出了一种模型，在这个模型中，不同粒子的特性是由于虫洞入口在其他六个维度中不同的连接方式所导致的。

34 — 线性（linear）：（1）源于数字化声音的一种数据格式；（2）一种采用线性数据的特定语言，广泛应用于城邦联盟中。

35 — 流形（manifold）：一种具有确定维度但没有几何性质的拓扑空间。二维流形好比一块厚度为零的、可完全弯曲的橡胶薄片，而三维流形则是一块同样材质的平板，但这种理想化"板材"的部分边界是相连的，且相连方式在三维空间中是不可能存在的。给一个流形补充距离和平行度的概念后，就能将其变成黎曼空间或半黎曼空间。

36 — 心智种（mind seed）：用于创建城邦公民的一种程序，以塑造器语言写成。在二进制级时，心智种体现为一串拥有约六十亿比特的数据。

37 — N维球面（N-sphere）：一种没有边界的N维空间，可作为距某点等距的曲面（或超曲面）嵌入N+1维的欧几里得空间中。如，地球表面是二维球面，而一颗四维恒星或行星的超曲面则是三维球面，但任意维度的固态行星均不是该意义上的N维球面。

38 — 眼界（outlook）：在外在自我内部运行的一个非感知程序，监控公民的意识，并在必要的时候进行调整，以维持此前所选定的审美水平、价值观等。

39 — 输出通道（output channel）：小西公民体内向其他软件体提供数据的结构。

40 — 输出导航仪（output navigator）：小西公民体内的一种结构，向城邦操作系统发送请求，要求将数据通过公民的输出通道转移给一个特定的地址。

41 — 五维方体（penteract）：立方体的五维版本。一个三维立方体有六个正方面、十二条边和八个顶点。一个五维方体有十个四维超立方面（tesseractic superface）、四十个立方超面（cubic hyperface）、八十个正方面、八十条边和三十二个顶点。

42 — 普朗克－惠勒长度（Planck-Wheeler length）：时空结构中因量子不确定性导致经典广义相对论不再适用的长度，约为十的负三十五次幂米长，比原子核还要小二十个数量级。

43 — 城邦（polis）：(1) 一台计算机或计算机网络，为某感知软件体社区模拟出基础设施；(2) 社区本身。

44 — 精神爆发（psychoblast）：软件体心智的胚胎过程，发生在公民权授予之前。

45 — 心理发生（psychogenesis）：通过运行心智种，或是通过其他方法，如组装已有组件和定制预制组件来创建新公民的过程。

46 — 黎曼空间（Riemannian space）：黎曼空间是一种流形，拥有两个附加的几何概念：一种衡量标准，用于计算两个接近点之间的距离；一种连接，用于判断两个接近点的两个方向是否"平行"。在平面嵌入欧几里得空间的情况下，流形中两个接近点之间的距离定义为外部空间中两者的距离，如果两个接近点的方向在外部空间中存在差，且该差垂直于表面，则两个接近点的方向定义为"平行"。例如，从黎曼意义上来说，水平罗盘中一根指向北边赤道的指针与另一根指向北边但维度稍高的指针是"平行"的——因为虽然它们的指向在三维空间中并不完全一致，但方向间的差异垂直于地球表面。

47 —（时间）加速（rush）：对城邦公民来说，可以通过让自己的意识降速，从而加速两起外部事件之间的间隔时间。

48 — 扫描（scanning）：全面分析某特定活物，并为其创建完整或部分软件体分身的过程。

49 — 景界（scape）：对真实或数学空间的模拟，并不局限于三维空间。

50 — 史瓦西半径（Schwarzschild radius）：如果一个物体被压缩到小于其史瓦西半径的大小，则它将发生引力坍缩，变成一个黑洞。史瓦西半径与物体的质量成正比，比如太阳的史瓦西半径大约是三公里。

51 — 半黎曼空间（semi-Riemannian space）：黎曼空间的一种推广形式，其特征是：对由"类空间隔"和"类时间隔"分隔开的事件进行了区分。广义相对论中的时空是一个四维的半黎曼空间。

52 — 塑造器（Shaper）：一种编程语言，通过从生物过程中抽象出的迭代方法搭建精细结构，如有意识的神经网络等。

53 — 子塑造器（shaper）：塑造器程序中的子程序。

54 — 签章（signature）：城邦联盟中每个公民唯一的识别位串。完整的签章包含公共与私人两部分，只有签章所有者能读取私人段的信息。任何公民都可以使用公共段编写信息，但只有所有者才能解码。

55 —（心智）快照（snapshot）：一种文件，包含一位公民或扫描后的肉身人的完整描述，快照不以程序形式运行，因此快照主观上是冻结的，无任何感知。

56 — 球面（sphere）：参见"N维球面"。

57 — 标准纤维（standard fibre）：参见"纤维束"。

58 — 原生人（static）：未经任何基因改造的肉身人。

59 — 符号（symbol）：复杂概念或实体在心智中的体现——如某个人、某类物体或是某个抽象概念。

60 — 标签（tag）：用于传达各种非视觉信息的格式塔数据包。

61 — 陶（tau）：内部时间单位，适用于联盟所有城邦。随着城邦硬件改善，陶所对应的真实时间长度开始缩短，不过在2750年左右稳定了下来，因为技术达到了基本物理学的瓶颈。主观时长因公民而异，具体取决于各自心智结构的细节，不过可以参考以下公民与肉身人时间感受的对照表。复数形式：tau

内部时间	主观感受	真实时间（2750年以后）
1陶	~1秒	1毫秒
1千陶	~15分钟	1秒
10万陶	~1天	1分40秒
1兆陶	~10天	16分40秒
1吉陶	~27年	11天14小时
1太陶	~27000年	32年

62 — 四维方体（tesseract）：立方体的四维版本。一个三维立方体有六个平面、十二条边和八个顶点。一个四维方体有八个立方超面、二十四个平面、三十二条边和十六个顶点。

63 — 拓扑空间（topological space）：一个由点构成的抽象点集，以及确认其相互连接方式所需的最低限度的附加结构：点的部分子集的集合被定义为拓扑空间的"开放集"（在欧几里得平面中，开放集只是任意半径圆的内部，或任意数量圆的并集）。假设有点P被叫作U集的"极限点"，则表示所有包含P的开放集至少包含有U集的一个点——因此P无限靠近U，但又不一定属于U（如一个圆的边界上的任何点都是圆内部的一个极限点）。如果W集无法分成两部分，即U和V，则W被叫作已连接，V不包含U的极限点（平面中，八字结可以连接，但组成八字结的两个环的内部不会)。

64 – 特征字段 (trait field): 心智种中的一种字段, 其中诸多不同指令代码可产生已知的、安全的变异。

65 – 协调世界时 (UTC): 指明真实日期与时间的传统天文／政治体系, 等于格林尼治子午线的地方平均时。世界时在星际范围内通过使用相对于太阳静止的参考系来应用。

66 – 虫洞 (wormhole): 虫洞是在时空中的"近路", 拿地球表面举例, 虫洞就相当于地下隧道。一般而言, 通过虫洞的距离既可以比两个虫洞口之间的普通距离更近, 也可以更远。根据科祖克理论, 所有基本粒子都是极为狭窄的虫洞入口。

参考文献

小西公民的心智结构所采用的基本原则源自丹尼尔·C.丹尼特（Daniel C. Dennett）和马文·明斯基（Marvin Minsky）的人类认知模型。不过，其中的细节是我本人杜撰而出的原创内容，而且小西模型试图描述的不是当前的人类意识，而是虚构的软件体后代。关于丹尼特和明斯基的模型描述参考资料如下：

《意识的解释》 丹尼尔·C.丹尼特著，企鹅出版社，伦敦，1992年（Consciousness Explained by Daniel C. Dennett, Penguin, London, 1992.）

《心智社会》 马文·明斯基著，海尼曼出版社，伦敦，1986年（The Society of Mind by Marvin Minsky, Heinemann, London, 1986.）

科祖克理论是杜撰的。关于虫洞口与基本粒子之间的关系这一想法实际由约翰·惠勒（John Wheeler）提出，而通过虫洞拓扑来解释粒子对称性的想法则受到了狄拉克腰带戏法（Dirak belt trick）和路易斯·H.考夫曼（Louis H. Kauffman）的四元数演示器的启发，参考资料如下：

《规范场、绳结和引力》 约翰·贝兹与哈维尔·P.穆尼安著，世界科学出版社，新加坡，1994 年（Gauge Fields, Knots and Gravity by John Baez and Javier P. Muniain, World Scientific, Singapore, 1994.）

《绳结和物理学》路易斯·H.考夫曼著，世界科学出版社，新加坡，1993 年（Knots and Physics by Louis H. Kauffman, World Scientific, Singapore, 1993.）

蝎虎座 G-1 号是虚构的，双星的加速轨道衰减现象仅在小说杜撰的宇宙学中合理。已知最近的中子双星包括一颗脉冲星 PSR B1534+12 及其伴星，该恒星系距离地球 1500 光年，且预计在十亿年内都不会相撞。伽马射线爆发是一种真实的现象，不过尚不清楚其是否因中子星碰撞而产生。书中有关中子双星、伽马射线爆发、引力辐射、引力天文学和广义相对论中虫洞行为的信息参考资料如下：

《黑洞、白矮星和中子星》S.L.夏皮罗与 S.A.图科斯基著，威立出版社，纽约，1983 年（Black Holes, White Dwarfs and Neutron Stars by S. L. Shapiro and S. A. Teukolsky, Wiley, New York, 1983.）

《中子双星》茨维·皮兰著，发表于《科学美国人》，1995 年 5 月（"Binary Neutron Stars" by Tsvi Piran, Scientific American, May 1995.）

《伽马射线爆发》约翰·G.克拉默著，发表于《模拟》，1995 年 10 月（"Gamma Ray Bursts" by John G. Cramer, Analog, October 1995.）

《黑洞与时间弯曲：爱因斯坦的幽灵》基普·S.索恩著，麦克米伦出版社，伦敦，1995 年（Black Holes and Timewarps:

Einstein's Outrageous Legacy by Kip S. Thorne, Macmillan, London, 1995.)

蝎虎座 G-1 号对于地球产生的影响细节均为本人推测，但基于以下内容：

《宇宙伽马射线爆发对地球影响的模型》史蒂芬·索塞特著，发表于《天体物理学杂志快报》，1955 年 5 月 1 日（"Terrestrial Implications of Cosmological Gamma-Ray Burst Models" by Stephen Thorsett, Astrophysical Journal Letters, 1 May 1995.）

锻造器所采用的粒子加速办法基于以下内容：

《PASER：受激辐射式粒子加速》列维·薛特尔著，发表于《物理学快报 A》，1995 年 9 月 25 日（第 205 卷，第 5 篇）（"PASER: Particle Acceleration by Stimulated Emission of Radiation" by Levi Schächter, physics Letters A, 25 September 1995 (volume 205, no. 5).）

DIASPORA by Greg Egan
Copyright © 1998 by Greg Egan
This edition arranged with Greg Egan care of Curtis Brown Group Limited of Haymarket House
with Andrew Nurnberg Associates International Limited.
Simplified Chinese edition copyright.
2025 New Star Press Co., Ltd..
All rights reserved.

图书在版编目（CIP）数据

离散 /（澳）格雷格·伊根著；萧傲然译. —— 北京：新星出版社，2025. 4. —— ISBN 978-7-5133-6004-3

Ⅰ．I611.45

中国国家版本馆 CIP 数据核字第 2025UK9379 号

离散

[澳] 格雷格·伊根 著； 萧傲然 译

责任编辑	吴燕慧	监　制	黄艳
责任校对	刘义	责任印制	李珊珊
封面设计	冷暖儿		

出 版 人　马汝军
出版发行　新星出版社
　　　　　（北京市西城区车公庄大街丙 3 号楼 8001　100044）
网　　址　www.newstarpress.com
法律顾问　北京市岳成律师事务所
印　　刷　北京天恒嘉业印刷有限公司
开　　本　910mm×1230mm　1/32
印　　张　10.75
字　　数　257 千字
版　　次　2025 年 4 月第 1 版　　2025 年 4 月第 1 次印刷
书　　号　ISBN 978-7-5133-6004-3
定　　价　68.00 元

版权专有，侵权必究。如有印装错误，请与出版社联系。
总机：010-88310888　传真：010-65270449　销售中心：010-88310811